Physique quantique
et
représentation
du monde

Du même auteur

Ma conception du monde
Mercure de France, 1982

Mémoires sur la mécanique ondulatoire
Éditions J. Gabay, 1988

L'Esprit et la Matière
précédé de
L'Elision par M. Bitbol
Seuil, « Sources du savoir », 1990

La Nature et les Grecs
précédé de
La Clôture de la représentation par M. Bitbol
Seuil, « Sources du savoir », 1992

Qu'est-ce que la vie ?
Seuil, « Points sciences », 1993

Erwin Schrödinger

Physique quantique et représentation du monde

Introduction et notes par
Michel Bitbol

Éditions du Seuil

Cet ouvrage comprend : une introduction de Michel Bitbol ; le texte de Schrödinger intitulé *Science and Humanism — Physics in our time*, publié par Cambridge University Press en 1951 et traduit de l'anglais par J. Ladrière ; l'article de Schrödinger intitulé « Die gegenwärtige Situation in der Quantenmechanik », publié par *Naturwissenschaften,* 23, n° 48, p. 807-812, n° 49, p. 823-828, n° 50, p. 844-849, novembre et décembre 1935, traduit de l'allemand par F. de Jouvenel, A. Bitbol-Hespériès et M. Bitbol.

ISBN 978-2-02-013319-7

© Original : *Science and Humanism*, Cambridge University Press, 1954
« Die gegenwärtige Situation in der Quantenmechanik »
Naturwissenschaften, Heidelberg, 1935.

© Éditions Desclée De Brouwer, 1954, pour la traduction française du texte anglais

© Éditions du Seuil, mars 1992, pour l'introduction de M. Bitbol, la traduction française de l'article allemand et la composition du volume.

Le Code de la propriété intellectuelle interdit les copies ou reproductions destinées à une utilisation collective. Toute représentation ou reproduction intégrale ou partielle faite par quelque procédé que ce soit, sans le consentement de l'auteur ou de ses ayants cause, est illicite et constitue une contrefaçon sanctionnée par les articles L. 335-2 et suivants du Code de la propriété intellectuelle.

Introduction

A quinze ans d'intervalle, Schrödinger écrit deux textes qui se répondent presque exactement par l'intitulé et par le contenu. « La situation actuelle en mécanique quantique » constitue le sujet et le titre d'un article de 1935 [1], et elle est de nouveau abordée au cours d'une série de conférences publiques prononcées en 1950 à Dublin [2]. Le sous-titre de la version publiée de ces conférences, *La physique de notre temps*, ainsi que l'intention de Schrödinger, qui est d'y « décrire la situation présente en physique [3] », trahissent bien mieux la parenté qui les unit à l'article de 1935 que ne le fait leur titre un peu compassé *Science et Humanisme*.

Quinze ans, c'est le temps de la maturation d'une pensée, celle qu'a suscitée chez Schrödinger un certain sentiment d'inconfort face aux interprétations les plus répandues de la mécanique quantique. C'est aussi la préfiguration d'une autre maturation beaucoup plus longue, et qui concerne, elle, l'humanité dans son ensemble. A l'époque où il rédigeait *Science et Humanisme,* Schrödinger estimait qu'« encore environ cinquante ans [4] » étaient nécessaires avant que « la portion cultivée du grand public » n'acquière la pleine conscience du bouleversement de notre représentation du monde imposé par les révolutions scientifiques du début du siècle. Le délai imparti étant bientôt écoulé, et le travail d'*assimilation* [5] étant désormais fort avancé, il devient sans doute possible de prendre la mesure de l'originalité de la lecture schrödingerienne de cette mutation du regard.

Mais, pour cela, une condition préalable est requise : il faut au moins réaliser qu'une telle lecture *existe,* ce qui suppose que l'on surmonte le portrait « conservateur » de Schrödinger accrédité par certains physiciens de l'« école de Copenhague »[6]. Trop longtemps, en effet, on a accepté la répartition éminemment inégale des rôles qui découlait de ce portrait. Aux uns revenaient la perception aiguë du message novateur de la nouvelle physique et la capacité à en répandre l'enseignement par-delà le cercle étroit des spécialistes ; aux autres, parmi lesquels Schrödinger, n'était assignée que la tâche frileuse d'entretenir le rêve d'une impossible régression vers l'idéal classique.

La lecture des textes écrits par Schrödinger à partir de 1927-1928 jusqu'à la fin des années 1950 laisse pourtant une tout autre impression. Dès le début des années 1927-1928 sur l'interprétation de la physique quantique, Schrödinger se prononce pour l'abandon complet des concepts *classiques* de position et de quantité de mouvement, soumis aux relations d'indétermination de Heisenberg. Il ne peut être question pour lui d'admettre avec Bohr que ces concepts gardent une part de leur pertinence, fût-ce dans des domaines mutuellement exclusifs. Que Schrödinger se soit réapproprié à cette occasion le vocabulaire de l'audace intellectuelle, qu'il ait préconisé d'introduire de *nouveaux* concepts plutôt que de limiter la portée des *anciens*[7], n'a pu que séduire ceux qui, comme Einstein, gardaient le sentiment d'un inachèvement du processus de transformation engagé en 1925-1926. Un peu plus tard, dans son article « La situation actuelle en mécanique quantique » de 1935, Schrödinger réaffirme sa perception aiguë d'un renouvellement de grande ampleur : des modèles constitués, comme en physique classique, de variables « qui se déterminent mutuellement sans équivoque[8] » ne sauraient plus prétendre décrire fidèlement l'apparaître naturel.

Introduction

En 1950, lorsque Schrödinger parle de l'« action transformatrice », du « changement radical », de l'attitude générale *passionnante, neuve et révolutionnaire* que la physique quantique nous force à adopter [9], il ne fait donc qu'étendre ses nombreuses remarques antérieures à des dimensions visionnaires.

La persistance, chez Schrödinger, du sentiment que la physique quantique entraîne une mutation irréductible de la représentation occidentale du monde, est d'autant plus frappante qu'elle résiste à des réajustements majeurs dans son interprétation du formalisme de cette théorie [10]. Comment, dans ces conditions, l'idée du « conservatisme » de Schrödinger a-t-elle pu prévaloir ? L'explication ne doit pas être cherchée bien loin. La singularité de la position de Schrödinger à l'égard de ce qu'*est* le « changement radical » entraîné par la physique quantique lui imposait d'assortir son exposé d'une critique précise et répétée des idées dominantes. Le risque était de faire prendre l'énoncé de ce que *n'est pas et ne peut pas être* le changement pour quelque rejet régressif de l'idée même d'un changement.

Schrödinger, il est vrai, n'a quasiment rien retenu de ce que ses collègues ont pu prendre pour l'« action transformatrice » de la physique quantique sur notre représentation de la nature.

Il récuse très tôt l'idée bohrienne selon laquelle la description de l'apparaître quantique exige de recourir à des concepts et à des représentations complémentaires [11], et il écarte plus vigoureusement encore la tentation de promouvoir la complémentarité au rang de mode de pensée universel [12].

Par ailleurs, après s'être brièvement rallié vers 1930 [13] au mot d'ordre de Heisenberg selon lequel la mécanique quantique aurait rendu inapplicable « la division conventionnelle en sujet et objet [14] », Schrödinger lui réserve des critiques virulentes. C'est que le vocable « sujet », souvent utilisé par les physiciens pour désigner le système interagissant physiquement avec l'objet soumis à la mesure, lui paraît inapproprié. Une telle dénomination devrait être réservée selon lui à

Physique quantique et représentation du monde

une entité appartenant à une autre région ontologique que l'objet, à savoir l'*esprit* qui observe [15]. La réticence manifestée par Schrödinger vers 1950 vis-à-vis de l'implication du sujet dans le processus de mesure est donc d'abord une affaire de définition. Il ne lui aurait pas semblé absurde de parler, comme il le faisait lui-même en 1930, d'une action mutuelle entre le sujet et l'objet lors d'une mesure quantique, à condition de bien préciser ce qu'on entend par « sujet » dans ce cas : rien d'autre qu'un fragment du monde matériel pouvant inclure le corps de l'expérimentateur ; rien d'autre, selon les termes employés par Kojève, que le *sujet physique* (par opposition au sujet gnoséologique et au sujet mathématique) [16]. Le danger qu'un oubli de ces précisions nous ferait courir n'est pas négligeable. La conséquence en serait aussi bien la perte de la dimension proprement philosophique de la question du sujet [17], que le spectre toujours renaissant d'un dérapage sémantique « subjectiviste » dans notre description de l'univers physique.

Schrödinger écarte également, en suivant une argumentation due à E. Cassirer, la tentative inaugurée par P. Jordan de faire de l'aspect indéterministe de la mécanique quantique un point d'appui scientifique de la notion de libre-arbitre [18].

Enfin Schrödinger ne pense pas, contrairement à ses collègues de l'« école de Copenhague », que des « faits irréfutables » nous forcent à abandonner tout espoir de description spatio-temporellement continue [19] et à nous en tenir strictement à un compte rendu en termes de « sauts quantiques ». C'est seulement, comme nous le verrons plus loin, la connexion entre la description continue et les événements observés qui doit se trouver profondément altérée.

Pour Schrödinger, par conséquent, les véritables enseignements révolutionnaires de la physique quantique sont ailleurs, là où d'autres n'ont pas su les reconnaître, ou les apprécier à leur juste valeur.

Introduction

Le premier grand renoncement auquel Schrödinger nous invite à consentir, avec des implications plus radicales qu'aucun autre physicien n'a osé en imaginer, concerne le concept classique de corpuscule individuel et permanent [20]. Dans le domaine quantique, en effet, l'essentiel de l'arrière-plan de vérifications empiriques possibles qui donnait un contenu à ce concept a disparu. Commençons par les signes distinctifs, ceux qui permettent de dire à un instant donné que cet objet-ci n'est pas identique à cet objet-là, ceux qui servent en somme de *marques d'individuation*. Le critère usuel d'individuation d'un corps par la spécification des matériaux qui le *composent* ne peut s'appliquer dès lors que ce corps participe de l'*élémentaire*, c'est-à-dire lorsqu'on ne peut même pas dire qu'il est *composé*. Quant à l'autre marque d'individuation, la seule que Schrödinger pense pouvoir retenir, *la forme,* ou plus spécifiquement la configuration [21], rien n'autorise à croire qu'elle s'inscrit sur un substrat *matériel* [22]. Les objets dont traite la physique quantique doivent donc être conçus comme de pures formes, et non comme les fragments informés d'un substrat matériel. Mais alors, la fonction même de la notion de corpuscule individuel dans l'économie de la théorie quantique commence à être sérieusement mise en cause. Car selon Schrödinger, qui se fonde en cela sur ses travaux de physique statistique [23], si l'aptitude à porter la greffe d'une forme individuante ne peut se voir attribuer à quelque fragment localisé de substrat matériel, elle peut en revanche être globalement conférée à l'onde ψ, l'une des entités théoriques majeures de la mécanique quantique. La greffe a dans ce cas des accents familiers, empruntés à la technologie des transmissions hertziennes. Elle revient à moduler ψ en amplitude ou en fréquence, comme lorsqu'on entreprend de transmettre des informations au moyen d'une onde électromagnétique. Cela étant admis, les corpuscules ne sont tout au plus que des sous-structures de l'onde modulée et individuée par cette modulation, « rien d'autre que des configurations [24] », « rien d'autre qu'une sorte de "crête d'écume" sur un rayonnement d'ondes formant le fond de l'univers [25] », et non des « portions individualisées d'un certain matériau [26] ».

Les corpuscules matériels ne pouvant être individualisés, nous venons de le voir, par aucun trait caractéristique propre, il reste peut-être envisageable de les distinguer par le biais de leur localisation spatiale et de leur trajectoire. Mais pour cela, remarque Schrödinger, il faudrait encore mesurer leur position avec précision, et suivre leur progression le long d'une trajectoire supposée continue afin de s'assurer qu'à aucun moment il ne s'est produit d'échange avec d'autres corpuscules. Or de telles mesures sont nécessairement en nombre fini ; parler d'une trajectoire continue faite d'une infinité non dénombrable de points nécessite que l'on fasse une interpolation théorique [27] entre ces mesures, alors même que la mécanique quantique ne peut nous la fournir de manière univoque. La plupart des physiciens en déduisent qu'il existe *certaines circonstances* au cours desquelles des observations trop rares ou une proximité excessive des particules ne permettent ni de les distinguer, ni d'assurer la permanence de leur identité. *Dans ces circonstances*, et dans ces circonstances *seulement*, les particules sont traitées formellement comme des objets *indiscernables*. Schrödinger, lui, va beaucoup plus loin. Il souligne qu'il est impossible d'établir une frontière nette entre les circonstances qui rendent les particules indiscernables et celles qui permettent d'envisager de les suivre et de les distinguer. Affirmer l'existence de particules distinctes ayant une identité permanente est au mieux dans ces conditions une « façon abrégée de parler [28] », dont la justification est seulement *pratique*. En *principe*, la mécanique quantique a fait perdre au concept de particule individuelle et permanente jusqu'à son *sens* [29]. La théorie quantique, si on sait la lire à la manière de Schrödinger, nous conduit en définitive dans un monde physique insoupçonnable, aux hiérarchies inversées. Nous n'avons plus affaire à des corpuscules dont l'identité est parfois douteuse, mais à des séries discontinues d'événements qu'il est parfois commode d'agglomérer en une trajectoire corpusculaire.

La seconde secousse révolutionnaire, que Schrödinger n'a vraiment perçue que deux ans après la naissance de la mécanique quantique, touche de plein fouet le statut des théories (ou des modèles) qui visent à offrir une description de la nature. Les physiciens classiques ont longtemps entretenu l'idéal d'un achèvement du savoir, d'une théorie parfaite permettant de prévoir tout ce qui arrive, et pouvant prétendre au statut de « modèle *vrai* » ou de *représentation* de la nature. Or cet idéal, qui n'a jamais reçu de justifications décisives durant les siècles passés et qui enveloppe peut-être une « contradiction interne [30] », ce rêve de dépasser la simple adéquation pour atteindre la *vérité*, ce désir de transfigurer la description en re-présentation, devient difficilement soutenable dans le domaine régi par la mécanique quantique [31]. L'obstacle majeur est le suivant : aucun modèle conforme à notre intuition des objets à grande échelle, c'est-à-dire aucune représentation spatio-temporellement continue, ne rend correctement compte des faits observés à l'échelle atomique. La solution qui se présente le plus immédiatement à l'esprit revient à écarter définitivement l'espoir d'une telle représentation. C'est celle qu'ont proposée et mise en œuvre, dès les années 1920, M. Born, W. Pauli, W. Heisenberg et N. Bohr. Une telle solution a cependant été progressivement écartée par Schrödinger, tout au long des vingt ans qui précèdent la rédaction de *Science et Humanisme*. C'est que, pour lui, l'édification d'un modèle continu reflète d'abord et avant tout une exigence de clarté intellectuelle. Une description discontinue, à ses yeux lacunaire ou incomplète, risque d'aboutir « à une pensée vague, arbitraire et obscure [32] ». Le défi consiste alors à trouver un « expédient [33] » permettant d'établir une correspondance, fût-elle d'un type inédit, entre les faits et une pensée *claire, précise et complète*. Renoncer à trouver

Physique quantique et représentation du monde

la représentation continue *des* faits ne signifie pas renoncer à articuler les faits à *une* représentation continue. Schrödinger préconise donc d'adopter dans ce but la mécanique ondulatoire, qui porte à son paroxysme l'exigence de continuité spatio-temporelle, tout en lui adjoignant un schème interprétatif propre à exploiter pleinement l'information [34] sur les faits dont sont porteurs ses opérateurs et sa fonction d'onde. Tout n'est pas résolu pour autant, comme Schrödinger est le premier à le reconnaître : « Les lacunes, éliminées de la description ondulatoire, se sont réfugiées dans la connexion qui relie la description ondulatoire aux faits observables [35]. » La représentation est désormais claire, mais le schème interprétatif accueille la région obscure qu'on voulait esquiver. Bien sûr, en tant que règle à visée empirique, le schème interprétatif probabiliste de la mécanique ondulatoire est parfaitement opérant [36]. En revanche, toute tentative de se *représenter* la transition du modèle aux faits, de la pensée ondulatoire aux apparences corpusculaires [37], du continu au discontinu, se heurte à un véritable mur, connu sous le nom de « problème de la mesure [38] » et fort bien illustré par l'exemple « burlesque » du chat mi-mort mi-vif [39]. L'idée de faire intervenir le concept de sujet, dont on avait récusé la pertinence dans les arguments invoquant l'interaction physique entre le dispositif expérimental et l'objet, peut redevenir une tentation à ce stade où l'attention se tourne vers l'étape ultime de la mesure [40] : la prise de *connaissance* d'un résultat particulier, la perception d'un chat *soit* mort *soit* vif. Mais ce n'est pas l'option que retiendra Schrödinger, au moins dans sa façon explicite d'affronter le « problème de la mesure ». Son attitude face à cet obstacle ressemble plutôt à une fuite en avant qui ne va cesser de s'amplifier au cours des années 1950 : une priorité toujours plus grande accordée au modèle continu, et un schème interprétatif repoussé vers les marges de la réflexion. Schrödinger était pleinement conscient de n'avoir à nous léguer, dans ce domaine, que la perception

Introduction

aiguë d'une énigme : « [Le problème de la mesure] reste le point le plus délicat, pour ne pas dire le point aveugle de la théorie, celui qui ne *peut pas* être comblé par de pures mathématiques [41]. » Mais sans doute une authentique énigme, soigneusement circonscrite et stimulante pour la recherche, est-elle préférable à un faux-semblant de solution.

Michel Bitbol.

NOTES

1. Traduit dans le présent volume.
2. E. Schrödinger, *Science and Humanism (Physics in our time)*, Cambridge University Press, 1951 ; la traduction française (de J. Ladrière), reprise dans le présent volume, est parue en 1954 chez Desclée De Brouwer sous le titre *Science et Humanisme (La physique de notre temps)*.
3. E. Schrödinger, Préface à *Science et Humanisme*.
4. E. Schrödinger, *Science et Humanisme*, p. 31.
5. *Ibid*.
6. Le mythe d'un Schrödinger « conservateur » est la trace durable que laissa l'un des psychodrames fondateurs de la mécanique quantique : celui qui éclata pendant l'été 1926. Le séminaire de Munich sur la mécanique ondulatoire, en juillet 1926, s'acheva sur une « querelle des Anciens et des Modernes ». Les physiciens les plus âgés (A. Einstein, M. Planck, W. Nernst, W. Wien, etc.) approuvaient le retour opéré par Schrödinger à un schème continu et à l'utilisation d'équations aux dérivées partielles, tandis que la jeune génération, qui venait de créer la mécanique matricielle (Heisenberg, tout particulièrement), se révoltait contre ce qu'elle prenait pour un recul. Le 28 juillet 1926, Heisenberg écrivait à Pauli : « Quand on entend [Schrödinger], on se sent rajeuni de vingt-six ans » (N. Bohr, *Collected Works*, E. Rüdinger ed., vol. 6, *Foundations of Physics*, J. Kalckar ed., North Holland, 1985, p. 10). Plus tard, dans les années 1950, le retour de Schrödinger à son interprétation ondulatoire de la mécanique quantique, après un intermède sceptique, provoqua de nouvelles accusations. W. Pauli parla du « désir névrotique » de Schrödinger de retourner à son passé (K.V. Laurikainen, *Beyond the Atom*, Springer Verlag, 1988, p. 31), et M. Born évoqua l'espoir qu'aurait entretenu Schrödinger de revenir « à la physique classique des événements clairement compréhensibles » (*Physikalische Blätter,* 17, 85-87, 1961).

Physique quantique et représentation du monde

7. Lettre de Schrödinger à Bohr du 5 mai 1928, *in* N. Bohr, *Collected Works*, vol. 6, *op. cit.*, p. 463.

8. E. Schrödinger, « La situation actuelle en mécanique quantique », paragraphe 2, p. 95.

9. Ces expressions se trouvent aux pages 30 à 31 de *Science et Humanisme*.

10. La chronologie des interprétations schrödingériennes du formalisme de la mécanique quantique s'établit comme suit : en 1926 Schrödinger formule la « mécanique ondulatoire ». Il considère à l'époque que l'entité mathématique principale de sa théorie (la fonction ψ) offre une description complète, adéquate, et continue dans l'espace et dans le temps, des données empiriques obtenues sur les objets d'échelle atomique (c'est dans ce sens restreint qu'il a pu parler de l'onde ψ comme de quelque chose de « réel »). Vers 1927-1928, les insuffisances de sa conception initiale lui apparaissent insurmontables, et il se rallie donc, non sans un grand scepticisme, aux éléments principaux de l'interprétation dominante proposée par Bohr et Heisenberg. Il adopte, au moins en tant qu'option méthodologique, l'idée que la fonction ψ doit seulement être considérée comme un outil mathématique servant à un calcul de probabilités. En 1935, à la suite de sa lecture du célèbre article d'Einstein, Podolsky et Rosen, Schrödinger parvient à formuler clairement les raisons de son scepticisme. Son article « La situation actuelle en mécanique quantique » en témoigne. Enfin, à partir de la fin des années 1940, et dans les années 1950, Schrödinger tente de redonner à la fonction ψ quelque chose de sa connotation « réaliste » de 1926, tout en l'enrichissant de l'enseignement des réflexions critiques de la période intermédiaire.

11. Lettre de Schrödinger à Bohr du 23 octobre 1926, *in* N. Bohr, *Collected Works*, vol. 6, *op. cit.*, p. 459 : « On peut affaiblir les énoncés, en disant par exemple que les ensembles d'atomes se comportent ''à certains égards comme si...'' et ''à certains (autres) égards comme si...'', mais c'est là pour ainsi dire un expédient juridique qui ne peut pas être transformé en raisonnement clair. »

12. Schrödinger critique en particulier, dans le dernier chapitre de *Science et Humanisme,* l'application de la complémentarité à la biologie telle que la propose Bohr.

13. E. Schrödinger, « Die Wandlung des physikalischen Weltbegriff » (cours de mai 1930), *in* E. Schrödinger, *Gesammelte Abhandlungen,* vol. 4, Wievweg & Sohn, 1984, p. 600.

14. W. Heisenberg, *La Nature dans la physique contemporaine*, Idées-Gallimard, 1962, p. 29.

15. E. Schrödinger, *Science et Humanisme*, p. 72 ; voir aussi E. Schrödinger, « Der Geist der Naturwissenschaft », *Eranos Jahrbuch*, 14, 491-520, 1946.

16. A. Kojève, *L'Idée du déterminisme*, Le Livre de poche, 1990, p. 165.

17. E. Schrödinger, *Science et Humanisme*, p. 71.

18. *Ibid.*, p. 77.

Introduction

19. *Ibid.*, p. 68.
20. *Ibid.*, p. 36-37 ; voir aussi E. Schrödinger, *La Nature et les Grecs* (précédé de *La Clôture de la représentation*, par M. Bitbol), Seuil, 1992, p. 135.
21. E. Schrödinger, *Science et Humanisme*, p. 40-41. Les mots du texte original anglais sont, respectivement, *form* et *shape*. Ces deux vocables indiquent respectivement la *forme* dans un sens général apparenté à celui de « structure », et la *forme* dans le sens restreint de configuration spatiale, de contour ou de *figure* géométrique.
22. *Ibid.*
23. Dès 1925, Schrödinger a montré comment les nouvelles « statistiques quantiques » pouvaient être prises en compte en considérant un gaz confiné à l'intérieur d'une cavité comme un système d'ondes stationnaires (E. Schrödinger, « Zur Einsteinschen Gastheorie », *Phys. Zeits.*, 27, 95-101, 1926 ; trad. française : « Sur la théorie des gaz d'Einstein », *Ann. Fond. L. de Broglie*, 7, 147-164, 1982). La statistique de Maxwell-Boltzmann, qui recouvre un dénombrement d'entités individuelles, s'applique seulement aux modes propres de vibration de ces ondes stationnaires : « Les modes propres doivent être considérés comme mutuellement distincts ; ils doivent être traités comme de véritables individus » (E. Schrödinger, *Notes inédites pour le séminaire de Dublin*, 1952, Fonds Schrödinger, Alpbach, Autriche. Je remercie à cette occasion Mme Ruth Braunizer, fille aînée d'Erwin Schrödinger, de m'avoir donné toutes les facilités pour consulter les archives en sa possession.)
24. E. Schrödinger, *Science et Humanisme*, p. 40.
25. E. Schrödinger, « Zur Einsteinschen Gastheorie », *loc. cit.*
26. E. Schrödinger, *Science et Humanisme*, p. 40.
27. Au sujet de cette interpolation, voir E. Schrödinger, conférence du 16 juin 1931 à Berlin, in *Science, Theory and Man*, Dover, 1957, p. 52-80.
28. E. Schrödinger, *Science et Humanisme*, p. 37.
29. *Ibid.*, p. 37, 46. Voir aussi « What is an elementary particle ? », *Endeavour*, 9, 109-116, 1950 ; « L'image actuelle de la matière », conférence de 1952, *in* E. Schrödinger, *Gesammelte Abhandlungen,* vol. 4, *op. cit.*, p. 503-508.
30. E. Schrödinger, « La situation actuelle en mécanique quantique », paragraphe 1, p. 93.
31. E. Schrödinger, *Science et Humanisme*, p. 44-45.
32. *Ibid.*, p. 60.
33. Le titre de l'un des chapitres de *Science et Humanisme* est « L'expédient de la mécanique ondulatoire » (*ibid.*, p. 59).
34. *Ibid.*, p. 60. Voir aussi « La situation actuelle en mécanique quantique », paragraphes 6 et 7, p. 107-110.
35. E. Schrödinger, *Science et Humanisme*, p. 61.
36. Il fut initialement proposé par M. Born en 1926. Une très intéressante discussion de l'« interprétation probabiliste de Born » se trouve dans M. Jammer, *The Philosophy of Quantum Mechanics*, Wiley, 1974, p. 38 s.

37. E. Schrödinger, *Science et Humanisme*, p. 67.

38. Le problème est remarquablement formulé par Schrödinger lui-même dans les paragraphes 7 à 11 de « La situation actuelle en mécanique quantique » (p. 109-126 du présent volume) ; pour une discussion plus récente, voir B. d'Espagnat, *Conceptual foundations of Quantum Mechanics*, Addison-Wesley, 1989, p. 161-206, et B. Van Fraassen, *Quantum Mechanics (An empiricist view)*, Oxford University Press, 1991, p. 244 s.

39. E. Schrödinger, « La situation actuelle en mécanique quantique ». Le célèbre paradoxe du chat est d'abord exposé à la fin du paragraphe 5 (p. 104 du présent volume), puis brièvement évoqué au paragraphe 10 (p. 116 du présent volume).

40. E. Schrödinger, « La situation actuelle en mécanique quantique », p. 122.

41. E. Schrödinger, *Notes inédites pour le séminaire de Dublin*, « transformation and interpretation in quantum mechanics », 1952.

Science et humanisme*

La physique de notre temps

TRADUIT DE L'ANGLAIS
PAR JEAN LADRIÈRE

*A celle qui est ma compagne
depuis trente ans*

---

* Des erreurs matérielles figurant dans la première édition française de ce texte ont été rectifiées.

Préface

On trouvera, dans ce qui suit, le texte de quatre conférences publiques qui ont été prononcées sous les auspices du Dublin Institute for Advanced Studies *à l'University College de Dublin, en février 1950, sous le titre « La science comme élément constitutif de l'humanisme ». Ce titre ne répond pas adéquatement à l'ensemble, pas plus d'ailleurs que le titre abrégé qui a été choisi ici ; il concerne plutôt les premières sections seulement. Dans ce qui suit, à partir de la page 31, j'essaye de décrire la situation présente en physique, telle qu'elle s'est développée depuis le début de ce siècle ; de la décrire du point de vue qui est exprimé dans le titre et dans la première partie, afin de donner, pour ainsi dire, un exemple de la façon dont je considère l'entreprise de la science : elle constitue à mes yeux une part de l'effort déployé par les hommes en vue de saisir leur propre situation.*

J'exprime ma reconnaissance à Miss Mary Houston de l'Institut des hautes études de Dublin, qui a dessiné les figures et relu les épreuves.

E. Schrödinger
Mars 1951.

Physique quantique et représentation du monde

L'impact spirituel de
la science sur la vie

Quelle est la valeur de la recherche scientifique ? Chacun sait que de nos jours, plus que jamais, tout homme ou toute femme qui désire apporter une contribution originale à l'avancement de la science doit se spécialiser : c'est-à-dire intensifier son propre effort en vue d'apprendre tout ce que l'on connaît dans un certain domaine étroit et ensuite essayer d'augmenter l'ensemble de ces connaissances par son propre travail — par des études, des expériences et de la réflexion.

Lorsqu'on est engagé dans une activité spécialisée de ce genre, il est naturel que l'on s'arrête à certains moments pour s'interroger sur l'utilité de ce que l'on fait.

Le développement de la connaissance dans un domaine étroit a-t-il quelque valeur en lui-même ? La masse totale des résultats obtenus dans les différentes branches *d'une seule* science — par exemple la physique, ou la chimie, ou la botanique, ou la zoologie — a-t-elle quelque valeur en elle-même ? Ou peut-être est-ce l'ensemble des résultats de toutes les sciences qui a une valeur — et *quelle* est cette valeur ?

Un grand nombre de personnes, en particulier celles qui n'ont pas un intérêt profond pour la science, sont portées à répondre à cette question en évoquant les conséquences pratiques qu'ont entraînées les acquisitions de la science : elles ont transformé la technologie, l'industrie, l'art de l'ingénieur, etc., en fait elles ont modifié de façon radicale, en moins de deux siècles, tout notre mode de vie, et elles permettent d'escompter des changements nouveaux et même plus rapides pour les années à venir.

Mais il est peu d'hommes de science qui se déclareront

Science et humanisme

d'accord avec cette conception utilitariste de leur effort. Les questions de valeur sont évidemment les plus délicates ; il est presque impossible de présenter, en ce domaine, des arguments irréfutables. Cependant, permettez-moi de vous donner les trois principales raisons au moyen desquelles j'essaierais de m'opposer à cette opinion.

D'abord, je considère que les sciences de la nature se trouvent largement sur le même plan que les autres types de savoir — ou de *Wissenschaft*, pour utiliser l'expression allemande — cultivés dans nos universités et dans les autres centres qui travaillent à l'avancement de la connaissance. Voyez ce qu'est l'étude ou la recherche en histoire, en philologie, en philosophie, en géographie, en histoire de l'art — qu'il s'agisse de la musique, de la peinture, de la sculpture ou de l'architecture —, en archéologie ou en préhistoire ; personne ne voudrait attribuer pour but principal à ces activités l'amélioration pratique des conditions de la société humaine, bien qu'elles entraînent très fréquemment des améliorations de ce genre. Je ne puis admettre que la science ait, sous ce rapport, un statut différent.

D'autre part (et ceci est mon second argument), il y a des sciences de la nature qui n'ont visiblement aucune portée pratique pour la vie de la société humaine : l'astrophysique, la cosmologie et certaines branches de la géophysique. Prenez par exemple la sismologie. Nous en connaissons assez sur les tremblements de terre pour savoir qu'il y a très peu de chance de faire des prédictions correctes à leur sujet, au point de pouvoir inviter les habitants des régions menacées à quitter leurs habitations, comme on invite les chalutiers à revenir lorsqu'une tempête approche. Tout ce que la sismologie pourrait faire, c'est signaler aux colons en quête d'établissement certaines zones dangereuses ; mais celles-ci, je le crains, sont surtout connues grâce à de tristes expériences, sans l'aide de la science ; et pourtant elles sont souvent peuplées de façon très dense, le besoin de sol fertile étant plus pressant que le danger.

Physique quantique et représentation du monde

En troisième lieu, je tiens pour extrêmement douteux que le bonheur de la race humaine ait été augmenté par les développements techniques et industriels qui ont suivi l'éveil et le progrès rapide des sciences de la nature. Je ne puis ici entrer dans des détails et je ne veux pas parler du développement futur : l'infection de la surface terrestre par la radioactivité artificielle, avec les conséquences terrifiantes que cela entraînerait pour notre race, telles qu'Aldous Huxley les dépeint dans son roman récent, à la fois si intéressant et si horrible *(Ape and Essence)*. Mais considérez seulement la « merveilleuse réduction de grandeur » du monde rendue possible par les fantastiques moyens modernes de transport. Toutes les distances ont été réduites à presque rien, lorsqu'on les mesure non plus en milles, mais en heures du moyen de transport *le plus rapide*. Mais lorsqu'on les mesure par le coût du moyen de transport même *le moins coûteux*, elles ont doublé ou même triplé au cours des dix ou vingt dernières années. Le résultat est que beaucoup de familles et de groupes d'amis intimes ont été dispersés à la surface du globe comme jamais encore cela ne s'était produit dans le passé. Dans bien des cas ceux qui sont ainsi éloignés les uns des autres ne sont pas assez riches pour pouvoir se retrouver, dans d'autres cas ils ne peuvent le faire que moyennant de terribles sacrifices et ce n'est que pour un intervalle de temps très court, qui se termine dans des adieux déchirants. Cela contribue-t-il au bonheur de l'homme ? Il ne s'agit là que d'exemples frappants ; on pourrait faire des développements sur ce thème pendant des heures.

Mais tournons-nous vers des aspects moins obscurs de l'activité humaine. Vous pourriez me demander — vous êtes obligés de me demander maintenant : quelle est donc, selon vous, la valeur des sciences de la nature ? Je réponds : leur objet, leur but et leur valeur sont les mêmes que ceux de n'importe quelle autre branche du savoir humain. Bien plus, il faut dire qu'aucune d'elles, prise seule, n'a d'objet ou de

Science et humanisme

valeur ; seule l'union de toutes les sciences a un but et une valeur. Et on peut en donner une description très simple : c'est d'obéir au commandement de la divinité de Delphes, Γνῶθι σεαυτόν, connais-toi toi-même. Ou, pour l'exprimer dans le discours bref et impressionnant de Plotin (*Enn.* VI, 4, 14) : ἡμεῖς δέ, τίνες δέ ἡμεῖς ; « et nous, qui sommes-nous en définitive ? ». Il continue : « Peut-être étions-nous déjà *là* avant que cette création ne vînt à l'existence, êtres humains d'un autre type, ou même quelques espèces de dieux, âmes et esprits purs unis avec la totalité de l'univers, parties du monde intelligible, non séparées et retranchées mais unies au tout. »

Je suis né dans un environnement — je ne sais pas d'où je suis venu ni où je vais ni qui je suis. C'est ma situation comme la vôtre, à chacun d'entre vous. Le fait que chaque homme a toujours été dans cette même situation et s'y trouvera toujours ne m'apprend rien. Tout ce que nous pouvons observer nous-mêmes à propos de la brûlante question relative à notre origine et à notre destination, c'est l'environnement présent. C'est pourquoi nous sommes avides de trouver à son sujet tout ce que nous pouvons. Voilà en quoi consiste la science, le savoir, la connaissance, voilà quelle est la véritable source de tout effort spirituel de l'homme. Nous essayons de découvrir tout ce que nous pouvons au sujet du contexte spatial et temporel dans lequel notre naissance nous a situés. Et dans cet effort, nous trouvons de la joie, nous le trouvons extrêmement intéressant. (Ne serait-ce pas *là* le but pour lequel nous sommes ici ?)

Il faut le dire, bien que cela paraisse clair et évident : la connaissance isolée qu'a obtenue un groupe de spécialistes dans un champ étroit n'a en elle-même aucune valeur d'aucune sorte ; elle n'a de valeur que dans la synthèse qui la réunit à tout le reste de la connaissance et seulement dans la mesure où elle contribue réellement, dans cette synthèse, à répondre à la question : τίνες δέ ἡμεῖς ; (« qui sommes-nous ? »).

Physique quantique et représentation du monde

José Ortega y Gasset, le grand philosophe espagnol, qui est maintenant rentré à Madrid après bien des années d'exil (bien qu'il soit, je pense, aussi peu fasciste que *social-démocrate*, il est simplement un homme raisonnable ordinaire), a publié, entre 1920 et 1930, une série d'articles qui ont été rassemblés plus tard dans un délicieux volume sous le titre *La rebelión de las masas* — la révolte des masses. Entre parenthèses, ce terme n'a rien à voir avec les révolutions sociales ou autres, la *rebelión* est prise en un sens purement métaphorique. L'Age de la Machine a abouti à accroître les chiffres de population et le volume des besoins dans des proportions énormes, imprévisibles et sans précédent. La vie quotidienne de chacun d'entre nous se heurte de plus en plus à la nécessité de tenir tête à ces nombres. Quel que soit l'objet de nos besoins ou de nos désirs, un pain ou une livre de beurre, un voyage en autobus ou un billet de théâtre, un endroit tranquille pour les vacances ou un visa pour voyager à l'étranger, une chambre où nous pourrons habiter ou un travail dont nous pourrons vivre…, il s'en trouve toujours beaucoup, beaucoup d'autres qui ont le même besoin ou même désir. Les nouvelles situations et les développements qui ont résulté de cet essor sans précédent des nombres, tel est le sujet du livre de *Ortega*.

Il contient des observations extrêmement intéressantes. Ainsi, pour vous donner un exemple — bien qu'il ne nous concerne pas pour le moment —, un des chapitres porte le titre « El major peligro, el estado », le plus grand danger, l'État. Il dénonce le pouvoir croissant de l'État, qui restreint la liberté individuelle — sous prétexte de nous protéger, mais en réalité bien au-delà de ce qui serait nécessaire —, comme constituant le danger le plus grave pour le développement futur de la culture. Mais le chapitre dont je voudrais parler ici est le chapitre précédent, intitulé « La barbarie del especialismo », la barbarie de la spécialisation. A première vue il peut paraître paradoxal et il pourrait vous heurter. Il ne craint pas de

Science et humanisme

dépeindre l'homme de science spécialisé comme le type représentatif de la foule barbare et ignorante — le *hombre masa* (l'homme-masse) — qui menace l'avenir de la vraie civilisation. Je ne peux vous citer que quelques passages de la description charmante qu'il donne de ce « type de savant sans précédent dans l'histoire ».

> C'est un homme qui, parmi toutes les choses qu'une personne vraiment cultivée devrait connaître, n'est familier qu'avec une seule science, et qui ne connaît même, dans cette science, que cette petite partie sur laquelle portent ses propres recherches. Il en arrive au point de proclamer que c'est une vertu de ne pas tenir compte de tout ce qui reste en dehors du domaine étroit qu'il cultive lui-même, et il dénonce comme du *dilettantisme* la curiosité qui vise à la synthèse de toutes les connaissances.
> Il arrive que, isolé dans l'étroitesse de son champ de vision, il réussisse effectivement à découvrir de nouveaux faits et à faire avancer sa science (qu'il connaît à peine), faisant ainsi avancer du même coup l'ensemble de la pensée humaine, qu'il ignore résolument. Comment une chose pareille est-elle devenue possible et comment demeure-t-elle possible ? Car nous devons souligner fortement le caractère aberrant de ce fait indéniable : la science expérimentale a été développée dans une large mesure grâce au travail de personnes fabuleusement médiocres et même plus que médiocres.

Je ne poursuis pas la citation, mais je vous recommande vivement de vous procurer le livre et de continuer pour vous-mêmes. Au cours des vingt années qui se sont écoulées depuis la première publication, j'ai remarqué des traces d'opposition très encourageantes à la déplorable situation dénoncée par Ortega. Non pas que nous puissions absolument éviter la spécialisation ; c'est impossible si nous désirons progresser. Cependant nous avons de plus en plus conscience que la spécialisation n'est pas une vertu mais un mal inévitable, qu'une recherche spécialisée n'a de valeur réelle que dans le contexte de la totalité intégrée du savoir. De moins en moins on accuse de dilettantisme ceux qui osent réfléchir, parler et écrire sur des questions qui requièrent plus que l'entraînement spécial pour lequel ils sont « patentés » ou « qualifiés ». Et toutes les protestations véhémentes qui s'élèvent contre de telles tentatives viennent de milieux très spéciaux qui sont de deux types — soit très scientifique soit très peu scientifique — et les raisons de leurs protestations sont également transparentes dans les deux cas.

Dans un article sur « Les universités allemandes » (publié le 11 décembre 1947 dans *The Observer*), Robert Birley, principal de Eton, citait quelques lignes du rapport de la Commission pour la réforme universitaire en Allemagne — il les citait en les soulignant avec insistance, insistance que je fais tout à fait mienne. Le rapport dit ceci :

> Tout professeur d'université technique devrait se montrer capable :
> *a)* de voir les limites de sa matière ; dans son enseignement, de rendre les étudiants conscients de ces limites et de leur montrer qu'au-delà de ces limites interviennent des forces qui ne sont plus entièrement rationnelles, mais jaillissent de la vie et de la société humaine elle-même ;
> *b)* de montrer à propos de chaque sujet le chemin qui conduit au-delà de ses propres limites étroites vers les horizons plus larges auxquels il appartient, etc.

Je ne dirais pas que ces formulations soient particulièrement originales, mais qui attendrait de l'originalité de la part d'un comité ou d'une commission ou d'un conseil d'administration ou de quelque autre institution de ce genre ? Les hommes *en masse* sont toujours très terre à terre. Cependant on est heureux et reconnaissant de voir s'imposer une attitude de ce genre. La seule critique — si c'en est une — que l'on puisse faire, c'est qu'il n'y a aucune raison visible pour laquelle ces exigences devraient être limitées aux professeurs des universités *techniques* en *Allemagne*. Je crois qu'elles s'appliquent à *n'importe quel* professeur dans *n'importe quelle* université, et même dans n'importe quelle école dans le monde. Je formulerais l'exigence comme ceci :

Ne perdez jamais de vue le rôle qu'a votre sujet particulier dans la grande représentation de la tragi-comédie de la vie humaine ; gardez le contact avec la vie — non pas tant avec la vie pratique qu'avec le fonds idéal de la vie, qui est toujours tellement plus important ; et *maintenez la vie en contact avec vous*. Si vous n'êtes pas capable — à longue échéance — d'expliquer à n'importe qui ce que vous avez fait, votre activité a été inutile.

Les résultats pratiques de la science tendent à masquer sa portée véritable

Je considère les conférences publiques que le statut de cet Institut nous prescrit de prononcer chaque année comme un des moyens d'établir et de garder ce contact dans notre petit domaine. En fait je considère que c'est là leur objet exclusif. La tâche n'est pas très facile. Car on doit pouvoir prendre appui sur un certain acquis et, comme vous le savez, la culture scientifique est terriblement négligée, et elle ne l'est pas seulement dans tel ou tel pays en particulier — bien que, évidemment, elle le soit plus dans certains pays que dans d'autres. C'est là un mal héréditaire, qui a passé de génération en génération. La plupart des gens cultivés ne s'intéressent pas à la science, et ne se rendent pas compte que le savoir scientifique fait partie du fonds idéal de la vie humaine.

Beaucoup s'imaginent — dans leur complète ignorance de ce qu'est réellement la science — qu'elle a pour tâche principale la mission auxiliaire d'inventer, ou d'aider à inventer, de nouvelles machines qui amélioreront nos conditions de vie. Ils sont prêts à abandonner cette tâche aux spécialistes, exactement comme ils laissent au plombier le soin de réparer leurs tuyaux. Si des personnes qui ont cette perspective décident de la formation à donner à nos enfants, le résultat doit être nécessairement celui que je viens de décrire.

Il y a, bien entendu, des raisons historiques qui expliquent pourquoi cette attitude prévaut encore à l'heure actuelle. L'impact de la science sur le fonds idéal de la vie a toujours été très grand, excepté peut-être pendant le Moyen Age, lorsque la science n'existait pratiquement pas en Europe. Mais il faut reconnaître qu'il y a eu aussi, à une époque plus récente, un phénomène d'obnubilation qui a pu facilement donner le change et faire sous-estimer la tâche idéale de la science. Je situe ce phénomène environ dans la seconde moitié du XIXe siècle. Cette période fut marquée par un développement énorme de la science, de caractère explosif, et, en même temps par un développement fabuleux, également de nature explosive, de l'industrie et de l'art de l'ingénieur — développement qui eut une influence si extraordinaire sur les aspects matériels de la vie humaine que la plupart des gens en ont oublié toutes les autres conséquences. En réalité, les choses sont encore pires. Le fabuleux développement *matériel* a conduit à une perspective *matérialiste*, soit-disant appuyée sur les nouvelles découvertes scientifiques. Ces circonstances ont, je crois, contribué à l'oubli délibéré dont la science a été l'objet dans bien des milieux pendant le demi-siècle qui a suivi — et qui est précisément sur le point de finir. Car il y a toujours un certain décalage temporel entre les conceptions des savants et les conceptions que le grand public se fait au sujet des conceptions de ces savants. Je ne pense pas que cinquante années soient une estimation excessive pour la longueur moyenne de ce décalage temporel.

Quoi qu'il en soit, les cinquante années qui viennent de

s'écouler — la première moitié du XXe siècle — ont vu un développement de la science en général, et de la physique en particulier, qui exerce une action transformatrice sans équivalent sur notre conception occidentale de ce que l'on appelle souvent la situation de l'homme. Je suis presque certain qu'il faudra encore environ cinquante ans pour que la portion cultivée du grand public devienne consciente de ce changement. Évidemment, je ne suis pas un rêveur idéaliste, au point d'espérer accélérer substantiellement ce processus par quelques conférences publiques. Mais, d'autre part, ce processus *d'assimilation* n'est pas automatique. *Nous avons à y travailler*. Je prends ma part à ce travail avec l'espoir que d'autres prendront la leur. C'est une partie de notre tâche dans la vie.

Un changement radical dans nos idées
sur la matière

Arrivons-en finalement, maintenant, à quelques thèmes particuliers. Ce que j'ai dit jusqu'ici pourra vous paraître passablement long, si vous y voyez une simple introduction. Mais j'espère que ces considérations ne sont pas dépourvues d'intérêt en elles-mêmes — et de toute façon je ne pouvais m'en dispenser. Il fallait exposer clairement la situation. Aucune des nouvelles découvertes dont je pourrais vous entretenir n'est extrêmement passionnante en elle-même. Ce qui *est* passionnant, neuf, révolutionnaire, c'est l'attitude générale que nous sommes forcés d'adopter lorsque nous essayons de les synthétiser.

Entrons donc *in medias res*. Il y a le problème de la *matière*. Qu'*est*-ce que la matière ? Comment allons-nous nous représenter la *matière* dans notre *esprit* ?

La première forme de la question est plutôt ridicule. (Com-

Physique quantique et représentation du monde

ment pourrions-nous dire *ce qu'est* la matière, ou, si nous en venons à ce problème, *ce qu'est l'électricité*, l'une et l'autre étant des phénomènes qui ne nous ont été donnés qu'une seule fois ?) La seconde forme trahit déjà un changement complet d'attitude : la matière est une image dans notre esprit — l'esprit est donc antérieur à la matière (nonobstant l'étrange dépendance empirique de nos processus mentaux à l'égard des propriétés physiques d'une certaine portion de matière, notre cerveau).

Pendant la seconde moitié du XIXe siècle la matière semblait être la chose permanente à laquelle nous pouvions nous attacher. *Il y avait* une certaine masse de matière qui n'avait jamais été créée (pour autant que le physicien pouvait le savoir) et qui ne pourrait jamais être détruite. On pouvait compter sur elle et on avait le sentiment qu'elle était incapable de s'échapper des mains qui la manipulaient.

De plus, aux yeux du physicien, cette matière était soumise à des lois rigides qui présidaient à son comportement, à son mouvement — et elle y était soumise dans chacune de ses parties. Chaque portion de matière se mouvait suivant les forces qu'exerçaient sur elle les parties voisines, conformément à leurs situations relatives. On pouvait *prédire* son comportement. Toute son évolution future était déterminée de façon rigide par les conditions initiales.

Tout cela est tout à fait satisfaisant, du moins dans les sciences physiques, pour autant que seule intervienne la matière externe inanimée. Mais lorsqu'il s'agit d'appliquer ce principe à la matière qui constitue notre propre corps ou les corps de nos amis, ou même celui de notre chat ou de notre chien, nous rencontrons une difficulté bien connue en ce qui concerne la liberté apparente que possèdent les êtres vivants de mouvoir leurs membres à leur gré. Nous nous occuperons de cette question plus loin (voir p. 77 et s.). Pour le moment je voudrais essayer de vous expliquer le changement radical qui s'est produit dans nos idées sur la matière au cours du der-

Science et humanisme

nier demi-siècle. Il s'est fait jour graduellement, sans qu'on le remarque et sans que personne ne se préoccupe de le provoquer. Nous étions persuadés que nous nous mouvions toujours dans le vieux cadre d'idées « matérialiste », lorsqu'il s'est avéré que nous l'avions déjà quitté.

Nos conceptions de la matière se sont révélées « beaucoup moins matérialistes » qu'elles ne l'étaient pendant la seconde moitié du XIXe siècle. Elles sont encore très imparfaites, très imprécises, elles manquent de clarté à bien des égards; mais on peut dire en tout cas que la matière a cessé d'être cette chose simple, palpable, résistante, qui se meut dans l'espace, dont on peut suivre la trajectoire, dont chaque partie peut être suivie dans son propre mouvement — telle enfin que l'on peut énoncer les lois précises qui en régissent le mouvement.

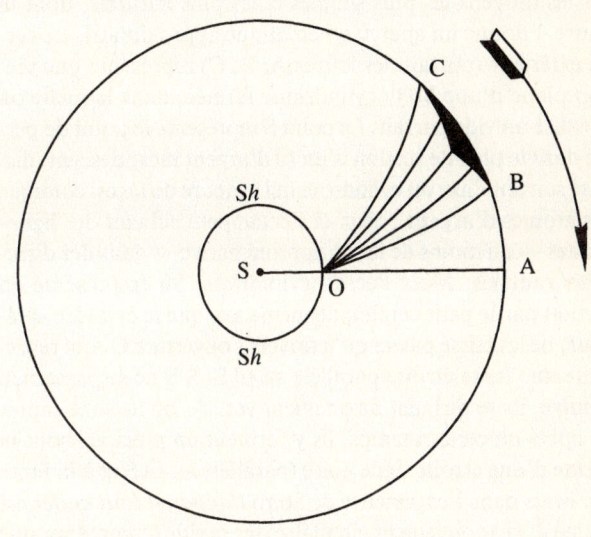

Figure 1

Physique quantique et représentation du monde

La matière est constituée de particules, séparées par des distances relativement grandes ; elle est insérée dans l'espace vide. Cette notion remonte à Leucippe et à Démocrite, qui vivaient à Abdère au Vᵉ siècle avant J.-C. Nous avons repris aujourd'hui cette conception de particules et d'espace vide (ἄτομοί καί κενόν) (avec une modification qui constitue précisément la chose que je voudrais expliquer maintenant) — et, plus que cela, on peut parler d'une continuité historique complète : lorsqu'on ressuscita cette idée, ce fut avec la conscience très claire que l'on reprenait les concepts des anciens philosophes. De plus, cette idée rencontra dans le champ expérimental les plus grands triomphes concevables, tels que les anciens philosophes eussent à peine osé en espérer dans leurs rêves les plus audacieux.

Ainsi, par exemple, O. Stern réussit à déterminer la distribution des vitesses des atomes dans un jet de vapeur d'argent par les moyens les plus simples et les plus naturels, dont la figure 1 donne un aperçu schématique approximatif. Le cercle extérieur (portant les lettres A, B, C) représente une section plane d'une boîte cylindrique fermée, dans laquelle on a réalisé un vide parfait. Le point S représente le point de percée dans le plan de section d'un fil d'argent incandescent, disposé suivant l'axe du cylindre et qui évapore de façon continue des atomes d'argent : ceux-ci s'échappent suivant des lignes droites — au moins de façon approximative — dans des directions radiales. Mais l'écran cylindrique Sh (représenté en section par le petit cercle), de même axe que le cylindre extérieur, ne les laisse passer qu'à travers l'ouverture O, qui représente une fente étroite parallèle au fil S. S'il ne se passe rien d'autre, ils se dirigent directement vers A, où ils sont captés et, après un certain temps, ils y forment un précipité sous la forme d'une étroite ligne noire (parallèle au fil S et à la fente O). Mais dans l'expérience de Stern *l'appareil tout entier* est animé d'un mouvement circulaire très rapide (comme sur une roue de potier) autour de l'axe S (le sens de la rotation est indi-

Science et humanisme

qué par la flèche). Ce qui a pour effet que les atomes qui s'échappent du fil — et qui, bien entendu, ne sont *pas* affectés par la rotation — ne sont pas précipités en A mais en un point qui est situé « en arrière » de A, *d'autant plus* en arrière qu'ils sont *plus lents*, car alors ils laissent la surface collectrice tourner d'un angle *plus grand* avant de l'atteindre. Ainsi les atomes les plus lents forment une ligne en C, les plus rapides en B. Après un certain temps, on obtient une large bande dont la section plane est indiquée schématiquement sur notre figure. En mesurant son épaisseur variable et en tenant compte des dimensions de l'appareil et de sa vitesse de rotation, on peut déterminer la vitesse effective des atomes, ou plutôt le nombre d'atomes qui s'échappent avec des vitesses différentes — ce qu'on appelle la distribution des vitesses. Je dois encore expliquer la dispersion en forme d'éventail des trajectoires des atomes et leur *courbure*, indiquée sur la figure, ce qui est en contradiction apparente avec la remarque que je viens de faire et suivant laquelle les atomes qui s'échappent ne sont *pas* affectés par la rotation de l'appareil. J'ai pris la liberté de dessiner ces lignes, bien qu'elles ne soient *pas* les trajectoires « réelles » des atomes, parce qu'elles représentent ces trajectoires telles qu'elles apparaîtraient à un observateur entraîné avec le mouvement de l'appareil (comme nous sommes entraînés dans le mouvement de rotation de la terre). Il est essentiel de bien se rendre compte que ces « trajectoires relatives » demeurent les mêmes pendant la rotation. C'est pourquoi nous pouvons continuer à faire tourner l'appareil aussi longtemps que nous le voulons, de façon à obtenir un dépôt appréciable. Ces expériences importantes ont confirmé quantitativement la théorie des gaz de Maxwell, bien des années après que celui-ci eut exposé sa théorie. Aujourd'hui elles ont été éclipsées par des recherches beaucoup plus impressionnantes et elles sont presque oubliées.

On peut observer l'effet d'une particule rapide isolée lorsqu'elle percute un écran fluorescent et y provoque un faible éclair de lumière, une scintillation. (Si vous avez une montre dotée d'un cadran lumineux, placez-la dans une pièce obscure et observez-la avec une loupe assez forte : vous remarquerez alors les scintillations provoquées par l'impact d'ions d'hélium isolés, de particules α comme on les appelle dans ce contexte.) Dans une chambre de Wilson on peut observer les trajectoires de particules isolées — particules α, électrons, mésons, etc. —, on peut photographier leurs traces et déterminer les déviations qu'elles subissent dans un champ magnétique. Des particules du rayonnement cosmique passant à travers une émulsion photographique y produisent des désintégrations nucléaires et les particules primaires et secondaires (si elles sont chargées, ce qui est en général le cas) tracent leurs trajectoires dans l'émulsion de telle sorte que ces trajectoires deviennent visibles lorsque la plaque est développée par les procédés photographiques ordinaires. Je pourrais vous donner d'autres exemples (mais ceux-ci suffiront) qui montrent comment la vieille hypothèse de la structure particulaire de la matière a été confirmée de la façon la plus directe bien au-delà des espérances les plus audacieuses des siècles précédents.

Plus inattendue encore est la modification qu'ont subie — qu'ont dû subir, bon gré mal gré — pendant ce même laps de temps nos idées relatives à la nature de toutes ces particules — à la suite d'autres expériences et de considérations théoriques.

Démocrite et tous ceux qui l'ont suivi dans ces conceptions jusqu'à la fin du XIXe siècle n'avaient jamais suivi la trace d'un atome individuel (et n'espéraient probablement pas en être jamais capables) et pourtant ils étaient convaincus que les atomes *sont* individuels, identifiables, qu'ils sont de petits corps en tous points semblables aux objets résistants et palpables qui nous entourent. Il peut paraître presque ironique que ce soit précisément pendant ces années ou ces décennies au cours desquelles nous avons réussi à suivre à la trace des particules et des atomes isolés, individuels — et cela par des méthodes variées — que nous avons été obligés de renoncer à l'idée qui fait d'une telle particule une entité individuelle dont l'« identité » subsiste en principe éternellement. Bien au contraire, nous sommes actuellement obligés d'affirmer que les constituants ultimes de la matière n'ont aucune « identité ». Quand on observe une particule d'un certain type, par exemple un électron, à tel instant et à tel endroit, cela doit être regardé en principe comme un *événement isolé*. Même si on observe une particule similaire un très court instant après à un endroit très proche du premier, et même si on a toutes les raisons de supposer une *connexion causale* entre la première et la seconde observation, l'affirmation selon laquelle c'est *la même* particule qui a été observée dans les deux cas n'a aucune signification vraie, dépourvue d'ambiguïté. Les circonstances peuvent être telles qu'il soit hautement convenable et désirable de s'exprimer de cette façon, mais c'est seulement une façon abrégée de parler ; car il y a d'autres cas où l'« identité » devient entièrement dénuée de sens ; et il n'y a pas de frontière nette, pas de distinction claire entre ces cas, il y a une transition graduelle à travers les cas intermédiaires. Et je vous demande de pouvoir insister sur ceci et je vous demande de le croire : il n'est nullement question ici de dire que nous sommes capables d'affirmer l'identité dans certains cas et que nous en sommes incapables dans d'autres cas. Il est hors de doute que la question de l'« identité », de l'individualité, n'a vraiment et réellement aucune signification.

La forme remplace la substance comme concept fondamental

La situation est plutôt déconcertante. Vous allez me demander : que sont donc ces particules si elles ne sont pas indivi-

Physique quantique et représentation du monde

dualisées ? Et vous pourriez aussi porter votre attention sur une autre espèce de transition graduelle, celle qui existe entre une particule élémentaire et un corps palpable de notre entourage, auquel nous attribuons une identité individuelle. Un certain nombre de particules constituent un atome. Plusieurs atomes s'unissent pour constituer une molécule. Il y a des molécules de différentes dimensions, des petites et des grandes, mais il n'y a pas de dimension limite à partir de laquelle une molécule est qualifiée de grande. En fait il n'y a pas de limite supérieure à la dimension d'une molécule, elle peut contenir des centaines de milliers d'atomes. Elle peut être un virus ou un gène, visible sous le microscope. Finalement nous pouvons observer que tous les objets tangibles qui nous entourent sont composés de molécules, qui sont composées d'atomes, qui sont composés de particules élémentaires, et si ces dernières n'ont pas d'individualité, comment par exemple ma montre-bracelet peut-elle posséder une individualité ? Où est la limite ? Comment l'individualité apparaît-elle dans des objets composés d'éléments non individuels ?

Il est utile d'examiner cette question avec quelque détail, car cela nous donnera des indications qui nous aideront à caractériser la nature réelle d'une particule ou d'un atome, à déterminer ce qu'il y a de permanent dans une particule en dépit de son manque d'individualité. Sur ma table de travail, chez moi, j'ai un presse-papiers en fer qui a la forme d'un grand chien danois, étendu avec ses pattes croisées devant lui. Je le connais depuis de nombreuses années. Je l'ai vu sur la table de travail de mon père, alors que mon nez pouvait à peine l'atteindre. Bien des années après, lorsque mon père mourut, je pris le grand danois, parce que je l'aimais, et je l'employai pour mon propre usage. Il m'accompagna dans de nombreux endroits, jusqu'à ce que je fusse obligé de l'abandonner à Graz en 1938, lorsque je dus quitter cette ville en hâte. Mais une amie, sachant que je l'aimais, le prit et le garda pour moi. Et il y a trois ans,

Science et humanisme

lorsque ma femme fit un voyage en Autriche, elle me le rapporta et il est de nouveau sur ma table.

Je suis tout à fait sûr que c'est le même chien, le chien que j'ai vu il y a plus de cinquante ans sur le bureau de mon père. Mais *pourquoi* en suis-je sûr ? C'est très clair. C'est visiblement la *forme* ou la *configuration* (en allemand : *Gestalt*) particulière qui établit l'identité de façon certaine, et non le contenu matériel. Si la matière avait été fondue et moulée dans la forme d'un homme, l'identité serait beaucoup plus difficile à établir. Et il y a plus : même si l'identité matérielle était établie de façon certaine, cela n'aurait qu'un intérêt très restreint. Je ne me soucierais probablement pas beaucoup de l'identité ou de la non-identité de cette masse de fer, et je déclarerais que mon souvenir a été détruit.

Je considère qu'il y a là une bonne analogie, et peut-être plus qu'une analogie, pour indiquer ce que sont réellement les particules ou les atomes — car nous pouvons voir dans cet exemple, comme en beaucoup d'autres, comment, dans les corps tangibles, composés de nombreux atomes, l'individualité provient de la structure de leur assemblage, de la figure ou de la forme, ou encore de l'organisation, comme nous pourrions dire dans d'autres cas. L'identité du *matériau*, si elle existe, ne joue qu'un rôle subordonné. On peut apercevoir ceci de façon particulièrement nette lorsqu'on parle d'« identité » alors que le matériau a définitivement changé. Un homme revient, après vingt ans d'absence, dans la maison de campagne où il a passé son enfance. Il est profondément ému de trouver les lieux inchangés. C'est la *même* petite rivière qui coule à travers les *mêmes* prairies, au milieu des bleuets, des coquelicots et des saules qu'il connaissait si bien ; ce sont les mêmes vaches blanches et brunes, les mêmes canards sur l'étang. Le même chien qui vient à sa rencontre avec un aboiement amical, en lui faisant signe de la queue. Et ainsi de suite. La forme et l'organisation de tout le site sont demeurées les mêmes, bien que le « matériau » soit

Physique quantique et représentation du monde

complètement transformé dans la plupart des objets mentionnés, y compris, entre parenthèses, dans le corps de notre voyageur lui-même ! En fait, le corps qu'il possédait dans son enfance « s'en est allé avec le vent » au sens le plus littéral. Il s'en est allé, et cependant il est toujours là, car, si vous me permettez de poursuivre ma petite histoire, notre voyageur va maintenant s'établir, se marier et il aura un petit garçon qui sera l'image même de son père tel que de vieilles photos le montrent au même âge.

Retournons maintenant à nos particules élémentaires et aux petits agrégats de particules tels que les atomes et les petites molécules. Selon la *vieille* conception *leur* individualité était basée sur l'identité des matériaux dont elles sont faites. Ceci paraît être un ajout gratuit et presque mystique qui est tout à l'opposé de ce que nous venons de trouver au sujet de l'individualité des corps macroscopiques : celle-ci est tout à fait indépendante d'hypothèses aussi brutalement matérialistes et elle n'a nullement besoin de leur support. Selon la *nouvelle* conception, ce qui est permanent dans ces particules élémentaires ou ces petits agrégats, c'est leur forme et leur organisation. Les habitudes du langage quotidien nous induisent en erreur lorsqu'elles paraissent suggérer, dès que le mot de « configuration » ou de « forme » est prononcé, qu'il doit s'agir de la configuration ou de la forme de *quelque chose*, que seul un substrat matériel peut revêtir une configuration. D'un point de vue scientifique, ces habitudes remontent à Aristote, à sa *causa materialis* et à sa *causa formalis*. Mais quand on en vient à considérer les particules élémentaires qui constituent la matière, il semble qu'il n'y ait aucune raison de les concevoir à leur tour comme constituées d'un certain matériau. Elles sont, pour ainsi dire, de *pures configurations*, elles ne sont rien d'autre que des configurations ; ce qui se présente et se représente sans cesse à nous dans nos observations successives, ce sont ces configurations, et non pas des portions individualisées d'un certain matériau.

La nature de nos « modèles »

Dans tout cet exposé, nous devons, bien entendu, prendre le mot « configuration » (ou *Gestalt*) en un sens beaucoup plus large que celui de « forme géométrique ». *Il n'y a en effet aucune observation qui concerne la forme géométrique* d'une particule ou même d'un atome. Il est vrai que, lorsque nous *réfléchissons* sur l'atome, lorsque nous élaborons des théories pour rendre compte des faits observés, nous dessinons très souvent des représentations géométriques sur le tableau ou sur une feuille de papier ou, le plus souvent, simplement dans notre esprit, les détails de ces représentations étant donnés par des formules mathématiques avec une précision bien plus grande et sous une forme beaucoup plus élégante que ne pourraient jamais les donner le crayon ou le porte-plume. C'est exact. Mais les formes géométriques qui interviennent dans ces représentations ne correspondent pas à quelque chose qui pourrait être observé directement dans les atomes réels. Ces représentations ne sont qu'un soutien mental, un outil de pensée, un médium instrumental dont nous pouvons déduire, sur la base des résultats expérimentaux que nous avons rassemblés, une estimation raisonnable de la valeur des résultats que nous donneront les nouvelles expériences que nous projetons. Nous organisons ces expériences pour voir si elles confirment nos estimations — donc si ces estimations étaient raisonnables, et si, par conséquent, les représentations ou les modèles que nous utilisons sont *adéquats*. Remarquez que nous préférons dire *adéquats* et non *vrais*. Car, pour qu'une description soit *susceptible* d'être vraie, elle doit pouvoir être comparée *directement* avec les faits eux-mêmes. En général, cela n'est pas possible pour nos modèles.

Physique quantique et représentation du monde

Mais nous les utilisons, comme je le disais, pour en déduire des données observables ; ce sont ces données qui constituent la configuration ou la forme ou le type d'organisation permanent de l'objet matériel, et elles n'ont généralement rien à voir avec de « petites parcelles d'un matériau qui constituerait l'objet ».

Prenons par exemple l'atome de fer. On peut rendre visible à loisir une partie très intéressante et hautement compliquée de sa structure, chaque fois qu'on le désire et avec précisément le même résultat à toute nouvelle expérience, de la manière suivante. On introduit un petit morceau de fer (ou d'un sel de fer) dans l'arc électrique et on photographie son spectre, tel qu'il est produit par un puissant réseau optique. On trouve des dizaines de milliers de fines raies spectrales, c'est-à-dire des dizaines de milliers de longueurs d'onde définies contenues dans la lumière qu'émet un atome de fer à ces températures élevées. Et elles sont toujours les mêmes, exactement les mêmes, si bien que, comme vous le savez, il est possible de dire, en examinant le spectre d'une étoile, qu'elle contient tel et tel élément chimique. Alors qu'il est impossible de trouver quoi que ce soit au sujet de la forme géométrique d'un atome — même avec le microscope le plus puissant — il est possible de découvrir sa structure permanente caractéristique, rendue visible dans son spectre, à une distance de milliers d'années-lumière !

Vous pourrez me dire que la raie spectrale caractéristique d'un élément comme le fer est une propriété macroscopique, une propriété de la vapeur incandescente, qu'elle n'a rien à voir avec sa structure particulière (avec le fait qu'elle est composée d'atomes singuliers) — et que personne n'a encore observé la lumière émise par un atome singulier, un atome réellement isolé. C'est vrai. Mais évidemment je dois vous rappeler que la théorie de la matière, telle qu'elle est reçue actuellement, attribue l'émission de tous ces trains d'ondes lumineuses monochromatiques à l'atome singulier ; c'est la constitution de cet atome — à la fois au point de vue géométrique, au point de vue mécanique et au point de vue électrique — qui est rendue responsable de chaque longueur d'onde singulière que l'on observe dans la vapeur incandescente. Pour confirmer cette façon de voir, le physicien met en relief de la façon la plus rigoureuse le fait que ces lignes spectrales ne sont observées que dans l'état gazeux raréfié, dans lequel les atomes sont si éloignés les uns des autres qu'ils ne se troublent pas mutuellement. A l'état de solide incandescent ou à l'état liquide, le fer émet un spectre continu, plus ou moins le même que tout autre solide ou liquide à la même température — les raies fines ont entièrement disparu, ou, plus exactement, elles sont entièrement recouvertes, à cause de la perturbation mutuelle que les atomes voisins exercent les uns sur les autres.

Diriez-vous donc — pourriez-vous me demander —, diriez-vous donc que nous sommes conduits à regarder les lignes spectrales observées (qui, en gros, se conforment à la théorie) comme une partie de l'*évidence de fait* selon laquelle les atomes de fer de notre description théorique *existent* en fait et constituent la vapeur — à la façon dont la théorie des gaz le décrit — sous la forme de petits fragments de matière (doués de cette constitution particulière qui leur fait émettre les raies spectrales observées) — de petits fragments de *quelque chose*, très éloignés les uns des autres, flottant dans le *vide*, se mouvant tantôt dans une direction, tantôt dans une autre, heurtant parfois les parois, etc. ? Est-ce là une représentation *vraie* de la vapeur de fer incandescente ?

Je m'en tiens à ce que j'ai dit plus haut dans un contexte plus général : c'est certainement une représentation *adéquate* ; mais, en ce qui concerne sa *vérité*, la question appropriée qu'il faut poser n'est pas de savoir si elle est vraie ou non, mais si elle est susceptible d'être vraie ou fausse. Or elle ne l'est probablement pas. Peut-être ne pouvons-nous demander davantage que des représentations adéquates, capables de synthétiser de façon intelligible tous les faits observés et de donner une estimation raisonnable quant aux faits nouveaux que nous nous proposons de rassembler.

Des déclarations très semblables ont été faites maintes et maintes fois par des physiciens compétents, depuis très longtemps, tout au cours du XIXe siècle et au cours des premières années de ce siècle. Ils se rendaient compte que le désir d'avoir une représentation *claire* conduit nécessairement à la charger de détails non garantis. Il est, pour ainsi dire, « infiniment improbable » que ces ajouts gratuits puissent, par chance, s'avérer finalement être « corrects ». L. Boltzmann a fortement insisté sur ce point : laissez-moi être tout à fait précis, disait-il, naïvement précis quant à mon modèle, bien que je sache que je ne puis deviner, à partir des évidences de fait toujours incomplètes fournies par l'expérience, ce que la nature est réellement. Mais sans un modèle absolument précis la pensée elle-même devient imprécise, et les conséquences qui sont déduites du modèle deviennent ambiguës.

Cependant, à cette époque, sauf peut-être pour un très petit nombre d'esprits philosophiquement d'avant-garde, l'attitude des physiciens était différente de ce qu'elle est maintenant, elle était encore un peu trop naïve. On affirmait bien que tout modèle que l'on pourrait concevoir serait certainement déficient par quelque côté et serait certainement modifié un jour ou l'autre. Mais en même temps on gardait derrière la tête l'idée qu'il existe un modèle vrai — qu'un tel modèle existe pour ainsi dire dans le royaume platonicien des idées — que nous en approchons graduellement, mais que peut-être nous ne l'atteindrons jamais à cause des imperfections humaines.

Cette attitude a été maintenant abandonnée. Les échecs que nous avons rencontrés ne se rapportent plus uniquement à des détails, ils sont d'une nature plus générale. Nous sommes devenus pleinement conscients d'une situation qu'il est peut-être permis de résumer comme suit. A mesure que le regard de notre esprit devient capable de percevoir des dis-

Science et humanisme

tances de plus en plus petites et des espaces de temps de plus en plus courts, nous trouvons que la nature se comporte de façon si radicalement différente de ce que nous observons dans les corps visibles et palpables de notre entourage qu'*aucun* modèle, façonné selon les suggestions de notre expérience à grande échelle, ne peut plus être « vrai ». Un modèle entièrement satisfaisant *de ce type* n'est pas seulement pratiquement inaccessible, il n'est même pas pensable. Ou, pour être précis, disons que nous pouvons, sans doute, le concevoir — mais que, bien que nous le concevions, il est faux ; non pas sans doute parce qu'il est tout à fait dénué de sens, comme un « cercle triangulaire », mais il est tout de même beaucoup plus proche d'un tel non-sens qu'un « lion ailé ».

Description continue et causalité

J'essaierai d'être un peu plus clair à ce sujet.

En partant de nos expériences à grande échelle, en partant de notre conception de la géométrie et de notre conception de la mécanique — en particulier de la mécanique des corps

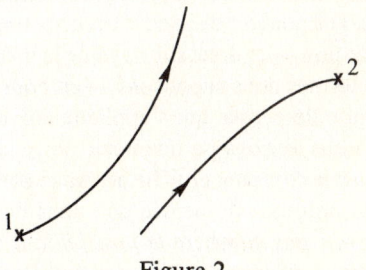

Figure 2

Physique quantique et représentation du monde

célestes —, les physiciens en étaient arrivés à formuler très nettement l'exigence à laquelle doit répondre une description vraiment claire et complète de tout événement physique : elle doit nous informer de façon précise de ce qui se passe en chaque point de l'espace à chaque moment du temps — bien entendu à l'intérieur du domaine spatial et de la portion de temps couverts par les événements physiques que l'on désire décrire. Nous pouvons appeler cette exigence *le postulat de la continuité de la description*. C'est ce postulat de la continuité qui apparaît ne pas pouvoir être satisfait ! Il y a, pour ainsi dire, des lacunes dans notre représentation.

Cela est étroitement lié avec ce que j'ai appelé plus haut l'absence d'individualité dans une particule ou même dans un atome. Si j'observe une particule ici et maintenant, et si j'observe une particule identique un instant plus tard et à un endroit qui est très proche de l'endroit précédent, non seulement je ne puis être assuré qu'il s'agit de « la même » particule, mais un énoncé de ce genre n'aurait aucune signification absolue *(voir fig. 2)*. Ceci *paraît* être absurde. Car nous sommes habitués à penser que, à chaque instant, entre les deux observations, la première particule doit avoir été *quelque part*, qu'elle doit avoir suivi une *trajectoire*, que nous connaissions celle-ci ou non. Et de même nous sommes habitués à penser que la seconde particule doit être venue de quelque part, doit avoir *été* quelque part au moment de notre première observation. Ainsi en principe devons-nous décider, ou tout au moins pouvoir décider, si ces deux trajectoires sont identiques ou non — et donc s'il *s'agit* de la même particule. En d'autres termes nous supposons — en nous conformant à une habitude de pensée qui s'applique aux objets palpables — que nous aurions pu maintenir notre particule sous une *observation continue* et affirmer ainsi son identité.

C'est cette habitude de pensée que nous devons rejeter. *Nous ne devons pas admettre la possibilité d'une observation continue*. Les observations doivent être considérées

Science et humanisme

comme des événements discrets, disjoints les uns des autres. Entre elles il y a des lacunes que nous ne pouvons combler. Il y a des cas où nous bouleverserions tout si nous admettions la possibilité d'une observation continue. C'est pourquoi j'ai dit qu'il vaut mieux ne pas regarder une particule comme une entité permanente, mais plutôt comme un événement instantané. Parfois ces événements forment des chaînes qui donnent l'illusion d'être des objets permanents, mais cela n'arrive que dans des circonstances particulières et pendant une période de temps extrêmement courte dans chaque cas particulier.

Revenons à l'affirmation plus générale que j'ai faite plus haut : l'idéal naïf du physicien classique ne peut être réalisé ; il ne sait pas répondre à son exigence selon laquelle, en principe, il doit être au moins possible de *concevoir* une information à propos de chaque point de l'espace à chaque moment du temps. L'effondrement de cet idéal comporte une conséquence très immédiate. Car, à l'époque où cet idéal de la continuité de la description n'était pas mis en doute, les physiciens avaient l'habitude de formuler le *principe de causalité* à l'usage de leur science sous une forme extrêmement claire et précise, la seule qu'il leur était possible d'utiliser, les énoncés ordinaires étant beaucoup trop ambigus et imprécis.

Cette forme du principe de causalité inclut le principe de l'« action proche » (ou l'absence d'*actio in distans*) et se

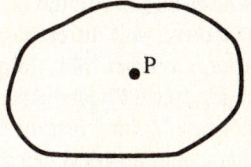

Figure 3

Physique quantique et représentation du monde

présente comme suit : la situation physique exacte en un point P *quelconque* à un instant donné t est déterminée de façon non ambiguë par la situation physique exacte à l'intérieur d'un certain voisinage de P à un instant antérieur quelconque, par exemple t - τ *(voir fig. 3)*. Si τ est grand, c'est-à-dire si cet instant antérieur est fort éloigné dans le passé, il peut être nécessaire de connaître la situation antérieure pour un domaine étendu autour de P.

Mais le « domaine d'influence » devient de plus en plus petit à mesure que τ devient plus petit, et il devient infinitésimal quand τ devient infinitésimal. Ou encore, en termes plus simples, quoique moins précis : ce qui arrive quelque part à un moment donné dépend seulement, et cela de façon non ambiguë, de ce qui s'est passé dans le voisinage immédiat « juste un instant plus tôt ». La physique classique reposait entièrement sur ce principe. L'instrument mathématique qui permettait de le mettre en œuvre était, dans tous les cas, un système d'équations aux dérivées partielles — les équations dites de champ.

Évidemment, si l'idéal d'une représentation continue, « sans lacunes », s'écroule, cette formulation précise du principe de causalité s'écroule également. Et nous ne devons pas être étonnés de rencontrer, dans cet ordre d'idées, des difficultés nouvelles et sans précédent en ce qui concerne la causalité. Nous rencontrons même (comme vous le savez) l'affirmation selon laquelle il y a des lacunes ou des défauts dans la stricte causalité. Il est difficile de dire si c'est là le dernier mot de la physique ou non. Certains croient que la question n'est absolument pas résolue (et parmi les tenants de cette opinion se trouve, soit dit en passant, Albert Einstein). Je vous parlerai un peu plus loin de la « solution d'urgence » qui est adoptée à l'heure actuelle pour échapper à cette situation délicate. Pour l'instant je désire rattacher encore quelques remarques à l'idéal classique de la description continue.

Science et humanisme

Les difficultés du continu

Quelque pénible que puisse être la perte de cet idéal, en le perdant nous avons probablement perdu quelque chose qu'il valait vraiment la peine de perdre. Il nous paraît simple parce que l'idée de continu nous paraît simple. Nous avons quelque peu perdu de vue les difficultés qu'il implique. C'est le résultat d'un conditionnement « adéquat » qui nous a été donné dans notre première enfance. Des idées telles que « tous les nombres entre 0 et 1 » ou bien « tous les nombres entre 0 et 2 » nous sont devenues tout à fait familières. Nous nous les représentons en termes géométriques comme les distances qui séparent de 0 un point tel que P ou tel que Q *(voir fig. 4)*.

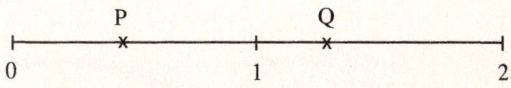

Figure 4

Parmi les points tels que Q se trouve également celui qui représente $\sqrt{2}$ (= 1, 414...). On sait que les nombres de ce genre ont tourmenté Pythagore et son école presque jusqu'à l'épuisement. Étant accoutumés à des nombres si étranges depuis notre première enfance, nous devons prendre garde à ne pas sous-estimer l'intuition mathématique de ces anciens sages. Leur tourment était hautement honorable. Ils se rendaient compte que l'on ne peut trouver aucune fraction dont le carré soit exactement égal à 2. On peut en donner des approximations très approchées, comme par exemple $\frac{17}{12}$,

Physique quantique et représentation du monde

dont le carré, $\frac{289}{144}$, est très proche de $\frac{288}{144}$, c'est-à-dire de 2. On peut s'approcher encore plus près de 2 en considérant des fractions constituées au moyen de nombres plus grands que 17 et 12, mais on n'atteindra jamais *exactement* 2.

L'idée d'un *domaine continu*, si familière aux mathématiciens d'aujourd'hui, est tout à fait exorbitante, elle représente une extrapolation considérable de ce qui nous est réellement accessible. Prétendre que l'on puisse *réellement* indiquer les valeurs exactes de n'importe quelle grandeur physique — température, densité, potentiel, valeur d'un champ, ou n'importe quelle autre — pour *tous* les points d'un domaine continu, par exemple entre 0 et 1, c'est là une extrapolation hardie.

Nous ne faisons *jamais* rien d'autre que déterminer approximativement la valeur de la grandeur considérée pour un nombre très limité de points et ensuite « faire passer une courbe continue par ces points » *(voir fig. 5).*

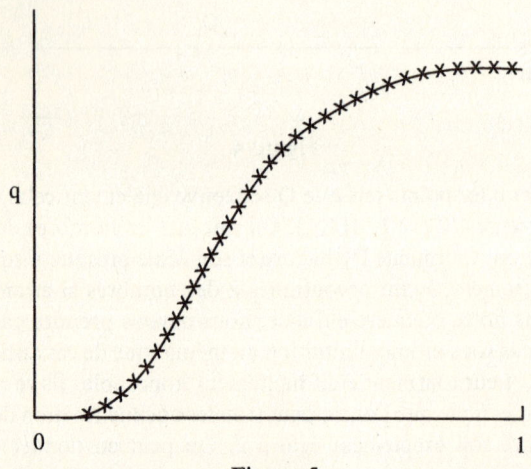

Figure 5

Science et humanisme

Ce procédé nous suffit parfaitement dans la plupart des problèmes pratiques, mais du point de vue épistémologique, du point de vue de la théorie de la connaissance, il s'agit là de tout autre chose que d'une description continue soi-disant exacte. Je pourrais ajouter que même en physique classique il y a des grandeurs — par exemple la température ou la densité — dont on reconnaît explicitement qu'elles n'admettent pas de description continue exacte. Mais cela provient de la conception que l'on se fait de ces grandeurs : elles n'ont en effet, même en physique classique, qu'une signification statistique. Cependant, je ne veux pas entrer dans plus de détails à ce propos pour l'instant, car cela risquerait de créer des confusions.

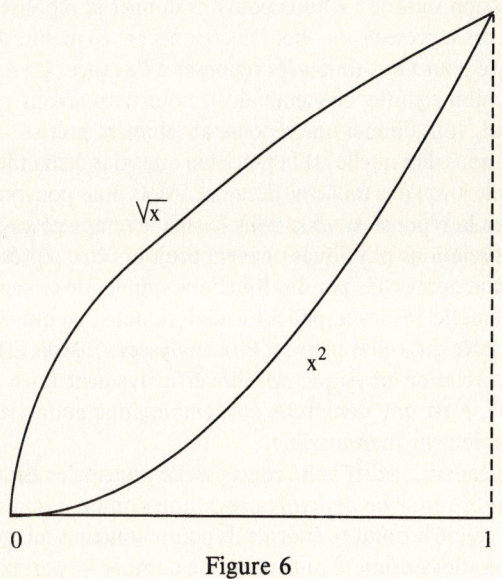

Figure 6

Physique quantique et représentation du monde

Notre désir d'obtenir des descriptions continues fut renforcé par le fait que les mathématiciens prétendent être capables de donner des descriptions continues simples de certaines de leurs constructions mentales simples. Par exemple, prenez de nouveau l'intervalle de 0 à 1, appelez x la grandeur qui varie dans cet intervalle ; nous prétendons avoir une idée non ambiguë de $\sqrt{x}$ par exemple, ou de x^2.

Les courbes qui représentent ces fonctions sont des segments de parabole (images symétriques l'un de l'autre) *(voir fig. 6)*. Nous prétendons avoir une connaissance complète de chacun des points de ces courbes ou plus exactement, la distance horizontale (abscisse) étant *donnée*, nous prétendons pouvoir donner la hauteur (ordonnée) *avec une précision aussi grande que l'on voudra*.

Mais considérez de plus près les expressions « étant donné » et « avec une précision aussi grande que l'on voudra ». La première expression signifie : « nous pouvons donner la réponse, lorsque le cas se présente » — nous ne sommes pas en mesure d'avoir préparé pour vous toutes les réponses à l'avance. La seconde expression signifie : « même ainsi, nous ne pouvons pas, en général, vous donner une réponse absolument précise ». Vous devez nous dire quelle est la précision que vous demandez, par exemple jusqu'à la millième décimale. Alors nous pouvons vous donner la réponse si vous nous laissez le temps nécessaire.

Les relations physiques peuvent toujours être représentées de façon approchée par des fonctions simples de ce genre (les mathématiciens les appellent « analytiques », ce qui signifie à peu près qu'« elles peuvent être analysées »). Mais affirmer que la relation physique *possède* effectivement cette forme simple, c'est une démarche épistémologique audacieuse, et probablement inadmissible.

Cependant, la difficulté conceptuelle principale réside dans le nombre énorme de « réponses » que l'on peut demander, étant donné le nombre énorme de points contenus même dans l'intervalle continu le plus petit. Ce nombre — par exemple

Science et humanisme

le nombre de points contenus entre 0 et 1 — est si extraordinairement grand qu'on le diminue à peine même en enlevant « presque tous les points » de l'intervalle. Permettez-moi d'illustrer ceci par un exemple significatif.

Considérez de nouveau le segment 0-1. Je vais décrire un certain ensemble de points qui *subsiste* lorsqu'on enlève certains points de ce segment.

Enlevez d'abord entièrement le tiers central, le point limite de gauche compris, donc tous les points de 1/3 à 2/3 (mais en *laissant* 2/3). De chacun des deux tiers restants, enlevez de nouveau les « tiers centraux », *leurs* points limites de gauche compris, en laissant leurs points limites de droite. Procédez de la même manière avec les « quatre neuvièmes » restants. *Et ainsi de suite (voir fig. 7).*

Figure 7

Si vous essayez effectivement de répéter cette opération, ne fût-ce que quelques fois, vous aurez vite l'impression qu'il « ne reste rien ». A chaque étape en effet, nous enlevons un tiers de ce qui subsiste. Supposez que le contrôleur des contributions vous impose d'abord d'un montant de 6 s. 8 d*. par livre sur votre revenu, puis de 6 s. 8 d. par livre sur ce qui reste, et ainsi de suite, *à l'infini* ; vous accorderez que vous ne garderez pas grand-chose.

Nous allons maintenant analyser notre exemple et vous serez étonnés de voir combien de nombres ou de points subsistent. Je regrette que ceci requière une petite préparation. Un nombre entre 0 et 1 peut être représenté par une fraction décimale, comme

---

* 6 shillings 8 pence.

Physique quantique et représentation du monde

$$0, 470802\ldots,$$

et vous savez que cela signifie

$$\frac{4}{10} + \frac{7}{10^2} + \frac{0}{10^3} + \frac{8}{10^4} + \cdots$$

Si nous utilisons ici le nombre 10, c'est un pur accident, dû au fait que nous avons dix doigts. Nous pouvons utiliser n'importe quel autre nombre, 8, 12, 3, 2... Nous avons besoin, naturellement, de symboles différents pour représenter tous les nombres jusqu'à la « base » choisie. Dans notre système décimal, nous avons besoin de dix symboles : 0, 1, 2, ...9. Si nous prenions 12 comme base, nous devrions inventer des symboles spéciaux pour 10 et 11. Si nous prenions la base 8, les symboles pour 8 et 9 deviendraient superflus.

Les fractions non décimales n'ont pas été entièrement éliminées par le système décimal. Les fractions dyadiques, c'est-à-dire celles qui utilisent la base 2, sont très répandues, surtout en Grande-Bretagne. Je demandais l'autre jour à mon tailleur combien d'étoffe je devais fournir pour les pantalons de flanelle que je venais de lui commander ; il me répondit, à mon grand étonnement, 1 yard 3/8. On voit facilement qu'il s'agit là de la fraction *dyadique*

$$1, 011,$$

qui signifie

$$1 + \frac{0}{2} + \frac{1}{4} + \frac{1}{8}.$$

De la même manière, certaines bourses de valeur cotent les parts non pas en shillings et en pence mais en fractions

Science et humanisme

dyadiques de la livre, par exemple £ $\frac{13}{16}$, ce qui, en notation *dyadique*, se lirait

$$0, 1101,$$

c'est-à-dire

$$\frac{1}{2} + \frac{1}{4} + \frac{0}{8} + \frac{1}{16}.$$

Remarquez que dans une fraction dyadique n'interviennent que deux symboles, 0 et 1.

Pour ce qui nous occupe en ce moment, nous avons besoin d'abord de fractions *triadiques*; ces fractions ont la base 3 et utilisent seulement les symboles 0, 1, 2. Dans ce système la notation

$$0, 2012...$$

par exemple signifie

$$\frac{2}{3} + \frac{0}{9} + \frac{1}{27} + \frac{2}{81} + \cdots$$

(En ajoutant des points nous admettons délibérément des fractions dont le développement se poursuit à l'infini, comme par exemple la racine carrée de 2.)

Retournons maintenant à notre problème et essayons de décrire l'ensemble « presque vide » de nombres qui subsiste dans la construction illustrée par notre figure. Un examen un peu attentif vous montrera que les points que nous avons *enlevés* sont ceux dont la représentation *triadique* contient le chiffre 1 *au moins une fois*. En effet, en ôtant le tiers central de notre segment, nous éliminons tous les nombres dont la représentation triadique commence par :

Physique quantique et représentation du monde

0, 1...

A la seconde étape, nous éliminons tous ceux dont la représentation triadique commence

soit par 0, 01..., soit par 0, 21...

Et ainsi de suite. Cette remarque nous montre que certains nombres subsistent : ce sont tous ceux dont la représentation triadique ne contient *pas* le symbole 1, mais uniquement les symboles 0 et 2, comme par exemple

0, 22000202...

(les points représentant une suite qui ne comporte que des 0 et des 2). A ces nombres appartiennent évidemment ceux qui correspondent aux points limites de droite des intervalles éliminés (comme 0,2 = $\frac{2}{3}$ ou 0,22 = $\frac{2}{3} + \frac{2}{9} = \frac{8}{9}$); nous avions en effet décidé de garder ces points limites. Mais il en reste beaucoup d'autres, par exemple la fraction triadique *périodique* 0, $\dot{2}\dot{0}$, qui signifie : 0, 20202020... et ainsi de suite *indéfiniment*. C'est la série infinie

$$\frac{2}{3} + \frac{2}{3^3} + \frac{2}{3^5} + \frac{2}{3^7} + \cdots$$

Pour trouver sa valeur, multipliez-la par le carré de 3, c'est-à-dire par 9. Le premier terme nous donne $\frac{18}{3}$, c'est-à-dire 6, tandis que les termes suivants reproduisent simplement la série initiale. Il s'ensuit que *huit* fois notre série = 6, et donc que la valeur cherchée est $\frac{6}{8}$ ou $\frac{3}{4}$.

Cependant, quand on se rappelle que les intervalles « enlevés » tendent à couvrir *entièrement* l'intervalle compris entre 0 et 1, on est porté à croire que, comparé à l'ensemble initial (qui contient *tous* les nombres entre 0 et 1), l'ensemble res-

Science et humanisme

tant doit être « excessivement raréfié ». Mais c'est ici précisément que nous nous heurtons à une constatation étonnante : en un certain sens, l'ensemble restant est encore aussi étendu que l'ensemble original. Nous pouvons en effet associer leurs éléments respectifs par paires, par accouplement monogame pour ainsi dire, chaque nombre de l'ensemble original étant associé à un nombre déterminé de l'ensemble restant, sans qu'aucun nombre ne soit omis ni d'un côté ni de l'autre (c'est ce que les mathématiciens appellent « une correspondance biunivoque »). Ceci est si étrange que plus d'un lecteur, j'en suis sûr, sera d'abord porté à croire qu'il a *dû* mal me comprendre, bien que je me sois efforcé de m'exprimer avec le moins d'ambiguïté possible.

Comment peut-on arriver à ce résultat ? Eh bien, l'« ensemble restant » est représenté par *toutes* les fractions *triadiques* qui contiennent uniquement des 0 et des 2 ; nous avons donné l'exemple général

$$0, 22000202\ldots$$

(les points représentant une suite qui ne comporte que des 0 et des 2). Associez à cette fraction *triadique* la fraction *dyadique*

$$0, 11000101\ldots,$$

obtenue à partir de la précédente en remplaçant partout le chiffre 2 par le chiffre 1. Inversement, en partant d'une fraction dyadique *quelconque*, en changeant tous les 1 en 2, vous pouvez obtenir la représentation *triadique* d'un nombre déterminé de ce que nous avons appelé l'« ensemble restant ».

Étant donné que tout élément de l'ensemble original, c'est-à-dire tout nombre compris entre 0 et 1, peut être représenté par une fraction dyadique bien déterminée et une seule-

Physique quantique et représentation du monde

ment [1], nous sommes bien en possession d'une correspondance biunivoque parfaite entre les éléments des deux ensembles.

(Il peut être utile d'illustrer ce « système d'accouplement » par des exemples. Ainsi le nombre dyadique utilisé par mon tailleur,

$$\frac{3}{8} = \frac{0}{2} + \frac{1}{4} + \frac{1}{8} = 0,011,$$

conduirait au nombre triadique correspondant

$$0,022 = \frac{0}{3} + \frac{2}{9} + \frac{2}{27} = \frac{8}{27} \ ;$$

cela revient à dire que le nombre $\frac{3}{8}$ de l'ensemble original est mis en correspondance avec le nombre $\frac{8}{27}$ de l'ensemble restant. Inversement, prenez le nombre triadique $0,\dot{2}\dot{0}$ qui signifie, comme nous l'avons montré, $\frac{3}{4}$. Le nombre dyadique correspondant $0,\dot{1}\dot{0}$ représente la série infinie

$$\frac{1}{2} + \frac{1}{2^3} + \frac{1}{2^5} + \frac{1}{2^7} + \frac{1}{2^9} + \cdots$$

Si l'on multiplie cette série par le carré de 2, c'est-à-dire par 4, on obtient : 2 + *la même série*. En d'autres termes, *trois* fois la série égale 2, et donc la série elle-même égale $\frac{2}{3}$. Ce qui revient à dire que le nombre $\frac{3}{4}$ de l'« ensemble restant » est mis en correspondance (ou est « accouplé ») avec le nombre $\frac{2}{3}$ de l'ensemble original.)

Le fait remarquable, en ce qui concerne notre « ensemble restant », c'est que, bien qu'il ne couvre pas un intervalle

---

[1]. Nous laissons de côté les redoublements triviaux, du genre de ceux que fournissent les exemples suivants dans le système décimal : $1 = 0,\dot{9}$ ou $0,8 = 0,7\dot{9}$.

Science et humanisme

mesurable, il possède cependant l'extension énorme de n'importe quel domaine continu. Le langage mathématique exprime cette étonnante combinaison de propriétés en disant que cet ensemble a encore la « puissance » du continu, bien qu'il soit « de mesure nulle ».

Je vous ai exposé cet exemple afin de vous faire sentir qu'il y a quelque chose de mystérieux dans le continu et que nous ne devons pas être trop étonnés si, en tâchant de l'utiliser pour une description précise de la nature, nous rencontrons des échecs apparents.

L'expédient de la mécanique ondulatoire

Maintenant je vais essayer de vous donner une idée de la méthode par laquelle les physiciens s'efforcent à présent de surmonter cet échec. Elle pourrait s'appeler une « issue de secours », bien qu'en fait on ait eu en vue une nouvelle théorie.

Je veux parler évidemment de la mécanique ondulatoire. (Eddington a dit qu'elle n'était « pas une théorie physique mais un artifice, un excellent artifice d'ailleurs ».)

La situation se présente à peu près comme suit. Les faits observés (au sujet des particules et de la lumière, des différentes espèces de rayonnement et de leurs interactions mutuelles) paraissent n'être *guère compatibles* avec l'idéal classique d'une description continue dans l'espace et dans le temps. (Permettez-moi de m'expliquer à l'égard du physicien en évoquant un exemple : dans sa fameuse théorie des raies spectrales, qu'il proposa en 1913, Bohr fut amené à supposer que l'atome passe *brusquement* d'un état à l'autre, et que, au cours d'une telle transition, il émet un train d'ondes lumineuses de plusieurs pieds de long, contenant des centaines de

Physique quantique et représentation du monde

milliers d'ondes et exigeant pour sa formation un temps considérable. On ne peut donner aucune information au sujet de l'atome au cours de cette transition.)

Les faits observés ne peuvent donc pas être mis en accord avec une description continue dans l'espace et le temps ; cela paraît tout simplement impossible, du moins dans la plupart des cas. D'autre part, à partir d'une description incomplète — qui comporte des lacunes dans l'espace et dans le temps — on ne peut obtenir des conclusions claires et dépourvues d'ambiguïté ; on ne peut aboutir qu'à une pensée vague, arbitraire et obscure — et c'est là ce que nous devons éviter à tout prix ! Que faut-il donc faire ? La méthode qui a été adoptée à l'heure actuelle peut vous paraître surprenante. Elle revient à ceci : nous donnons effectivement une description complète, continue dans l'espace et dans le temps, sans omissions ni lacunes, conformément à l'idéal classique — c'est la description *de quelque chose*. Mais nous ne prétendons pas que ce « quelque chose » s'identifie aux faits observés ou observables ; et nous prétendons encore moins que nous décrivons ainsi ce que la nature (c'est-à-dire la matière, le rayonnement, etc.) *est* réellement. En fait nous utilisons cette description (la description dite ondulatoire) en sachant parfaitement bien qu'elle ne correspond à *aucun* de ces termes.

Il n'y a aucune lacune dans l'image que nous donne la mécanique ondulatoire, pas même en ce qui concerne la *causalité*. La description ondulatoire est conforme à l'exigence classique d'un déterminisme absolu, la méthode mathématique qu'elle utilise est celle des équations de champ, bien que, parfois, il s'agisse d'un type hautement généralisé d'équations de champ.

A quoi donc peut bien servir une telle description si, comme je l'ai dit, on ne voit pas qu'elle décrive les faits observables ni la figure réelle de la nature ? Eh bien, elle est censée nous donner des *informations* au sujet des faits observés et de leurs relations de dépendance mutuelle. Il y en a qui pensent que notre description nous donne *toute* l'information que l'on peut obtenir au sujet des faits observables et de leur interdépendance ; c'est là une perspective optimiste. Mais cette perspective — qui peut d'ailleurs être correcte comme aussi bien ne pas l'être — n'est *optimiste* que dans la mesure où elle peut flatter notre vanité en nous persuadant que nous possédons, en principe, toute l'information accessible. Mais elle est pessimiste à un autre point de vue, nous pourrions dire qu'elle est épistémologiquement pessimiste. *Car l'information que nous obtenons au sujet du lien de dépendance causal entre les faits observables est incomplète.* (Le sabot fourchu doit bien apparaître *quelque part* !) Les lacunes, éliminées de la description ondulatoire, se sont refugiées dans la connexion qui relie la description ondulatoire aux faits observables. Ceux-ci ne correspondent *pas* de façon biunivoque à la description. De nombreuses ambiguïtés subsistent et, comme je l'ai dit, certains pessimistes optimistes, ou optimistes pessimistes, pensent que cet élément d'ambiguïté est essentiel, qu'on ne peut l'éliminer.

Telle est la situation logique à l'heure actuelle. Je crois que je l'ai décrite correctement ; cependant je me rends parfaitement compte que, sans exemple, toute la discussion est restée un peu exsangue — elle s'est déroulée à un plan purement logique. Je crains aussi de vous avoir donné une impression trop défavorable de la théorie ondulatoire de la matière. Je devrais apporter un correctif sur ces deux points. La théorie ondulatoire n'est pas neuve ; elle a bien plus d'un quart de siècle. Elle a fait sa première apparition sous la forme de la théorie ondulatoire de la lumière (Huygens, 1690). Pendant près de cent ans [2], les ondes lumineuses furent considérées comme une réalité incontestable, comme une entité dont l'existence réelle avait été établie de façon indubitable par

---

2. Il ne s'agit cependant pas des cent années qui ont suivi immédiatement la naissance de la théorie ; pendant près d'un siècle en effet l'autorité de Newton a éclipsé la théorie de Huygens.

Physique quantique et représentation du monde

les expériences sur les phénomènes de diffraction et d'interférences lumineuses.

Je ne pense pas que, même aujourd'hui, on trouverait beaucoup de physiciens prêts à souscrire à l'idée que « les ondes lumineuses n'existent pas réellement, qu'elles sont simplement des ondes de connaissance » (citation libre de Jeans), et en tout cas on n'en trouverait certainement pas parmi les physiciens expérimentaux.

Si on observe une source lumineuse très fine L *(voir fig. 8)*,

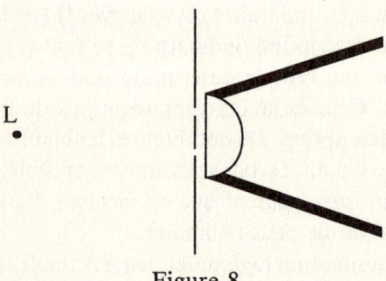

Figure 8

par exemple un fil incandescent de quelques millièmes de millimètre d'épaisseur, au moyen d'un microscope dont la lentille est couverte par un écran muni de deux fentes parallèles, on aperçoit (sur l'écran de projection conjugué à L) un système de franges colorées qui est exactement conforme, qualitativement et quantitativement, à la théorie qui considère une lumière de couleur déterminée comme un mouvement ondulatoire d'une certaine longueur d'onde assez petite (la plus petite correspondant au violet et une longueur deux fois plus grande au rouge). Ce n'est là qu'une des dizaines d'expériences qui confirment la même idée. Pourquoi donc en est-on venu à douter de la *réalité* des ondes ? Pour deux raisons.

a) Des expériences semblables ont été faites au moyen de

Science et humanisme

rayons cathodiques (au lieu de lumière); et les rayons cathodiques — affirme-t-on — sont *manifestement* constitués d'électrons individuels qui laissent des « traces » dans la chambre à brouillard de Wilson.

b) Il y a des raisons d'affirmer que la lumière elle-même consiste également en particules individuelles — appelées photons (du grec φῶς = lumière).

Cependant on peut de nouveau objecter à cette manière de voir que dans *aucun* des deux cas on ne peut se dispenser de recourir malgré tout au concept d'onde si l'on désire rendre compte des franges d'interférences. Et on peut objecter également que les particules ne sont pas des objets identifiables, qu'elles pourraient être considérées comme des événements de nature explosive se produisant dans le front de l'onde — précisément comme ces événements par lesquels le front de l'onde se manifeste à l'observation. Ces événements — pourrait-on dire — sont jusqu'à un certain point fortuits et c'est pourquoi il n'existe pas de lien causal strict entre les observations.

Permettez-moi de vous expliquer avec quelque précision pourquoi on ne peut arriver — ni dans le cas de la lumière ni

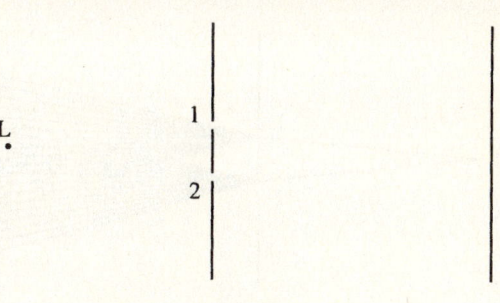

Figure 9

Physique quantique et représentation du monde

dans celui des rayons cathodiques — à comprendre ces phénomènes au moyen du concept de corpuscule isolé, individuel, *doué d'une existence permanente*. Cela me donnera en même temps l'occasion de fournir un exemple de ce que j'appelle les « lacunes » de notre description et de ce que j'appelle le « défaut d'individualité » des particules.

Pour les besoins de l'exposé, nous simplifierons à l'extrême le dispositif expérimental. Considérons une source fine, presque ponctuelle, qui émet des corpuscules dans toutes les directions, et un écran percé de deux petits trous munis de volets de fermeture, de telle sorte que l'on puisse ouvrir d'abord l'un des deux trous, puis l'autre, puis les deux à la fois. Derrière cet écran se trouve une plaque photographique qui recueille les corpuscules sortant des ouvertures. On peut dire que, lorsque la plaque est développée, elle montre les corpuscules isolés qui l'ont atteinte, chaque corpuscule rendant un grain de bromure d'argent développable, de telle sorte qu'il apparaît après développement comme une tache noire. (Ceci est très proche de la vérité) *(voir fig. 9)*.

Maintenant ouvrons d'abord un des trous. On pourrait s'attendre à obtenir, après un certain temps d'exposition, un amas compact autour d'une tache centrale. Mais il n'en est

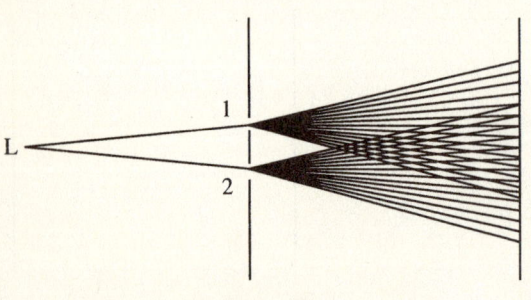

Figure 10

Science et humanisme

pas ainsi. Apparemment, les particules sont déviées de leur trajectoire rectiligne lorsqu'elles traversent l'ouverture. On obtient une dispersion assez large de taches noires ; elles sont toutefois plus denses dans la partie centrale, et se raréfient à mesure que l'on s'en écarte. Si l'on ouvre le second trou seulement, on obtient évidemment une image similaire ; la seule différence, c'est qu'elle est disposée autour d'un autre centre.

Maintenant ouvrons les deux trous en même temps et exposons la plaque exactement pendant le même temps que les deux premières fois. Selon la conception corpusculaire, des particules individuelles isolées sont émises par la source, se dirigent vers l'un des trous, y sont déviées et ensuite continuent leur route suivant une autre ligne droite jusqu'au

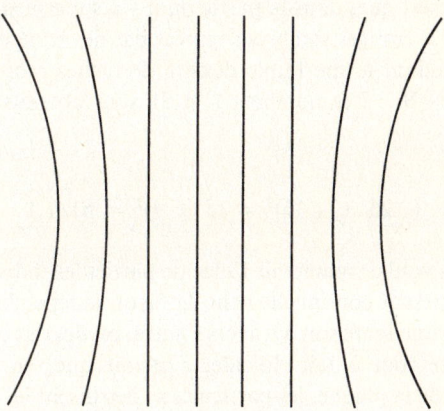

Figure 11

Les lignes indiquent les endroits où les taches sont rares ou inexistantes, tandis qu'à mi-chemin entre deux lignes les taches atteignent leur plus haute densité. Les deux lignes droites qui occupent le centre de la figure sont parallèles aux fentes de l'écran.

moment où elles sont absorbées par la plaque. Si cette conception est correcte, à quoi devons-nous nous attendre ? Nous devons évidemment nous attendre à ce que les deux images obtenues précédemment se superposent. Ainsi, dans les régions où les deux éventails se recouvrent, si, près d'un point déterminé de la plaque, on avait 25 taches par unité de surface dans la première expérience et 16 dans la seconde, on doit s'attendre à trouver 25 + 16 = 41 taches dans la troisième expérience. Eh bien, il n'en est pas ainsi. En supposant les mêmes données pour les deux premières expériences (et *en ne tenant pas compte des fluctuations dues au hasard*, pour simplifier l'exposé), on peut trouver entre 81 taches et une seule tache par unité de surface, suivant l'endroit précis que l'on examine sur la plaque. Le nombre observé est déterminé par la différence des distances respectives entre l'endroit considéré et chacun des deux trous. Le résultat c'est que, dans la partie où il y a superposition, on obtient des franges sombres séparées par des franges claires correspondant à une faible densité de taches *(voir fig. 10 et 11)*. (N.B. : Les nombres 1 et 81 sont obtenus comme suit :

$$(\sqrt{25} \pm \sqrt{16})^2 = (5 \pm 4)^2 = 81/1.)$$

Si l'on voulait maintenir l'idée de particules individuelles isolées passant continuellement de façon indépendante soit à travers une fente soit à travers l'autre, on devrait faire une hypothèse tout à fait ridicule, à savoir que, en certains endroits de la plaque, les particules se détruisent les unes les autres dans une large mesure tandis qu'en d'autres endroits elles « engendrent une descendance ». Ceci n'est pas seulement ridicule mais peut être réfuté par l'expérience. (En rendant la source extrêmement faible et en exposant la plaque pendant un temps très long ; cela ne modifie pas l'image obte-

Science et humanisme

nue !) La seule autre hypothèse que nous puissions faire, c'est qu'une particule passant par l'ouverture n° 1 est influencée également par l'ouverture n° 2, et cela d'une façon extrêmement mystérieuse.

Nous devons donc, semble-t-il, abandonner l'idée de reconstituer jusqu'à son origine l'histoire d'une particule qui se manifeste sur la plaque en réduisant un grain de bromure d'argent. *Nous ne pouvons pas dire où se trouvait la particule avant de toucher la plaque.* Nous ne pouvons pas dire à travers quelle ouverture elle est venue. C'est là une des lacunes typiques de notre description des événements observables, et en même temps un exemple très caractéristique du défaut d'individualité des particules. Nous devons *penser* en termes d'ondes sphériques émises par la source : des parties de chaque front d'onde passent à travers les deux ouvertures et produisent notre figure d'interférences sur la plaque — mais cette figure se manifeste à l'*observation* sous la forme de particules isolées.

La prétendue disparition de la frontière entre le sujet et l'objet

On ne peut nier que le nouvel aspect physique de la nature dont j'ai essayé de vous donner quelque idée par cet exemple ne soit beaucoup plus compliqué que l'ancienne conception que j'ai appelée l'«idéal classique de la description ininterrompue et continue». Une question très importante se présente alors tout naturellement à l'esprit : cette façon nouvelle et non familière de considérer les choses, qui s'écarte de nos habitudes de pensée quotidiennes, est-elle profondément enracinée dans les faits d'observation, en sorte qu'elle puisse être considérée comme *s'étant imposée définitivement*

Physique quantique et représentation du monde

et que l'on ne s'en débarrassera plus jamais ; ou bien ce nouvel aspect de la physique n'est-il que la marque, non de la nature objective, mais des comportements de l'esprit humain, de l'état que notre intelligence de la nature a atteint à l'heure actuelle ?

C'est là une question à laquelle il est extrêmement difficile de répondre, parce qu'on ne voit même pas très clairement ce que signifie l'antithèse : nature objective et esprit humain. Car, d'une part, je fais indubitablement partie de la nature, alors que, d'autre part, la nature objective ne m'est connue que comme un phénomène de mon esprit. Un autre point dont nous devons tenir compte en examinant cette question est le suivant : on est très facilement trompé quand on regarde une habitude de pensée acquise comme un postulat péremptoire imposé par notre esprit à toute théorie du monde physique. La plus célèbre illustration de cette remarque c'est l'exemple de Kant qui, comme vous le savez, a appelé *espace* et *temps, tels qu'il les connaissait*, les formes de notre intuition mentale *(Anschauung)* — l'espace étant pour lui la forme de l'intuition externe et le temps celle de l'intuition interne. Pendant tout le XIXe siècle la plupart des philosophes l'ont suivi sur ce point. Je ne dirai pas que l'idée de Kant était complètement fausse, mais elle était certainement trop rigide et elle ne peut plus être acceptée sans modification depuis le moment où sont apparues de nouvelles possibilités : par exemple l'espace peut fort bien être (et est probablement) fermé en lui-même et cependant sans frontières, et deux événements peuvent se produire de telle sorte que *l'un quelconque d'entre eux* puisse être regardé comme précédant l'autre (ce qui représente l'aspect de nouveauté le plus étonnant de la théorie de la relativité « restreinte » d'Einstein).

Mais retournons à notre question, quelque rudimentaire que puisse en être l'énoncé : l'impossibilité d'une description continue, sans lacunes et ininterrompue dans l'espace et dans le temps est-elle réellement fondée sur des faits irréfutables ?

Science et humanisme

L'opinion courante parmi les physiciens affirme qu'il en *est* bien ainsi. Bohr et Heisenberg ont proposé à ce sujet une théorie très ingénieuse que l'on peut expliquer si simplement qu'on la trouve dans la plupart des ouvrages de vulgarisation sur la question — malheureusement serais-je tenté de dire ; car on comprend généralement mal ses implications philosophiques. Je vais en faire la critique, mais je dois d'abord la résumer brièvement.

Elle se présente comme suit. Nous ne pouvons faire une constatation de fait à propos d'un objet naturel donné (ou d'un système physique) sans « entrer en contact » avec lui. Ce « contact » est une interaction physique réelle. Même s'il consiste uniquement à « regarder l'objet », celui-ci doit être frappé par des rayons lumineux et les réfléchir dans l'œil ou dans quelque instrument d'observation. Cela signifie qu'il y a *interférence* entre l'objet et le système d'observation. On ne peut obtenir une information quelconque à propos d'un objet en le laissant rigoureusement isolé. La théorie poursuit en affirmant que cette perturbation de l'objet n'est ni négligeable ni complètement analysable. Ainsi, après un certain nombre d'observations laborieuses, l'objet se trouve dans un état dont *certains* éléments sont connus (ceux qui ont été observés en dernier lieu) mais dont d'*autres* (ceux qui ont été affectés par la dernière observation) ne sont pas connus ou pas connus avec précision. C'est cette situation qui est censée expliquer pourquoi une description complète et sans lacunes des objets physiques est impossible.

Mais, évidemment, ce raisonnement, même si j'en accepte le bien-fondé, m'apprend seulement jusqu'ici qu'une telle description ne peut être donnée effectivement, mais il ne me persuade *nullement* que je ne pourrais être capable de former *dans mon esprit un modèle* complet et sans lacunes à partir duquel je pourrais déduire ou prévoir correctement tout ce que je peux observer, avec le degré de certitude que le caractère incomplet de mes observations me permet d'obtenir. La situation *pourrait* être la même qu'au début d'une partie de whist. D'après les règles du jeu, je ne peux connaître qu'un quart des cinquante-deux cartes. Je sais cependant que chacun des autres joueurs a aussi treize cartes qui ne changeront pas pendant le jeu, que personne d'autre ne peut avoir une reine de cœur (parce que c'est moi qui la possède), qu'il y a exactement six carreaux parmi les cartes que je ne connais pas (parce qu'il se trouve que j'en ai moi-même sept), et ainsi de suite.

Je dis que cette interprétation suggère d'elle-même ce qui suit : il *existe* effectivement un objet physique parfaitement déterminé, mais je ne peux jamais tout savoir à son sujet. Cependant, affirmer cela serait se méprendre complètement sur ce que Bohr et Heisenberg et leurs partisans veulent réellement dire. Ils veulent dire que l'objet n'a pas une existence indépendante du sujet qui l'observe. Ils veulent dire que les récentes découvertes de la physique nous ont conduits jusqu'à la frontière mystérieuse qui sépare le *sujet* de l'*objet* et que cette frontière s'est révélée ne pas être du tout une frontière nettement tracée. Nous devons comprendre que nous n'observons jamais un objet sans le modifier ou l'affecter par notre propre activité au cours de l'observation. Nous devons comprendre que, sous le choc de nos méthodes raffinées d'observation et de nos méthodes d'interprétation des résultats d'expérience, cette mystérieuse frontière entre le sujet et l'objet *s'est effondrée*.

L'opinion de ces deux théoriciens quantiques, qui comptent parmi les plus éminents, mérite évidemment un examen attentif ; et le fait que plusieurs autres savants des plus importants ne rejettent pas leur opinion mais paraissent plutôt s'en satisfaire, nous fait une obligation supplémentaire d'en peser très soigneusement la valeur. Mais, tout en agissant de la sorte, je ne puis éviter certaines objections.

Je ne pense pas que je sois porté à sous-estimer *a priori* l'importance que possède la science au point de vue simple-

Science et humanisme

ment humain. J'ai exprimé par le titre primitif de ces conférences et j'ai expliqué dans mon introduction que je considère la science comme une partie intégrante de notre effort pour répondre à la grande question philosophique qui embrasse toutes les autres, la question que Plotin a exprimée dans sa brève interrogation : τίνες δέ ἡμεῖς ; qui sommes-nous ? Et davantage encore : je considère que c'est là non pas seulement une des tâches, mais *la* tâche de la science, la seule qui compte réellement.

Mais, malgré tout cela, je ne peux pas croire (et c'est là ma première objection), je ne peux pas croire que l'enquête philosophique profonde sur la relation entre le sujet et l'objet et sur la vraie signification de la distinction entre sujet et objet dépende des résultats quantitatifs de mesures physiques et chimiques effectuées avec des balances, des spectroscopes, des microscopes, des télescopes, des compteurs de Geiger-Müller, des chambres de Wilson, des plaques photographiques, des dispositifs pour mesurer la perte de radioactivité et que sais-je encore. Je ne pourrais pas dire facilement *pourquoi* je ne le crois pas. Je perçois une certaine inadéquation entre les moyens utilisés et le problème qui doit être résolu. Je n'éprouve *pas* la même méfiance à l'égard d'autres sciences, en particulier la biologie, et tout spécialement la *génétique* et les faits qui concernent l'*évolution*. Mais nous n'allons pas en parler ici maintenant.

D'autre part (et c'est là ma seconde objection), la simple affirmation que toute observation dépend à la fois du sujet et de l'objet — lesquels sont inextricablement mêlés —, cette affirmation n'a rien de nouveau, elle est presque aussi vieille que la science elle-même. Bien que les vingt-quatre siècles qui nous séparent des deux grands savants d'Abdère, Protagoras et Démocrite, ne nous aient transmis que peu de documents à leur sujet et peu de citations de leurs œuvres, nous pouvons dire que tous deux, à leur manière, ont affirmé que toutes nos sensations, perceptions et observations ont une forte coloration personnelle, subjective, et ne nous font pas connaître la nature des choses en elles-mêmes. (La différence qui existait entre eux c'est que Protagoras éliminait la chose en elle-même : pour lui nos sensations étaient la seule vérité, alors que Démocrite pensait tout autrement à ce sujet.) Depuis lors, la question n'a cessé de renaître partout où la science a été pratiquée ; nous pourrions la suivre à travers les siècles et parler de l'attitude de Descartes, de Leibniz, de Kant à son égard. Nous ne le ferons pas. Mais je dois cependant introduire ici une remarque, afin de ne pas être accusé d'injustice envers les physiciens quantiques d'aujourd'hui. En prétendant que, dans la perception et l'observation, le sujet et l'objet sont inextricablement mêlés, ils n'affirmaient, disais-je, rien de très neuf. Mais ils pourraient faire remarquer *qu'il y a* effectivement dans cette affirmation quelque chose de nouveau. Il est vrai, je pense, qu'au cours des siècles précédents, lorsqu'on discutait cette question, on avait surtout en vue deux choses, à savoir : a) une *impression* physique directe *causée* par l'objet sur le sujet, et b) l'*état* du sujet qui reçoit l'impression. Par contre, dans l'ordre d'idées actuel, l'influence physique directe, causale, entre les deux est considérée comme *mutuelle*. On dit qu'il y a aussi une impression inévitable et incontrôlable qui vient du *sujet* et qui s'exerce sur l'*objet*. Cet aspect *est* nouveau, et, je dirais, de toute façon plus adéquat. Car une action physique est toujours une *inter*-action, elle *est* toujours mutuelle. Là où je garde un doute, c'est uniquement en ceci : use-t-on d'un langage approprié quand on appelle l'un des deux systèmes en interaction physique le « sujet » ? *Car l'esprit qui observe n'est pas un système physique et ne peut être mis en interaction avec aucun système physique.* Et il pourrait être préférable de réserver le terme « sujet » pour désigner l'esprit qui observe.

Atomes ou quanta — le vieil antidote
pour échapper aux difficultés du continu

Quoi qu'il en soit de cette discussion, il vaudrait la peine, semble-t-il, que nous examinions la question sous des angles variés. Il y a un point de vue dont j'ai déjà parlé précédemment dans ces conférences et qui se présente ici de lui-même : c'est que nos difficultés actuelles en physique sont liées aux difficultés conceptuelles bien connues qui s'attachent à l'idée du *continu*. Mais ceci ne vous apprend pas grand-chose. Comment ces difficultés sont-elles liées entre elles ? Quelle est exactement leur relation mutuelle ?

Si l'on considère le développement de la physique au cours *du dernier demi-siècle*, on a l'impression que la vision discontinue de la nature nous a été imposée *en grande partie contre notre volonté*. Nous paraissons être entièrement satisfaits du continu. Max Planck fut sérieusement effrayé par l'idée d'un échange discontinu d'énergie qu'il avait introduite (1900) pour expliquer la distribution de l'énergie dans le rayonnement du corps noir. Il fit de grands efforts pour affaiblir son hypothèse et pour l'éliminer dans la mesure du possible, mais ce fut en vain. Vingt-cinq ans plus tard les inventeurs de la mécanique ondulatoire entretinrent pendant un certain temps avec la plus grande ardeur l'espoir d'avoir préparé la voie à un retour de la description classique continue, mais de nouveau cet espoir fut déçu. La nature elle-même semblait rejeter une description continue, et ce refus paraissait n'avoir *aucune relation* avec les *apories* des mathématiciens touchant le continu.

Telle est l'impression que donnent les cinquante dernières années. Mais la théorie quantique remonte à vingt-quatre siècles, à Leucippe et à Démocrite. Ce sont eux qui ont inventé la première forme de discontinuité en proposant leur théorie

Physique quantique et représentation du monde

des atomes isolés insérés dans l'espace vide. Notre notion de particule élémentaire dérive de leur notion d'atome, aussi bien historiquement que conceptuellement ; *nous sommes restés tout simplement attachés à cette notion*. Et ces *particules* se sont révélées maintenant être des *quanta d'énergie*, car — ainsi qu'Einstein l'a découvert en 1905 — *la masse et l'énergie sont une seule et même chose*. L'idée de discontinuité est donc très vieille. Comment est-elle née ? Je voudrais montrer qu'elle est née précisément des difficultés du continu, pour ainsi dire comme une arme destinée à défendre l'esprit contre elles.

Comment les anciens atomistes ont-ils rencontré l'idée de l'atomisme de la matière ? Cette question a acquis aujourd'hui un intérêt qui n'est plus simplement historique, elle revêt un sens proprement épistémologique. On la pose parfois sous la forme suivante — en affectant un étonnement extrême : comment ces penseurs, qui n'avaient à leur disposition qu'une connaissance extrêmement fragmentaire des lois de la physique et qui ignoraient en fait complètement tous les faits expérimentaux sur lesquels sont basées ses lois — ont-ils pu atteindre à la théorie *correcte* de la composition des corps matériels ? De temps à autre on rencontre des gens qui sont tellement frappés par ce « coup de chance » qu'ils le considèrent effectivement comme un événement dû au hasard et refusent d'en accorder le moindre mérite aux anciens atomistes. Ils déclarent que leur théorie atomique a été une conjecture complètement dénuée de fondement qui aurait pu tout aussi bien se révéler n'être qu'une erreur. Je n'ai pas besoin de dire que ce sont toujours des hommes de science, jamais des hellénistes qui aboutissent à cette étrange conclusion.

Je la rejette. Mais je dois alors apporter ma réponse à la question posée. Ce n'est pas très difficile. Les atomistes et leurs idées n'ont pas jailli brusquement du néant, ils ont été précédés par le grand développement qui a commencé avec Thalès de Milet (aux environs de 585 av. J.-C.) plus d'un siècle auparavant ; ils continuaient la lignée des *physiologoi* ioniens dont la pensée ne peut qu'inspirer le respect. Le prédécesseur immédiat des atomistes fut Anaximène, dont la doctrine principale consistait à souligner l'importance prépondérante de la « raréfaction » et de la « condensation ».

Procédant par abstraction, à partir d'une observation attentive de l'expérience quotidienne, il fut conduit à affirmer que toute portion de matière peut prendre l'état solide, liquide, gazeux ou « igné », que le changement d'un état à l'autre n'implique pas un changement de nature mais dépend, pour ainsi dire, d'un processus géométrique : une même quantité de matière peut occuper un volume de plus en plus grand (raréfaction) ou au contraire — dans les transitions de type opposé — elle peut être réduite ou comprimée sous un volume de plus en plus petit. Cette idée est si absolument juste qu'une introduction moderne à la physique pourrait la reprendre sans modification essentielle. De plus elle n'est certainement pas une conjecture sans fondement mais bien le résultat d'une observation minutieuse.

Si l'on essaie de comprendre l'idée d'Anaximène, on en vient naturellement à attribuer les changements de propriétés de la matière, par exemple au cours du processus de raréfaction, au fait que ses parties s'écartent les unes des autres à des distances de plus en plus grandes. Mais il est extrêmement difficile d'imaginer une telle récession si l'on se représente la matière comme un continu sans lacunes. Quels sont les éléments qui s'écartent les uns des autres ? Les mathématiciens de l'époque d'Anaximène considéraient une ligne géométrique comme formée de points. Tout se passe sans doute fort bien aussi longtemps qu'on laisse la ligne telle qu'elle est. Mais s'il s'agit d'une ligne *matérielle* et qu'on commence à l'étirer — ses points ne vont-ils pas s'écarter les uns des autres en laissant des lacunes entre eux ? Car l'étirement ne peut *produire* de nouveaux points et le même ensemble de points ne peut arriver à couvrir un intervalle plus grand.

Physique quantique et représentation du monde

Le moyen le plus simple pour échapper à ces difficultés, *qui résident dans le caractère mystérieux du continu*, c'est celui qui a été utilisé par les atomistes. Il consiste à considérer la matière comme constituée depuis l'origine de « points » isolés ou plutôt de petites particules qui s'écartent les unes des autres aux moments où il y a raréfaction et qui se rapprochent à des distances plus courtes aux moments où il y a condensation, tout en demeurant elles-mêmes inchangées. Ce dernier point est un élément important de la théorie. Sans lui, l'affirmation selon laquelle la matière reste intrinsèquement inchangée au cours de ces processus resterait très obscure. Les atomistes peuvent expliquer ce que signifie cette affirmation : ce sont les particules qui demeurent inchangées, seule leur configuration géométrique varie.

Il semblerait donc que la science physique sous sa forme présente — par laquelle elle est la descendante directe, le prolongement immédiat de l'ancienne science — ait été dès sa toute première origine animée par le désir d'éviter les obscurités inhérentes à la notion de continu, dont le côté précaire avait été aperçu plus vivement dans l'Antiquité que dans les Temps modernes, du moins jusqu'à une époque toute récente. Notre impuissance en face du continu, telle qu'elle se manifeste dans les difficultés présentes de la théorie des quanta, n'est pas un phénomène récent, elle a été la marraine de la science au moment de sa naissance — une méchante marraine, si vous voulez, comme la treizième fée dans l'histoire de la Belle au Bois Dormant. Ses maléfices ont été neutralisés pendant longtemps grâce à la géniale invention de l'atomisme. *Cela explique pourquoi l'atomisme a rencontré tant de succès, pourquoi il s'est montré si durable et si indispensable.* Il n'est pas une conjecture heureuse émise par des penseurs qui « en réalité ne savaient absolument rien à ce sujet » — il est un puissant antidote dont on ne peut évidemment pas se passer aussi longtemps que le mal qu'il est chargé de conjurer subsiste.

Science et humanisme

En disant ceci je ne veux nullement prétendre que l'atomisme est appelé à disparaître. Les découvertes inestimables qu'il a rendues possibles — et spécialement la théorie statistique de la chaleur — ne disparaîtront certainement pas. Mais personne ne peut prédire l'avenir. L'atomisme se trouve devant une crise sérieuse. Les atomes — nos atomes modernes, les particules élémentaires — ne peuvent plus être regardés comme des individus identifiables. Cela constitue une déviation bien plus forte par rapport à l'idée primitive de l'atome que tout ce qu'on a jamais pu imaginer dans ce sens. Nous devons être prêts à tout.

L'indétermination physique pourrait-elle donner une chance au libre arbitre ?

A la page 32 j'ai évoqué brièvement la vieille difficulté selon laquelle il y a une contradiction apparente entre la notion de déterminisme à propos des faits matériels, et ce qu'on appelle en latin le *liberum arbitrium indifferentiae*, en langage moderne le libre arbitre. Je suppose que vous connaissez tous ce problème ; puisque ma vie consciente est visiblement liée de façon très étroite aux événements physiologiques qui se déroulent dans mon corps, et spécialement dans mon cerveau, si ces derniers sont déterminés de façon stricte et univoque par les lois naturelles, physiques et chimiques, que faut-il penser du sentiment irrépressible que j'éprouve et suivant lequel *je* prends des décisions en vue d'agir de telle ou telle manière, comment puis-je me sentir responsable des décisions que je prends effectivement ? Tout ce que je fais n'est-il pas déterminé à l'avance de façon mécanique par l'état matériel des processus qui se passent dans mon cerveau, y compris les modifications qui sont causées en lui par les corps externes ? Mon sentiment de liberté et de responsabilité ne me trompe-t-il pas ?

Ceci nous frappe comme une véritable *aporie*; elle s'est présentée pour la première fois à Démocrite, qui l'a pleinement comprise — mais qui ne s'en est pas occupé; très sagement je crois. Il l'a pleinement comprise. Il considérait ses « atomes » et le « vide » comme le seul moyen raisonnable de comprendre la nature objective, mais nous avons gardé de lui certaines affirmations très nettes d'où il ressort clairement que, pour lui, toute cette description des atomes et du vide était formée par l'esprit humain uniquement sur la base des perceptions sensibles et nous avons aussi de lui d'autres affirmations dans lesquelles il explique, presque dans les termes de Kant, que nous ne connaissons rien de ce que les choses sont réellement en elles-mêmes, que la vérité ultime reste entièrement enveloppée dans l'obscurité.

Épicure reprit à son compte les théories physiques de Démocrite (sans d'ailleurs le citer, soit dit en passant); cependant, moins sage que lui, et très désireux de proposer à ses disciples une attitude *morale* juste, solide et d'une valeur incontestable, il se mêla de physique pour inventer ses « fameuses » déviations fortuites, qui rappellent fortement les idées modernes sur l'« incertitude » des événements physiques. Je ne veux pas entrer ici dans le détail de sa théorie; qu'il me suffise de dire qu'il rompit avec le déterminisme physique d'une manière plutôt puérile : ses idées n'étaient fondées sur aucune expérience et n'eurent dès lors aucune conséquence.

Mais le problème lui-même ne cessa de se poser. Il prit une place très importante dans la pensée de saint Augustin d'Hippone, sous la forme d'une *aporie* théologique. (A vrai dire il ne s'agissait pas exactement du problème que nous venons d'évoquer, mais d'un problème dont la structure *logique* l'apparente étroitement à celui-là.) Dans la problématique de saint Augustin, les Lois de la Nature sont remplacées par le Dieu tout-puissant et omniscient. Mais comme, pour celui qui croit en Dieu, les Lois de la Nature sont évidemment Ses Lois, je pense que je n'ai pas tort de dire qu'il s'agit en définitive du même problème.

Comme on le sait, la grande difficulté de saint Augustin était précisément la suivante : Dieu étant omniscient et tout-puissant, je ne puis faire aucun acte sans qu'Il ne le sache et qu'Il ne le veuille. Pour que mon acte soit possible, il faut non seulement que Dieu y consente mais encore qu'Il le détermine. Comment, dès lors, puis-je être tenu pour responsable de mes actes ? Je suppose que l'attitude religieuse devant le problème de la liberté envisagé de cette façon doit consister à dire que nous nous trouvons ici en face d'un mystère profond dans lequel nous n'avons pas à pénétrer, mais que nous ne devons en tout cas pas essayer d'éclaircir en niant notre responsabilité. Nous ne devons pas essayer de l'éclaircir ainsi, dis-je ; plus exactement *nous devrions ne pas tenter de le faire*, car les tentatives de ce genre échouent pitoyablement. Le sentiment de la responsabilité est congénital, personne ne peut l'écarter.

Mais revenons à la forme originale de notre problème et au rôle que le déterminisme physique joue dans la question. Naturellement, ce qu'on a appelé la « crise de la causalité » dans la physique contemporaine a pu faire sérieusement espérer que l'on allait se trouver débarrassé de ce paradoxe, de cette *aporie*.

L'*indétermination* dont parle la physique ne pourrait-elle en effet permettre au *libre arbitre* de s'introduire dans la fissure ainsi laissée ouverte en venant *déterminer* les événements que les Lois de la Nature laissent indéterminés ? Il semble à première vue évident et raisonnable d'escompter qu'il en soit ainsi.

Le physicien allemand Pascual Jordan a tenté de mettre sur pied une solution sous cette forme peu nuancée et il en a élaboré l'idée jusqu'à un certain point. Mais je crois qu'une telle solution est impossible, tant du point de vue physique que du point de vue moral. Du point de vue physique d'abord :

Physique quantique et représentation du monde

selon nos idées actuelles, les lois de la mécanique quantique, bien qu'elles laissent indéterminés les événements singuliers, prédisent des *statistiques* bien définies des événements, lorsqu'une même situation se répète. Si un agent extérieur vient troubler ces statistiques, il viole les lois de la mécanique quantique et cette circonstance est aussi peu acceptable du point de vue de la physique quantique que ne le serait, du point de vue de la physique préquantique, une perturbation apportée dans une loi mécanique strictement causale. D'autre part nous savons *qu'il n'y a pas de statistique* concernant la réaction d'une personne déterminée en face d'une situation morale donnée — la règle est ici que le même individu placé dans la même situation agit toujours exactement de la même manière. (Il s'agit, bien entendu, d'une situation qui est *exactement* la même ; cela ne signifie pas qu'un criminel ou un homme adonné à la boisson ne puisse être converti ou guéri par la persuasion ou par l'exemple, ou par tout autre moyen — en tout cas par une forte influence extérieure ; mais cela signifie précisément que la situation est modifiée.) Il s'ensuit que l'hypothèse de Jordan — une intervention directe du libre arbitre venant combler l'intervalle d'indétermination — revient à poser une interférence avec les lois de la nature, même sous la forme qui est acceptée en théorie quantique. Mais à *ce* prix, évidemment, on peut obtenir n'importe quoi. Ce n'est pas une solution du dilemme.

L'objection morale a été fortement mise en relief par le philosophe allemand Ernst Cassirer (qui a été exilé de l'Allemagne nazie et est mort à New York en 1945). La critique circonstanciée que Cassirer a faite des idées de Jordan est basée sur une connaissance très précise de la situation qui règne en physique. Je vais essayer de la résumer brièvement ; je dirais qu'elle revient à ceci. Le libre arbitre, dans l'homme, inclut le comportement éthique de l'homme comme sa partie la plus caractéristique. A supposer que les phénomènes physiques spatio-temporels soient effectivement dans une

Science et humanisme

large mesure non strictement déterminés mais soumis au pur hasard, comme la plupart des physiciens de notre époque le croient, alors cet aspect aléatoire des événements qui se produisent dans le monde matériel est bien certainement (dit Cassirer) *le dernier que l'on peut invoquer pour en faire le correspondant physique du comportement éthique de l'homme*. Car celui-ci est tout ce qu'on veut sauf aléatoire, il est puissamment déterminé par des motifs qui vont des plus bas aux plus sublimes, de la cupidité et de la rancune à l'amour désintéressé du prochain ou à la dévotion religieuse totalement sincère. La discussion lucide de Cassirer fait sentir si fortement quelle absurdité il y a à baser le libre arbitre, éthique comprise, sur le hasard physique, que la difficulté première, l'antagonisme entre libre arbitre et déterminisme, s'estompe et s'évanouit presque complètement sous les coups puissants que Cassirer porte à la théorie qu'il combat. « Même la part réduite de la prévisibilité » (ajoute Cassirer) « que laisse encore subsister la mécanique quantique suffirait amplement à détruire la liberté éthique si le concept même et la vraie signification de cette liberté étaient incompatibles avec la prévisibilité ». En fait, on en vient à se demander si le soi-disant paradoxe dont il s'agit est vraiment si choquant et si le déterminisme physique n'est pas, après tout, un corrélatif adéquat du phénomène mental de volonté qu'il n'est pas toujours facile de prédire « de l'extérieur », mais qui est ordinairement fortement déterminé « de l'intérieur ». A mon sens, c'est là le résultat le plus valable de toute cette controverse : dès que l'on réalise combien inadéquate est la base que le hasard physique fournit à l'éthique, on s'aperçoit que les choses tournent en faveur d'une réconciliation possible du libre arbitre avec le déterminisme physique. On pourrait développer ce point. On pourrait apporter d'innombrables citations de poètes et de romanciers qui vont dans ce sens. Dans le roman de John Galsworthy, *The Dark Flower* (1re partie, 13, second paragraphe), un jeune garçon laisse courir ses pensées, au

Physique quantique et représentation du monde

cours de la nuit, sur ce thème : « Mais voilà, c'est comme cela — on ne pourrait jamais s'imaginer à quoi les choses pourraient bien ressembler si elles n'étaient précisément comme elles sont et là où elles sont. On ne peut jamais savoir ce qui va arriver, d'ailleurs ; et pourtant, quand ça arrive, on dirait que rien d'autre n'aurait jamais pu arriver. C'est étrange — on peut faire tout ce qu'on veut jusqu'au moment où on l'a fait, mais quand on l'*a* fait, alors on sait, évidemment, qu'on doit toujours avoir eu à le faire... »

Il y a un passage fameux dans la *Mort de Wallenstein* (II, 3) :

> Des Menschen Taten und Gedanken, wisst !
> Sind nicht wie Meeres blindbewegte Wellen.
> Die innre Welt, sein Mikrokosmus, ist
> Der tiefe Schacht, aus dem sie ewig quellen.
> Sie sind notwendig, wie des Baumes Frucht ;
> Sie kann der Zufall gaukelnd nich verwandeln.
> Hab'ich des Menschen Kern erst untersucht,
> So weiss ich auch sein Wollen und sein Handeln.
>
> Sachez-le : les pensées et les actions des hommes ne sont pas comme les vagues de la mer qui sont agitées de façon aveugle. Le monde intérieur, son microcosme, est le puits profond d'où elles sourdent sans cesse. Elles sont nécessaires, comme le fruit de l'arbre ; le hasard ne peut les modifier par des tours de passe-passe. Dès que j'ai examiné ce qu'il y a dans le cœur de l'homme, je connais son vouloir et son agir.

Il est vrai que, dans leur contexte, ces lignes se rapportent à la foi fervente que Wallenstein porte à l'astrologie et que nous ne sommes pas prêts à partager. Mais la séduction même, l'attrait irrésistible que l'astrologie a exercés pendant des dizaines de siècles sur l'esprit des hommes ne montrent-ils pas que nous ne sommes pas disposés à regarder notre sort comme le produit du pur hasard, même si, ou plutôt précisément parce qu'il dépend dans une large mesure de notre capacité de prendre la décision voulue au moment voulu ? (En général nous n'avons pas toutes les informations qui seraient nécessaires dans ce but : et c'est alors que l'astrologie intervient !)

L'obstacle à la prédiction selon Niels Bohr

Mais revenons à notre véritable sujet. Bohr et Heisenberg ont développé une tentative beaucoup plus sérieuse et intéressante pour résoudre le problème du déterminisme. Ils l'ont fondée sur l'idée, mentionnée dans ce qui précède, qu'il y a une interaction mutuelle inévitable et incontrôlable entre l'observateur et l'objet physique observé. En bref, leur raisonnement se présente comme suit. Le paradoxe que l'on propose consiste en ceci : selon le point de vue mécaniste, en se donnant une description exacte de la configuration et des vitesses de toutes les particules élémentaires qui constituent le corps d'un homme, y compris son cerveau, on peut prédire ses actions volontaires — qui, dès lors, cessent d'être ce qu'il croit qu'elles sont, à savoir volontaires. Le fait que nous ne pouvons pas *effectivement* donner une description détaillée de ce genre ne peut guère nous aider à sortir de la difficulté. Même la possibilité théorique d'une prévision nous choque.

Bohr répond à cet argument que la description en question ne peut être donnée *en principe*, pas même d'un point de vue théorique, parce qu'une observation aussi minutieuse impliquerait une interférence si forte avec l'« objet » (le corps de l'homme étudié) qu'elle aboutirait à le dissocier en ses particules élémentaires — en fait elle le tuerait de façon si efficace qu'il ne resterait même plus un cadavre pour les funérailles. De toute façon, on n'en pourrait tirer aucune prédiction relativement au comportement, car l'« objet » serait bien au-delà de l'état dans lequel il pourrait encore manifester un comportement volontaire quelconque.

L'accent est mis, bien entendu, sur l'expression « en principe ». Que la description en question ne puisse être donnée *effectivement*, pas même pour l'organisme vivant le plus simple, *a fortiori* pour un animal plus grand comme l'homme, c'est évident même sans la théorie quantique et les relations d'incertitude.

Les considérations de Bohr sont sans nul doute intéressantes. Je dirais cependant qu'elles s'imposent à nous plutôt qu'elles ne nous convainquent, comme certaines démonstrations mathématiques : on doit accepter A et B, on voit que C et D s'en déduisent, et ainsi de suite, on ne peut faire aucune critique à aucune des étapes de la démonstration prise isolément, et finalement on arrive au résultat intéressant Z. On doit l'accepter, mais on n'arrive pas à voir comment on l'obtient effectivement, la démonstration n'y fait pas allusion. Dans le cas qui nous occupe, je dirais ceci : les considérations de Bohr nous montrent que les idées actuelles en physique s'opposent en principe, étant donnée surtout l'absence de causalité stricte (ou étant donnée l'existence des relations d'incertitude), à la prévisibilité qui fait l'objet de difficultés. Mais on n'arrive pas à voir comment cela se produit. Étant donnée la relation étroite qui existe entre le raisonnement de Bohr et l'absence d'une causalité stricte observable, on est conduit à penser qu'il s'agit tout simplement d'une reprise de la suggestion de Jordan, mais présentée cette fois sous une forme plus prudente, qui la prémunit contre les arguments de Cassirer.

On peut soutenir cette hypothèse par des arguments raisonnables. En effet, il me semble que je dois accuser Bohr — bien qu'il soit en fait l'un des hommes les plus aimables que j'aie jamais connus — de cruauté inutile lorsqu'il se propose de tuer ses victimes par l'observation. Je ne vois pas à quel but cela pourrait bien servir. D'après la mécanique quantique, cela ne nous donnera jamais l'ensemble complet de la configuration *et* des vitesses de toutes les particules, parce que, selon nos idées présentes, c'est impossible. L'équivalent de cette connaissance *complète* en physique classique est, en physique quantique, ce qu'on appelle une observation maximale, qui donne le maximum de connaissance que l'on puisse obtenir, ou, plus exactement, qui ait un sens. *Rien dans les idées reçues actuellement ne nous empêche d'obtenir cette connaissance maximale d'un corps vivant.* Nous devons en admettre la possibilité *en principe*, alors même que nous savons parfaitement que, pratiquement, nous ne pouvons l'obtenir. La situation est exactement la même que celle qui se présente en physique classique au sujet de la connaissance *complète*. En outre, exactement comme en physique classique, on peut déduire, *en principe*, d'une observation maximale, donnant une connaissance maximale *à l'instant présent*, une connaissance maximale à un instant ultérieur. (On doit évidemment donner également une connaissance maximale au sujet de tous les agents qui agissent sur l'objet étudié pendant l'intervalle considéré; mais, en principe cela est possible et, de nouveau, cela est tout à fait analogue à ce qui se passe en physique mécaniste classique.) La différence fondamentale tient simplement en ceci que la connaissance maximale en question relative à un instant futur peut laisser des doutes quant à l'aspect que prendront à cet instant futur certains caractères très apparents du comportement actuellement observable de l'objet — et ces doutes seront d'autant plus grands que l'intervalle de temps entre l'instant présent et l'instant futur dont il s'agit est long.

Il semblerait donc que les considérations de Bohr déduisent de nouveau une imprévisibilité *physique* du comportement d'un corps vivant précisément de l'absence de causalité stricte, qui est affirmée par la théorie quantique. Que cette indétermination physique joue ou non un rôle appréciable dans la vie organique, nous devons, je pense, refuser fermement d'en faire la contrepartie physique des actions volontaires des êtres vivants, pour les raisons qui ont été esquissées dans ce qui précède.

Le résultat le plus clair de toute cette discussion, c'est que la physique quantique n'a rien à voir avec le problème du libre arbitre. Si ce problème existe, les derniers développements de la physique ne nous ont pas fait avancer d'un seul pas dans sa solution. Pour citer de nouveau Ernst Cassirer : « Il est donc clair [...] qu'une modification possible du concept physique de causalité ne peut avoir aucune conséquence immédiate pour l'éthique. »

*

Bibliographie

Einstein Albert, *Philosopher-Scientist*, vol. VII de la collection « Library of Living Philosophers ». (Volume collectif, dont la conclusion est un essai critique dû à Einstein lui-même ; un extrait en a été reproduit dans *Physics Today*, février 1950.)

Bohr, Niels, « Licht und Leben », *Naturw.*, 21, 245, 1933.

Born, Max, *Natural Philosophy of Cause and Chance*, Oxford University Press, 1949.

Cassirer, Ernst, *Determinismus und Indeterminismus in der modernen Physik*, Göteborg, Götheborgs Högskolas Arsskrift 42, 1937.

Diels, Hermann, *Die Fragmente der Vorsokratiker*, Berlin, Weidmann'sche Buchhandlung, 1903.

Eddington, A. S., *The Nature of the Physical World* (Gifford Lectures, 1927), Cambridge University Press, 1929.

Heisenberg, Werner, *Wandlungen in den Grundlagen der Naturwissenschaft*, Leipzig, S. Hirzel, 1935-1947.

Jordan, Pascual, *Anschauliche Quantentheorie*, Berlin, Springer, 1936.

Science et humanisme

Ortega y Gasset, José, *La rebelión de las masas*, Espasa-Calpe Argentina, Buenos Aires, Mexico, 1937. (Cette édition est augmentée d'un « Prologue pour les Français » et d'un « Épilogue pour les Anglais ». Il existe des traductions de ce livre en anglais, en français et en allemand.)

Titchmarsh, E. C., *Theory of Functions*, Oxford University Press, 1939.

La situation actuelle en mécanique quantique

TRADUIT DE L'ALLEMAND PAR F. DE JOUVENEL,
A. BITBOL-HESPÉRIÈS ET M. BITBOL.

NOTES DE M. BITBOL

1. La physique des modèles

Au cours de la seconde moitié du siècle dernier, les succès importants de la théorie cinétique des gaz et de la théorie mécanique de la chaleur ont suscité l'idéal d'une description exacte de la nature, que l'on désigne sous le nom de théorie classique [1]. Cet idéal couronne une recherche qui s'est poursuivie durant des siècles, et concrétise un espoir millénaire. En voici les traits caractéristiques.

Les données expérimentales que l'on possède conduisent à se forger une représentation, affinée jusque dans les moindres détails, des objets naturels dont on tente de comprendre le comportement observé. Tout en ne s'opposant pas à l'imagination intuitive, cette représentation est *beaucoup* plus exacte que tout ce que notre expérience nécessairement limitée pourra jamais arriver à garantir. La représentation, par son caractère absolument déterminé, est comparable à un concept mathématique ou à une figure géométrique, qui peuvent être complètement calculés à l'aide d'un certain nombre *d'éléments de définition :* ainsi, par exemple, dans un triangle défini par un côté et les angles qui lui sont adjacents, on peut déterminer rigoureusement, non seulement les deux autres côtés et le troisième angle, mais également les trois hauteurs, le rayon du cercle inscrit, etc. La représentation ne se distingue essentiellement d'une figure géométrique que par

Physique quantique et représentation du monde

le fait important qu'elle est tout aussi parfaitement déterminée dans le *temps*, considéré comme quatrième dimension, que la figure l'est dans l'espace à trois dimensions. Cela signifie bien sûr qu'il s'agit d'une structure qui évolue au cours du temps et qui peut se trouver dans différents *états;* de plus, lorsqu'un état est connu par le nombre indispensable d'éléments de définition, non seulement tous les autres éléments sont également connus au même instant (comme pour le triangle évoqué ci-dessus), mais il doit en être de même à tout instant ultérieur pour tous les éléments, c'est-à-dire pour l'état lui-même (tout comme la caractérisation d'un triangle par les éléments de sa base définit exactement le sommet opposé). La propre loi de cette structure implique qu'elle doit évoluer de façon déterminée, en ce sens qu'abandonnée à elle-même dans un certain état initial donné, elle passe, de manière continue, par une succession déterminée d'états dont chacun est atteint à un instant bien déterminé. Telle est sa nature ; telle est, comme je l'ai dit précédemment, l'hypothèse que l'on fonde sur l'imagination intuitive.

Naturellement, nous n'avons pas la naïveté de penser qu'il soit possible de savoir de cette manière ce qui se passe réellement *(wirklich)* dans le monde [2]. Pour bien indiquer que ce n'est pas cela qu'on pense, on a l'habitude de désigner par « image » ou « modèle » cet outil mental précis que l'on a créé. Grâce à sa clarté qui ne laisse rien dans l'ombre et qui n'a pu lui être conférée sans arbitraire, on se contente d'*espérer* qu'une hypothèse bien déterminée pourra vraiment être validée par ses conséquences, sans laisser de place à aucun arbitraire supplémentaire au cours des calculs *laborieux* qui y conduisent. Le cheminement est parfaitement tracé et on ne fait rien d'autre que d'obtenir par le calcul ce qu'un petit malin pourrait déduire directement des données ! Mais de cette manière, on sait au moins où réside l'arbitraire et où l'on doit obtenir des améliorations en cas de désaccord avec l'expérience : c'est dans l'hypothèse initiale, dans le modèle.

La situation actuelle en mécanique quantique

Il faut toujours être prêt à affronter cela. Si, dans les expériences les plus diverses, l'objet naturel se comporte vraiment comme le modèle, on a tout lieu de se réjouir de ce que notre image est conforme, dans ses traits essentiels, à la réalité [3]. Mais s'il n'en est plus ainsi lorsqu'on effectue une expérience différente ou avec une technique de mesure plus raffinée, ce n'est pas une raison pour ne pas se réjouir. C'est en effet fondamentalement de cette manière que l'on peut améliorer progressivement l'adéquation entre notre image, c'est-à-dire notre compréhension, et les faits [4].

La méthode classique du modèle rigoureux a pour but essentiel d'isoler convenablement la part inévitable d'arbitraire au niveau des hypothèses, presque à la façon des cellules isolant le nucléoplasme, en vue du processus historique d'adaptation à l'expérience qui progresse. Le fondement de la méthode réside peut-être dans la conviction que, d'une manière ou d'une autre, l'état initial détermine *réellement* de manière univoque le déroulement ultérieur, ou bien qu'un modèle *parfait* qui correspondrait très exactement à la réalité permettrait de prédire très exactement par le calcul le résultat de toute expérience ; mais peut-être est-ce cette croyance qui se fonde sur la méthode [5]. Il est assez vraisemblable que l'adaptation de la pensée à l'expérience est un processus infini et que l'expression « modèle parfait » comporte une contradiction interne, comme celle d'« entier le plus grand [6] ».

Dans tout ce qui suit, il est fondamental d'avoir une conception claire de ce qu'on entend par *modèle classique, élément de définition* et *état*. Il faut surtout ne pas confondre « un certain modèle » et un « certain état de ce modèle » : le mieux est de prendre un exemple. Le modèle de Rutherford de l'atome d'hydrogène consiste en deux masses ponctuelles [7]. On peut choisir pour éléments de définition les coordonnées cartésiennes des deux points ainsi que les composantes de leur vitesse : soit au total douze éléments. Mais

Physique quantique et représentation du monde

au lieu de ceux-ci, on pourrait tout aussi bien choisir : les coordonnées et les composantes de la vitesse du *centre de masse*, la *distance* entre les deux points, *deux angles* déterminant la direction de la droite qui les joint, et les *vitesses* de variation (dérivées par rapport au temps) de la distance et des deux angles : ce qui fait encore naturellement douze éléments [8]. Le concept de « modèle de Rutherford de l'atome d'hydrogène » *ne* comporte *pas* de valeurs numériques déterminées pour ses éléments de définition. En précisant ces valeurs, on définit un *certain état* du modèle. Une appréhension claire de la totalité des états possibles, sans relation entre eux à ce stade, constitue « le modèle », ou « le modèle dans l'*un quelconque* de ses états ». Mais pour définir le concept de ce modèle, il ne suffit pas de se donner les deux points à certaines positions, et animés de certaines vitesses. Il faut également savoir comment *chacun* des états évolue avec le temps en l'absence d'influence extérieure. (Une moitié des éléments de définition fournit ces informations concernant l'autre, mais encore faut-il avoir les informations concernant la première moitié [9].) *Cette* connaissance est implicite dans les affirmations suivantes : les points ont pour masses respectives m et M, pour charges $-e$ et e, et s'attirent par conséquent avec une force en e^2/r^2, où r représente la distance qui les sépare [10].

Ces indications, avec des valeurs numériques déterminées pour m, M et e (mais naturellement *pas* pour r), appartiennent à la description du modèle (et pas seulement de l'un de ses états en particulier). M, m et e ne constituent *pas* des éléments de définition. Par contre, la distance r en est un. Il est le septième de la liste dans le deuxième ensemble d'éléments de définition donné plus haut. Et même si l'on choisit le premier ensemble, r n'apparaît pas comme un treizième élément indépendant, puisqu'il s'exprime en fonction des six coordonnées cartésiennes :

La situation actuelle en mécanique quantique

$$r = \sqrt{(x_2 - x_1)^2 + (y_2 - y_1)^2 + (z_2 - z_1)^2}$$

Le nombre des éléments de définition (que l'on appelle souvent *variables* par opposition aux *constantes du modèle* comme *m*, *M*, *e*) est illimité. Douze valeurs convenablement choisies déterminent toutes les autres, c'est-à-dire l'*état*. Mais aucun choix particulier des douze éléments ne constitue *le* bon ensemble de définition. A titre d'exemple, on peut citer d'autres éléments de définition particulièrement importants : l'énergie, les trois composantes du moment cinétique par rapport au centre de masse, l'énergie cinétique du centre de masse. Ces grandeurs ont, en outre, une caractéristique particulière : ce sont certes des *variables*, c'est-à-dire qu'elles prennent des valeurs différentes dans différents états, mais, dans toute *suite* d'états se succédant effectivement au cours du temps, elles conservent une valeur constante. C'est pour cela qu'on les appelle *constantes du mouvement* pour les différencier des constantes du modèle [11].

2. La statistique des variables du modèle en mécanique quantique

La doctrine qui se trouve actuellement au cœur de la mécanique quantique sera peut-être l'objet de changements d'interprétation mais ne cessera, j'en suis convaincu, d'être sa pierre angulaire [12]. Selon cette doctrine, les modèles constitués d'éléments de définition qui se déterminent mutuellement sans équivoque, comme dans le cas classique, ne peuvent être conformes à la nature [13].

On pourrait penser que, pour celui qui défend ce point de vue, les modèles classiques ont fini de jouer leur rôle. Mais il n'en est rien. Bien au contraire, on fait précisément appel à *eux*, non seulement pour définir la nouvelle doctrine en négatif [14], mais également parce qu'on considère qu'une détermination réciproque, même partielle, persiste entre les mêmes variables des mêmes modèles que ceux qu'on utilisait antérieurement [15]. Voici comment.

A. Le concept classique d'*état* se perd, puisqu'on ne peut tout au plus affecter de valeurs définies qu'à une moitié judicieusement choisie de l'ensemble complet de variables [16] : par exemple, dans le modèle de Rutherford de l'atome d'hydrogène, les six coordonnées spatiales *ou* les six composantes de vitesse (d'autres regroupements de variables étant possibles). L'autre moitié reste totalement indéterminée, tandis que tout élément supplémentaire présente un degré plus ou moins grand d'indétermination [17]. En général, dans un ensemble complet (le modèle de Rutherford comporte douze éléments), il est possible que *tous* les éléments ne soient connus que de façon imprécise [18]. La meilleure manière d'obtenir des informations sur le degré d'imprécision consiste à faire comme en mécanique classique, et à choisir des variables qui s'apparient « canoniquement [19] » : l'exemple le plus simple en est la coordonnée x dans une certaine direction, et la composante p_x de la quantité de mouvement dans la même direction (le produit de la masse par la vitesse de la masse ponctuelle). Les précisions respectives avec lesquelles on peut connaître simultanément [20] les éléments d'une telle paire se limitent mutuellement, dans la mesure où le produit des marges de tolérance ou de variation (que l'on a coutume de désigner en faisant précéder le symbole de la grandeur d'un delta majuscule Δ) ne peut être inférieur à la valeur d'une certaine constante universelle. D'où :
$$\Delta x \cdot \Delta p_x \geq \hbar$$
(relation d'incertitude de Heisenberg [21]).

B. S'il n'est même pas possible de déterminer à chaque instant l'ensemble des variables en fonction de certaines d'entre elles [22], il est à plus forte raison impossible de déterminer

La situation actuelle en mécanique quantique

leurs valeurs à un instant ultérieur, à partir de celles qui sont accessibles à un instant donné. On peut appeler cela une rupture avec le principe de causalité mais, eu égard au point A ci-dessus, ce n'est pas véritablement une nouveauté. Un état qui n'existe à aucun moment au sens classique ne peut évoluer selon des règles déterminées. Ce sont les *valeurs statistiques* ou probabilités qui évoluent, et elles le font de manière parfaitement déterminée [23]. Certaines variables peuvent devenir plus précises alors que d'autres deviennent imprécises. Au total, on peut affirmer que la précision d'ensemble de la description ne change pas au cours du temps, puisque les limitations évoquées en A sont les mêmes à chaque instant.

Mais que signifient les termes « imprécis », « statistique », « probabilité » ? La mécanique quantique apporte la réponse suivante. Elle emprunte telle quelle au modèle classique la liste infinie de toutes les variables (ou éléments de définition) imaginables et considère chaque élément comme *directement mesurable* et, qui plus est, mesurable avec la précision que l'on veut (tant qu'il ne s'agit que de chaque élément pris isolément). Lorsqu'un nombre fini et judicieusement choisi de mesures nous a fourni sur l'objet cette connaissance que l'on peut qualifier de maximale [24], ce qui est possible conformément au point A, l'appareil mathématique de la nouvelle théorie nous fournit le moyen d'associer à *chaque* variable une *répartition statistique* parfaitement définie (à l'instant considéré ou à tout instant ultérieur), c'est-à-dire de lui associer l'indication du pourcentage de cas où elle prendra telle ou telle valeur ou bien se trouvera dans tel ou tel petit intervalle de valeurs (c'est ce qu'on appelle également probabilité). L'opinion habituelle est qu'il s'agit là en fait de la probabilité de trouver telle ou telle valeur pour cette variable si on effectue la mesure à cet instant [25]. Avec un seul essai on ne peut vérifier la validité de la *prédiction statistique* qu'approximativement, et cela seulement dans le cas où elle est assez précise, c'est-à-dire ne prévoit qu'un choix res-

Physique quantique et représentation du monde

treint de valeurs possibles [26]. Pour la vérifier pleinement, il faut reprendre *très* souvent, et *ab ovo*, l'ensemble de l'expérience (c'est-à-dire y compris les mesures indicatives et préliminaires) et ne tenir compte que du cas où les mesures *préliminaires* ont conduit exactement au même résultat. Pour ces cas-là, il faut alors confirmer par la mesure la distribution statistique de la variable telle qu'elle a été calculée à partir des mesures préliminaires. Telle est la doctrine.

Ce n'est pas parce qu'elle est compliquée à énoncer que cette doctrine est critiquable, car cela n'est qu'une question de langage. C'est une critique d'un autre ordre qui s'impose. Aucun physicien de l'époque classique n'a eu l'audace, en élaborant un modèle, de croire que ses éléments de définition étaient mesurables sur l'objet naturel [27]. Seules des conséquences très indirectes de la représentation sont effectivement accessibles à la vérification expérimentale. Et toute la pratique devait nous convaincre de ceci : bien avant que les progrès expérimentaux aient permis de franchir ce large fossé, le modèle aura dû subir des transformations progressives importantes pour lui permettre de rendre compte de faits nouveaux. Or, tandis que la nouvelle théorie rend caduque l'utilisation du modèle classique pour l'établissement des *relations mutuelles entre les éléments de définition* (ce à quoi ses auteurs l'avaient destiné), elle continue néanmoins à l'utiliser pour nous guider, afin de chercher quelles mesures peuvent en principe être effectuées sur l'objet naturel [28] ; cela serait apparu aux auteurs du modèle classique comme une extension inouïe de cet outil mental et une anticipation hâtive de son développement ultérieur. N'y aurait-il pas là une variété bien particulière d'harmonie préétablie, grâce à laquelle les chercheurs de l'époque classique qui, comme on l'entend dire de nos jours, ne savaient alors même pas ce que *mesurer* signifiait vraiment [29], nous auraient légué sans le savoir un guide nous permettant, par exemple, de prévoir tout ce qu'il est fondamentalement possible de mesurer dans un atome d'hydrogène ?

La situation actuelle en mécanique quantique

J'espère pouvoir montrer par la suite que la doctrine dominante est née d'un malaise. Mais je préfère continuer à l'exposer.

3. Exemples de prédictions probabilistes

Ainsi donc, les prédictions concernent toujours les éléments de définition d'un modèle classique : position, vitesse, énergie, moment cinétique, etc. Mais le seul trait non classique, c'est que seules les probabilités peuvent faire l'objet de prédictions. Examinons cela d'un peu plus près. Officiellement, il s'agit toujours de déterminer, à partir des résultats obtenus *maintenant*, les meilleures estimations probabilistes permises par la nature pour les résultats possibles d'autres mesures effectuées au même instant ou ultérieurement. Mais qu'en est-il véritablement ? Envisageons quelques cas typiques importants.

Lorsqu'on mesure l'énergie d'un oscillateur de Planck, la probabilité de trouver une valeur comprise entre E et E' ne peut être différente de zéro que si E et E' encadrent une valeur de la suite $\frac{3}{2}h\nu, \frac{5}{2}h\nu, \frac{7}{2}h\nu, \frac{9}{2}h\nu$... Pour tout intervalle d'énergie ne contenant pas l'une de ces valeurs, la probabilité est nulle ; en d'autres termes : tout autre résultat de mesure est exclu. Ces valeurs sont les multiples impairs de la *constante du modèle* $\frac{1}{2}h\nu$ (où h est la constante de et ν la fréquence) [30]. On peut faire deux remarques. Premièrement, il n'est pas fait référence à des mesures antérieures : elles ne sont donc pas indispensables. Deuxièmement, le moins qu'on puisse dire c'est que ces prédictions ne manquent pas de précision [31]. Au contraire, elles sont bien plus fines qu'aucune mesure effective ne pourra jamais l'être.

Un autre exemple typique est fourni par le moment cinétique. Sur la figure 1, M représente la position d'une masse ponctuelle mobile et le vecteur $\vec{p}$ sa quantité de mouvement

Physique quantique et représentation du monde

(produit de sa masse par sa vitesse). O est un point fixe quelconque sans signification physique, par exemple l'origine des coordonnées ; c'est simplement un point de repère dans l'espace. La mécanique classique définit le module du moment cinétique comme le produit du module $|\vec{p}|$ de la quantité de mouvement, par la distance OF entre O et la droite qui porte $\vec{p}$.

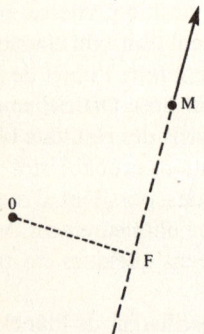

Fig. 1. *Moment cinétique*. M est un point matériel, O un point géométrique. La flèche représente la quantité de mouvement de M. Le moment cinétique a pour module le produit de $|\vec{p}|$ par la distance entre O et le support de $\vec{p}$.

En mécanique quantique, le module du moment cinétique se comporte de manière analogue à l'énergie de l'oscillateur : dans ce cas, la probabilité est nulle pour tout intervalle ne contenant pas une des valeurs suivantes :

$$0,\ \hbar\sqrt{2},\ \hbar\sqrt{2\times 3},\ \hbar\sqrt{3\times 4},\ \hbar\sqrt{4\times 5}\ldots$$

C'est-à-dire que seule l'une de ces valeurs peut être trouvée. Une fois encore, cela est vrai indépendamment de toute référence à des mesures antérieures. Et on peut s'imaginer l'importance d'une prédiction aussi précise : cela est *beaucoup* plus important que de savoir, dans chaque cas, quelle sera la véritable valeur ou sa probabilité. On aura également constaté qu'il n'est pas fait mention du point de référence O : quelque choix que l'on fasse, on trouvera obligatoirement une des valeurs ci-dessus. Si on se reporte au modèle [32], cette affirmation est absurde puisque la distance OF dépend *évidemment* de la position du point O, $\vec{p}$ restant inchangé. Cet exemple illustre comment la mécanique quantique utilise le modèle pour définir celles des grandeurs que l'on peut mesurer et à propos desquelles il est raisonnable de faire des prédictions, alors même qu'il est inadéquat pour exprimer la relation entre ces grandeurs.

Ne retire-t-on pas de ces deux exemples le sentiment que l'essentiel de ce qui doit être dit ne se laisse que difficilement enfermer dans le carcan d'une prédiction probabiliste de trouver tel ou tel résultat de mesure pour une variable du modèle classique ? N'a-t-on pas l'impression qu'il est ici question de propriétés fondamentales de *nouveaux* ensembles de caractéristiques [33], n'ayant en commun avec le modèle classique que le nom ? Et il ne s'agit en aucun cas ici d'exceptions : ce sont justement les prédictions vraiment importantes de la nouvelle théorie qui présentent ce caractère. Il existe bien aussi des problèmes d'un type assez proche pour lesquels ce mode d'expression est, au fond, taillé sur mesure. Mais ils sont loin d'avoir la même importance. Il y a enfin ceux que l'on peut construire naïvement comme des exemples académiques, mais ceux-ci ne présentent aucun intérêt : une question comme « la position de l'électron de l'atome d'hydrogène étant connue à l'instant t = 0, déterminez la répartition de sa probabilité de présence à un instant ultérieur » n'intéresse personne.

A strictement parler, toutes les prédictions renvoient au modèle intuitif *(anschaulich)*. Mais les prédictions intéressantes, elles, en découlent rarement de façon intuitive, et ses caractéristiques intuitives ne présentent que peu d'intérêt.

4. Peut-on fonder la théorie sur des ensembles idéaux ?

En mécanique quantique, le modèle classique joue, en quelque sorte, le rôle de Protée [34]. Chacun de ses éléments de

Physique quantique et représentation du monde

définition peut éventuellement présenter de l'intérêt pour nous et accéder à une certaine réalité, mais ils ne le peuvent jamais tous simultanément. Ce sont tantôt les uns, tantôt les autres ; et jamais plus de la *moitié* d'un ensemble complet de variables ne nous procurera une image claire de l'état à un instant donné. Qu'en est-il pendant ce temps des autres variables ? N'*ont*-elles alors aucune réalité, peut-être seulement (si je puis dire) une réalité floue ; ou bien encore ont-elles chacune une réalité dont seule la *connaissance* simultanée serait impossible [35], en raison des arguments développés au point A du paragraphe 2 ?

La seconde interprétation est extraordinairement proche de ce à quoi on s'attend lorsqu'on connaît la signification de l'*approche statistique* qui a vu le jour durant la seconde moitié du siècle dernier, surtout si on se rappelle que c'est à *elle* que l'on doit la naissance, au tournant du siècle, de la théorie des quanta issue du problème central de la théorie statistique de la chaleur (Théorie du rayonnement thermique, Max Planck, décembre 1899). L'essence de ce mode de pensée réside précisément en ce qu'en pratique on ne connaît jamais tous les éléments de définition d'un système, mais seulement un nombre *beaucoup* plus restreint d'entre eux [36]. La description d'un corps réel à un instant donné ne repose pas sur *un* état du modèle, mais sur ce qu'on appelle un *ensemble de Gibbs*. Par « ensemble de Gibbs », on désigne un ensemble idéal d'états — idéal en ce sens qu'il n'existe que dans notre pensée — qui reflète exactement l'incomplétude de notre connaissance du corps réel [37]. Le corps doit alors se comporter comme s'il était dans un état choisi arbitrairement dans cet *ensemble*. C'est cette interprétation qui a conduit aux résultats les plus importants. Elle connaît son plus grand triomphe dans les situations pour lesquelles *une partie seulement* des états constituant cet ensemble conduit à prévoir *le même* comportement observable. Le corps se comporte alors de manière vraiment conforme à la théorie,

La situation actuelle en mécanique quantique

tantôt comme ceci, tantôt comme cela (fluctuations thermodynamiques) [38]. De la même façon, on cherche à expliquer le caractère toujours imprécis de toute prévision en mécanique quantique par l'existence d'un ensemble idéal d'états tel que, dans chaque cas concret, le système serait bien dans l'un d'entre eux, sans qu'on puisse savoir lequel [39].

Un *seul* exemple parmi bien d'autres, celui du moment cinétique, montre que ceci n'est pas correct. Imaginons *(voir la figure 1)* que le point M puisse occuper n'importe quelle position par rapport à O, que sa quantité de mouvement puisse également avoir n'importe quelle valeur et que toutes les possibilités qui en résultent constituent un ensemble idéal. Rien n'empêcherait de choisir le point M et le vecteur $\vec{p}$, de manière que le produit du module de $\vec{p}$ par la distance OF (c'est-à-dire le module du moment cinétique) ne puisse prendre que l'une des valeurs permises — pour un certain choix du point O. Mais pour un autre point O', il apparaîtrait bien évidemment certaines valeurs interdites [40]. Le recours à cet ensemble ne nous avance donc à rien. Prenons un autre exemple : celui de l'énergie de l'oscillateur. Il peut se trouver dans la situation où son énergie prend une valeur bien déterminée, par exemple la plus basse : $\frac{3}{2}h\nu$. La distance entre les deux masses (qui constituent l'oscillateur) se révèle alors comme très *imprécise*. Pour que cette constatation n'empêche pas de constituer un collectif statistique d'états, il faudrait en l'occurrence limiter strictement la répartition statistique des distances, au moins du côté des grandes valeurs, celles pour lesquelles l'*énergie potentielle* atteint, voire dépasse $\frac{3}{2}h\nu$. Mais il n'en est pas ainsi : la distance peut prendre des valeurs arbitrairement grandes, même si c'est avec une probabilité fortement décroissante [41]. Il ne s'agit pas là d'un artefact de calcul secondaire, et que l'on pourrait éviter sans ébranler le cœur même de la théorie : c'est sur cet état de fait que repose, entre autres, l'explication quantique de la radioactivité [42] (Gamow [43]). On pourrait multiplier les exemples à l'envi. Notons qu'il n'a jamais été question d'évolution temporelle. A quoi cela avancerait-il d'autoriser le modèle à évoluer de manière tout à fait « non classique », par exemple « par sauts », si le point de vue décrit ici n'est même pas satisfaisant à un instant fixé ? A aucun moment, il n'existe un ensemble d'états classiques du modèle compatible avec les prédictions quantiques relatives à ce moment. On peut exprimer cela différemment : si je voulais, à chaque instant, attribuer au modèle un certain état (même sans que je sache lequel) ou (ce qui revient au même) attribuer à *tous* les éléments de définition des valeurs déterminées (que je ne connaîtrais pas davantage), il ne serait pas *pensable* de faire quelque hypothèse que ce soit concernant ces valeurs, qui ne soit pas en contradiction avec une partie des affirmations de la théorie quantique [44].

Mais ce n'est pas tout à fait ce que l'on attend lorsqu'on entend dire que les indications fournies par la nouvelle théorie sont toujours imprécises en comparaison de celles de la théorie classique.

5. *Les variables sont-elles réellement floues* [45] *?*

L'autre point de vue consiste à n'accorder de réalité *(Realität)* qu'aux éléments de définition déterminés avec précision, ou plus généralement à n'accorder à chaque variable qu'une certaine forme de réalisation *(Verwirklichung)* qui correspond exactement à la statistique quantique la concernant à l'instant considéré.

Le fait qu'il ne soit en quelque sorte pas impossible d'exprimer le degré et la nature du flou de toutes les variables par une notion parfaitement claire découle déjà de ce que la mécanique quantique possède et utilise effectivement un instrument le permettant : c'est ce que l'on appelle fonction d'onde ou fonction ψ, ou encore vecteur-système. Il en sera encore

La situation actuelle en mécanique quantique

beaucoup question par la suite. Qu'il s'agisse d'une structure mathématique abstraite difficile à se représenter intuitivement *(unanschaulich)*, voilà une objection qui surgit presque chaque fois qu'un nouvel outil de pensée apparaît, et qui n'apporte rien. Quoi qu'il en soit, il s'agit d'une entité du domaine de la pensée, qui rend compte du caractère flou de toutes les variables à tout instant, de façon tout aussi claire et exacte que le modèle classique rend compte de la précision de leurs valeurs. Et sa loi d'évolution [46], la loi qui régit son évolution temporelle lorsque le système est abandonné à lui-même, ne le cède en rien, sur le plan de la clarté et de la précision, aux lois d'évolution du modèle classique. D'ailleurs, la fonction ψ pourrait parfaitement se substituer à celui-ci, à condition que le flou se limite au domaine atomique, dont les dimensions sont exclues de tout contrôle direct [47]. Dans la pratique, on a pu déduire de la fonction ψ des représentations tout à fait évocatrices et commodes comme « le nuage d'électricité négative [48] » autour du noyau positif, pour ne prendre que cet exemple. Mais des objections sérieuses apparaissent dès que l'on remarque que ce flou concerne des choses macroscopiques, palpables et visibles; le terme « flou » est alors tout simplement faux. L'état d'un noyau radioactif est vraisemblablement tellement flou qualitativement et quantitativement, qu'il n'est possible de prévoir ni l'instant de la décomposition radioactive ni la direction selon laquelle la particule α quitte le noyau. A l'intérieur du noyau atomique, ce flou ne nous dérange nullement. La particule émise est, pour formuler le phénomène de manière intuitive *(anschaulich),* décrite par une onde sphérique émise en permanence par le noyau dans toutes les directions et qui se répand continuellement sur la totalité de la surface d'un écran luminescent situé à proximité. Mais il se trouve que cet écran ne présente pas une surface éclairée de manière faible et uniforme; il est au contraire le siège, à *un* certain instant, d'*un* scintillement lumineux en un point précis, ou, pour se rapprocher de la vérité, il émet un éclair tantôt ici tantôt là [49], puisqu'il est impossible d'effectuer l'expérience avec un seul noyau radioactif. Si, au lieu de cet écran luminescent, on utilise un détecteur en volume, par exemple un gaz qui serait ionisé par les particules α, on observe des paires d'ions alignées le long de trajectoires rectilignes [50] dont les prolongements concourent au point où se trouve le petit grain de matière radioactive source du rayonnement. (Dans les chambres de C.T.R. Wilson, les trajectoires sont matérialisées par des gouttelettes d'eau qui se condensent sur les ions.)

On peut également imaginer des situations parfaitement burlesques. Un chat [51] est enfermé dans une enceinte d'acier avec le dispositif infernal suivant (qu'il faut soigneusement protéger de tout contact direct avec le chat) : un compteur Geiger est placé à proximité d'un minuscule échantillon de substance radioactive, *si* petit que, durant une heure, il *se peut* qu'un seul des atomes se désintègre, mais il se peut également, et avec une égale probabilité, qu'aucun ne se désintègre ; en cas de désintégration, le compteur crépite et actionne, par l'intermédiaire d'un relais, un marteau qui brise une ampoule contenant de l'acide cyanhydrique. Si on abandonne ce dispositif à lui-même durant une heure, on pourra prédire que le chat est vivant *à condition que,* pendant ce temps, aucune désintégration ne se soit produite. La première désintégration l'aurait empoisonné. La fonction ψ de l'ensemble [52] exprimerait cela de la façon suivante : en elle, le chat vivant et le chat mort sont (si j'ose dire) mélangés ou brouillés en proportions égales [53].

De telles situations ont ceci de particulier qu'à une indétermination initialement limitée au domaine atomique est associée une indétermination macroscopique qu'il est possible de *lever* par l'observation directe [54]. Voilà qui nous empêche d'accepter de manière naïve qu'un modèle flou puisse représenter la réalité. En soi, cela n'aurait rien de confus ni de contradictoire. Il y a une différence entre une

La situation actuelle en mécanique quantique

photographie prise en bougeant ou avec une distance mal réglée, et un cliché représentant des nuages ou une nappe de brouillard [55].

6. *Le changement délibéré du point de vue épistémologique*

Nous avons vu au paragraphe 4 qu'il n'est pas possible d'adopter tels quels les modèles et d'affecter à des variables toujours inconnues ou mal connues des valeurs déterminées, alors même que nous ne les connaissons pas.

Nous avons vu au paragraphe 5 que l'indétermination n'est pas un véritable brouillage puisqu'il existe toujours des situations où l'on peut retrouver la donnée manquante par une simple observation. Alors, que reste-t-il? Face à ce très grave dilemme, la doctrine dominante s'en tire, ou nous vient en aide, en se réfugiant dans l'épistémologie [56]. On nous explique qu'il n'y a pas lieu de faire de différence entre l'état réel de l'objet naturel et ce que j'en connais [57], ou, encore mieux, ce que je peux en connaître pour peu que je m'en donne la peine. En réalité, nous dit-on, il n'y a à proprement parler que perception, observation, mesure [58]. Si par elles j'ai pu acquérir, à un moment donné, la meilleure connaissance de l'état de l'objet physique qui puisse être obtenue en se conformant aux lois de la nature, je suis en droit de considérer toute question ultérieure sur l'«état réel» comme *sans objet*, dans la mesure où je suis convaincu qu'aucune observation supplémentaire n'accroîtra ma connaissance, ou du moins ne l'accroîtra pas sans la réduire par ailleurs [59] (c'est-à-dire en modifiant l'état, voir ci-dessous [60]).

Cela apporte quelque lumière sur l'origine de l'affirmation de la fin du paragraphe 2, dont j'ai signalé la très grande portée : à savoir que toutes les grandeurs d'un modèle sont en principe mesurables. On ne peut pratiquement pas faire l'économie de cet acte de foi lorsqu'on se sent contraint, face

Physique quantique et représentation du monde

aux difficultés de la méthodologie physique, d'en appeler, comme on aurait recours à un dictateur, à l'aide du principe philosophique que je viens d'évoquer, et qu'aucun homme ne refuserait de considérer comme le garant suprême de toute connaissance empirique.

La réalité *(Wirklichkeit)* est rétive à toute tentative de représentation par un modèle. C'est pourquoi, abandonnant le réalisme naïf, on prend appui directement sur cette thèse indiscutable : pour un physicien, la dernière instance est réellement *(wirklich)* l'observation, la mesure. Désormais, toute notre pensée en physique a pour unique fondement et pour unique objet les résultats de mesure qui peuvent par principe être effectuées, car nous *ne* devons *plus* désormais rapporter notre pensée à aucun autre type de réalité ou à un modèle [61]. Tous les nombres figurant dans nos calculs de physique doivent être considérés comme des résultats de mesures.

Cependant, nous ne sommes pas tombés de la dernière pluie, et nous ne commençons pas à construire notre science sur des bases toutes neuves. Nous disposons au contraire d'un appareil mathématique bien établi dont nous ne voudrions pas nous séparer, tout particulièrement depuis les succès considérables de la mécanique quantique. Nous sommes donc contraints de décider depuis notre bureau quelles mesures sont par principe possibles, c'est-à-dire lesquelles doivent être possibles afin d'étayer suffisamment notre schéma de calcul. Cela permet à chaque variable du modèle envisagée séparément (voire à un « demi-ensemble ») d'avoir une valeur tout à fait précise, si bien que chacune doit pouvoir être mesurée individuellement avec une précision aussi grande que l'on désire. Ayant perdu l'innocence de notre réalisme naïf, nous ne saurions nous satisfaire de moins. Nous ne disposons que de nos schémas de calcul pour déterminer le lieu où la nature a fixé la frontière de l'inconnaissabilité, c'est-à-dire quelle est la *meilleure* connaissance *possible* d'un objet [62]. Et si nous n'en étions pas capables, alors la réalité de notre mesure dépen-

La situation actuelle en mécanique quantique

drait vraiment beaucoup de l'application ou de la paresse de l'expérimentateur et du mal qu'il se donne pour s'informer. Nous devons donc bien lui indiquer jusqu'où il lui est possible d'aller s'il est suffisamment compétent. Sinon, nous devrions sérieusement redouter que, là même où nous nous interdisons de poursuivre nos investigations, il puisse encore rester quelque chose d'intéressant, dont la connaissance justifierait encore des questions.

7. *La fonction* ψ *comme catalogue de prévisions*

Poursuivant l'exposé de la doctrine officielle, revenons à cette fonction ψ que nous avons évoquée au paragraphe 5. Elle constitue désormais l'instrument permettant de prédire la probabilité des valeurs mesurées. Elle incarne à chaque instant la somme de toutes les éventualités futures que prédit la théorie, présentées comme dans un *catalogue* [63]. Elle constitue le lien de relations et de conditions entre les diverses mesures, à la manière de ce qui se passait en théorie classique pour le modèle et son état à chaque instant. La fonction ψ a en outre beaucoup d'autres points communs avec le modèle classique. Elle est, dans son principe, parfaitement déterminée par un nombre fini de mesures convenablement choisies (et il en suffit de deux fois moins que dans la théorie classique) [64]. C'est ainsi que ce catalogue de prévisions se présente initialement. Ensuite il se transforme au fil du temps, tout comme l'état du modèle classique, de manière déterminée et unique (« causale »). L'évolution de la fonction ψ est régie par une équation aux dérivées partielles (du premier ordre par rapport au temps et explicite en $\partial \psi / \partial t$) [65]. Cela correspond à l'évolution du modèle classique en l'absence de perturbation. Mais cela ne dure que tant qu'on n'effectue pas une nouvelle mesure, quelle qu'elle soit. Lors de chaque mesure, on est contraint de supposer que la fonction ψ

Physique quantique et représentation du monde

(= le catalogue des prédictions) subit une modification très particulière, assez brutale [66], qui dépend du *résultat fourni par la mesure* et qu'*on ne saurait par conséquent prévoir* [67] ; cela suffit à mettre en évidence que ce type de modification de la fonction ψ n'a strictement rien à voir avec son évolution temporelle régulière *entre* deux mesures. La modification brutale induite par la mesure est directement liée avec ce dont il a été question au paragraphe 5, et va continuer à requérir toute notre attention : c'est le point le plus intéressant de toute la théorie. Il s'agit précisément *du* point qui impose la rupture avec le réalisme naïf [68]. C'est pour cette raison qu'on ne peut remplacer le modèle ou la chose réelle *(Realding)* directement par la fonction ψ. Non parce qu'il serait impensable que la chose réelle, ou son modèle, subisse des transformations brusques et imprévisibles [69], mais plutôt parce que, d'un point de vue réaliste, l'observation est un processus naturel comme n'importe quel autre et ne doit pas entraîner *per se* de rupture dans le cours régulier de la nature.

8. *Théorie de la mesure : première partie*

Le renoncement au réalisme entraîne logiquement certaines conséquences. Une variable *n'a*, en général, pas de valeur déterminée avant que je ne la mesure ; la mesurer ne signifie donc *pas* trouver la valeur qu'elle *a*. Mais alors qu'est-ce que cela signifie ? Il doit exister un critère permettant de savoir si une mesure est correcte ou fausse, si une méthode est bonne ou mauvaise, si elle est précise ou imprécise, et si même elle mérite le nom de mesure. Il ne suffit pas de jouer avec un appareil à aiguille à proximité d'un corps et de faire une lecture au hasard pour qu'on puisse parler de mesure relative à ce corps. Une chose est donc assez claire : si ce n'est pas la réalité qui détermine le résultat de la mesure, c'est donc au moins le résultat de la mesure qui détermine la réalité ;

La situation actuelle en mécanique quantique

le résultat doit exister réellement *après* la mesure, en *ce* sens que lui seul continera à être reconnu. Cela signifie que le critère recherché doit être simplement celui-ci : en répétant la mesure on doit retrouver le même résultat. Et en la répétant assez souvent, je peux tester l'exactitude du procédé et montrer que je ne me contente pas de m'amuser. Il est agréable de constater que cela correspond exactement à la démarche de l'expérimentateur qui lui non plus ne connaît pas la « vraie valeur » au départ [70]. Nous formulons l'essentiel de ce qui précède de la façon suivante :

L'interaction dûment planifiée entre deux systèmes (l'objet mesuré et l'instrument de mesure) constitue une mesure pour le premier système si une caractéristique variable, et directement accessible aux sens, du second (par exemple la position d'une aiguille) se répète exactement — dans les limites des erreurs inhérentes à la mesure — lorsqu'on répète immédiatement le même processus sur le même objet mesuré, sous réserve que celui-ci n'ait pas été soumis à d'autres influences entre-temps.

Cet énoncé devra être complété sur certains points : il ne constitue pas une définition irréprochable. La démarche empirique est plus complexe que les mathématiques, et elle ne se laisse pas aisément enfermer dans quelques belles phrases bien tournées.

Avant la première mesure, une certaine prédiction *de* son résultat, fournie par la théorie quantique, a pu exister. Mais *après* la mesure, la prédiction est *en tout état de cause* la suivante : le résultat ne peut être que le même (aux erreurs expérimentales près) [71]. Le catalogue des prédictions (la fonction ψ) est modifié par la mesure en ce qui concerne la variable mesurée. Si on sait par avance que le procédé de mesure est *fiable*, la première mesure restreint d'emblée la prévision théorique au résultat obtenu (toujours aux erreurs près), quelle qu'ait été la prévision antérieure. C'est en cela que consiste typiquement la modification brutale de la fonction ψ par la

Physique quantique et représentation du monde

mesure, dont il a été question précédemment. Cependant, en général, le catalogue des prévisions est modifié de cette manière imprévisible non seulement pour la variable étudiée, mais également pour d'autres, en particulier pour la variable « canoniquement conjuguée ». Si, tandis qu'il existait antérieurement une prédiction assez précise pour la *quantité de mouvement* d'une particule, on détermine sa *position* avec une précision supérieure à ce qu'autorise la relation d'incertitude (théorème A du paragraphe 2), cela doit provoquer une modification de la prédiction relative à la quantité de mouvement [72]. L'appareil mathématique de la mécanique quantique y pourvoit d'ailleurs de lui-même : il ne peut exister de fonction ψ contredisant cette proposition A [73], lorsqu'on utilise ψ conformément à sa vocation, c'est-à-dire pour en déduire des prévisions.

Le catalogue des prévisions étant radicalement modifié par la mesure, l'objet ne permet plus de vérifier dans leur totalité les prédictions statistiques faites antérieurement, et c'est particulièrement vrai pour la variable mesurée, puisqu'elle prend désormais toujours la même valeur ou presque. Et *voilà* la raison de la prescription énoncée dès le paragraphe 2 : on peut certes vérifier la prédiction probabiliste dans son intégralité, mais à condition de reprendre toute l'opération *ab ovo*. On doit faire subir à l'objet mesuré lui-même, ou à un autre, à condition qu'il soit identique, exactement les mêmes préparatifs que la première fois, de façon à redonner sa validité au catalogue de prévisions (fonction ψ) disponible avant la première mesure [74]. C'est seulement dans ces conditions qu'on la « répète ». (Bien entendu, cette répétition signifie maintenant tout à fait autre chose qu'auparavant !) Tout cela doit être fait non pas deux fois, mais très souvent. C'est ainsi que se met en place la statistique prévue. Telle est la doctrine.

On relève donc la différence entre d'un côté les marges d'erreur de mesure et leur statistique, et de l'autre la statistique théorique. Elles n'ont rien à voir l'une avec l'autre. Elles

La situation actuelle en mécanique quantique

se manifestent dans les deux espèces bien distinctes de *répétitions* dont il vient d'être question.

Nous avons ici l'occasion de cerner d'encore un peu plus près notre définition de l'*acte de mesurer*. Certains instruments de mesure demeurent dans l'état où ils se sont trouvés à l'issue de la mesure. Il se peut aussi que l'aiguille reste accidentellement bloquée, de sorte qu'on lise toujours la même valeur. D'après notre propre *consigne,* il s'agirait alors d'une mesure particulièrement précise. C'est ainsi non pas à cause de l'objet, mais à cause de l'instrument lui-même! Effectivement, il reste encore à préciser notre méthode sur un point important, mais qui était impossible à envisager jusqu'ici : quelle est en fait la différence entre l'*objet* et l'*appareil de mesure*? (que la lecture se fasse sur ce dernier n'est pas fondamental)[75]. Nous venons de voir que, le cas échéant, il peut être indispensable de remettre l'instrument de mesure dans son état initial neutre avant de procéder à une *mesure de contrôle*. Tout expérimentateur le sait bien. Pour cerner cette question d'un point de vue théorique, on peut systématiquement prescrire que l'appareil de mesure soit fondamentalement soumis à la même préparation avant chaque mesure, afin que, *pour lui,* le catalogue de prévisions (= fonction ψ) soit chaque fois identique lorsqu'il est mis en relation avec l'objet. Il est par contre formellement proscrit de toucher à l'objet avant une *mesure de contrôle*, c'est-à-dire avant une « répétition de première espèce » (nécessaire pour l'estimation de la statistique de l'*erreur*). Il s'agit là de *la* différence caractéristique entre l'objet et l'appareil de mesure[76]. Mais cette différence s'estompe dans le cas d'une « répétition de seconde espèce » (destinée à la vérification de la prédiction quantique[77]). Dans ce cas, la distinction entre les deux perd toute importance.

Il découle de ce qui précède que, pour effectuer une seconde mesure, il n'est pas indispensable d'utiliser *le même* instrument, il suffit d'un instrument de même conception ayant

Physique quantique et représentation du monde

subi la même préparation : c'est ce que l'on est parfois amené à faire pour tester le premier instrument [78]. Mais deux instruments de conceptions très différentes peuvent néanmoins être compatibles entre eux de telle sorte que, lorsqu'ils sont successivement utilisés dans une mesure (répétition de première espèce !), cela se traduit par une correspondance biunivoque entre les résultats qu'ils fournissent ; c'est qu'ils mesurent fondamentalement la même variable sur l'objet, pour peu qu'on ait étalonné les échelles de manière adéquate.

9. *La fonction ψ comme description d'un état*

Le renoncement au réalisme crée également des obligations. Du point de vue du modèle classique, le potentiel prédictif de la fonction ψ est systématiquement incomplet puisqu'il ne correspond qu'à environ 50 % d'une description complète. Selon le nouveau point de vue, il doit être complet [79] pour les raisons évoquées à la fin du paragraphe 6. Il doit être impossible de lui adjoindre des assertions exactes sans le modifier par ailleurs : sans quoi on ne serait plus en droit de déclarer comme sans objet les questions qui sortent de son cadre.

Il en résulte que deux catalogues différents qui s'appliquent au même système, dans des conditions ou à des instants différents, peuvent se recouper en partie. Mais aucun des deux ne peut être inclus dans l'autre, car sans cela on pourrait le compléter par des affirmations exactes : celles qui constituent la différence entre les deux catalogues. La structure mathématique de la nouvelle théorie satisfait automatiquement cette exigence. Une fonction ψ ne peut comporter exactement les mêmes informations qu'une seconde, et certaines autres en plus [80].

De sorte que si la fonction ψ d'un système est modifiée, spontanément ou par une mesure, certaines informations qui

La situation actuelle en mécanique quantique

existaient auparavant ont nécessairement disparu dans la nouvelle fonction. On ne peut pas effectuer que des ajouts au catalogue; des suppressions doivent également être opérées. Or, des connaissances peuvent être *acquises* mais non *perdues*. Les suppressions ne peuvent donc correspondre qu'à des connaissances initialement exactes mais devenues fausses. Une affirmation exacte ne peut devenir fausse que si l'*objet* auquel elle s'applique s'est transformé [81]. Selon moi, ces conclusions se résument parfaitement par les deux théorèmes suivants :

Théorème 1 : *Si nous avons affaire à des fonctions ψ différentes, c'est que le système se trouve dans des états différents.*

En terme de systèmes pour lesquels on peut définir une fonction ψ, l'inverse du théorème 1 est :

Théorème 2 : *A une fonction ψ donnée correspond un état* [82] *donné du système.*

Cette inversion n'est pas qu'une conséquence du premier théorème, qu'il n'est d'ailleurs pas nécessaire d'utiliser : elle découle directement de la *complétude* et de la *maximalité*. Quiconque admet la possibilité d'une diversité [d'états [83]] pour un certain catalogue de prévisions doit reconnaître que ce dernier n'apporte pas de réponses à toutes les questions pertinentes. La terminologie de presque tous les auteurs montre qu'ils acceptent la validité de ces deux théorèmes. Bien entendu, ces deux théorèmes édifient, de façon tout à fait légitime selon moi, une nouvelle sorte de réalité. Il ne faudrait pas croire qu'ils ne constituent qu'une tautologie triviale ou simplement une définition de l'« état ». Sans l'hypothèse de maximalité du catalogue des prévisions, il serait possible de modifier la fonction ψ en introduisant simplement des informations nouvelles.

Nous en arrivons à une autre objection concernant la dérivation du théorème 1. On pourrait dire que, considérées séparément, chacune des affirmations ou connaissances dont il est ici question n'est qu'une prédiction probabiliste pour laquelle la mention « vraie » ou « fausse » ne concerne pas du tout un cas individuel mais bien ce collectif formé par les milliers de préparations identiques auxquelles on a soumis le système (afin qu'il s'agisse bien chaque fois de la même mesure, voir au paragraphe 8). Certes, mais nous devons alors décider que tous les éléments de cet ensemble se trouvent dans la même situation, car la fonction ψ et le catalogue de prédictions sont les mêmes pour chacun d'eux, et nous ne devons pas tenir compte des différences qui ne figurent pas dans ce catalogue (voir la justification du théorème 2). Le collectif est donc constitué d'éléments individuels identiques. Si une affirmation *le* concernant devient fausse, c'est que le cas individuel a été modifié, sinon le collectif serait encore le même.

10. *Théorie de la mesure : seconde partie*

Revenons à ce qui a été dit au paragraphe 7 et développé au paragraphe 8 : chaque *mesure* suspend la loi qui, par ailleurs, régit en permanence l'évolution temporelle de la fonction ψ ; elle lui substitue une tout autre évolution qui n'est pas régie par une loi mais dictée par le résultat de la mesure. Or, pendant une mesure, il n'est pas possible que d'autres lois de la nature que les lois habituelles soient en vigueur, car [la mesure] est objectivement un processus naturel comme un autre et elle ne saurait affecter le cours régulier de la nature. Puisqu'une mesure affecte l'évolution de la fonction ψ, cette dernière ne peut — nous l'avons dit au paragraphe 7 — constituer une tentative de représentation d'une réalité objective vérifiable, comme dans le modèle classique. Et c'est pourtant quelque chose comme cela qui s'est cristallisé dans le paragraphe précédent [84].

La situation actuelle en mécanique quantique

Je vais à nouveau tenter de résumer ce contraste sous forme lapidaire :

1) il est *inévitable* qu'une mesure entraîne une discontinuité dans le catalogue des prévisions, car si « mesurer » doit continuer à signifier quelque chose, la *valeur mesurée doit* valoir à la suite d'une bonne mesure [85];

2) la modification par sauts *n'est* certainement *pas* régie par la loi déterministe habituelle valable par ailleurs, puisqu'elle dépend de la valeur mesurée, par définition inconnue à l'avance;

3) la modification entraîne également une déperdition de connaissance (en raison de la « maximalité »); or notre connaissance ne saurait se perdre : c'est donc que *l'objet doit aussi bien* changer selon un mode discontinu *qu'*être affecté de manière imprévue durant ce changement, *autrement* que ce qui se passe d'ordinaire.

Comment accorder tout cela ? Les choses ne sont pas simples du tout. C'est le point le plus délicat et le plus intéressant de la théorie. Nous devons évidemment tenter d'appréhender de manière objective l'interaction entre l'objet mesuré et l'instrument de mesure [86]. Pour cela nous devons commencer par quelques considérations très abstraites.

La situation est la suivante. Lorsqu'on dispose, sous la forme d'une fonction ψ, d'un catalogue complet des prévisions, d'une somme maximale de connaissances pour l'ensemble formé de deux corps totalement séparés, ou, mieux, pour chacun des deux corps considérés séparément, alors on en dispose évidemment aussi pour les deux corps pris ensemble; cela signifie que l'on peut considérer que ce qui nous intéresse, nos questions sur l'avenir concernent l'ensemble et non pas chacun des corps pris séparément [87].

Mais l'inverse n'est pas vrai. *La connaissance maximale d'un système entier, formé de plusieurs parties, n'entraîne pas nécessairement la connaissance maximale de chacune des parties, pas même si ces dernières sont entièrement séparées*

Physique quantique et représentation du monde

et sans influence mutuelle au moment considéré[88]. Ainsi, il est possible qu'une partie de ce qu'on connaît concerne les relations ou les contraintes entre les deux sous-systèmes (nous nous limitons volontairement à deux), au sens suivant : si une certaine mesure concernant le premier sous-système conduit à *tel* résultat, alors une certaine mesure concernant le second devra satisfaire à telle ou telle distribution statistique ; mais si la première mesure conduit à *tel autre* résultat, alors la prévision pour la seconde sera différente ; un *troisième* résultat entraînera à nouveau une autre probabilité pour le résultat de la mesure sur le second sous-système ; et ainsi de suite, à la façon d'une disjonction complète de toutes les valeurs qui peuvent résulter de la mesure que l'on effectue sur le premier sous-système. Dans ces conditions n'importe quel processus de mesure ou, ce qui revient au même, n'importe quelle variable appartenant au second sous-système peut dépendre de la valeur encore inconnue de l'une des variables du premier, et inversement bien sûr. Lorsque c'est le cas, lorsque le catalogue général comporte de tels énoncés conditionnels[89], alors *il ne peut être maximal pour chacun des sous-systèmes*. En effet le contenu de deux sous-catalogues maximaux constituerait en lui-même un catalogue complet ; en ce qui concerne l'ensemble, il n'y aurait aucune place pour ces énoncés conditionnels.

Ces prédictions conditionnelles ne sont d'ailleurs pas tombées du ciel. Il en existe dans tout catalogue de prévisions. Lorsqu'on connaît la fonction ψ, et qu'à une certaine mesure correspond un certain résultat, alors on connaît de nouveau la fonction ψ, « voilà tout[90] ». Seulement, dans le cas qui nous intéresse, comme le système global doit se composer de deux parties totalement séparées, la question se présente d'une manière particulière. Car, pour cette raison, cela a un sens de distinguer les mesures portant respectivement sur l'un et l'autre des sous-systèmes.

Cela autorise chacun des deux sous-systèmes à prétendre

La situation actuelle en mécanique quantique

légitimement à un catalogue individuel maximal ; mais il n'en reste pas moins possible qu'une partie de la connaissance d'ensemble soit, pour ainsi dire, contenue dans certains de ces énoncés conditionnels qui relient les sous-systèmes, de telle sorte que les aspirations individuelles ne sont pas satisfaites — bien que le catalogue soit maximal, c'est-à-dire bien que la fonction ψ du système global soit connue [91].

Arrêtons-nous un instant sur ce point. Le caractère abstrait d'un pareil constat est au fond déjà très éloquent : la meilleure connaissance possible d'un ensemble n'inclut pas nécessairement la meilleure connaissance possible de chacune de ses parties.

Traduisons cela dans les mêmes termes qu'au paragraphe 9 : l'ensemble est dans un état déterminé, mais ce n'est pas le cas de chacune de ses parties prises séparément.

— Comment cela ? un système doit bien être dans un certain état [92].

— Non. État signifie fonction ψ, somme maximale de connaissances [93]. Mais je n'en suis pas nécessairement là, j'ai pu être paresseux, et alors le système ne se trouve dans aucun état [94].

— Bien, mais nous n'en sommes pas encore à l'interdiction agnostique de poser des questions, et j'ai en l'occurrence le droit de penser : le sous-système est bien dans un certain état (il a bien une fonction ψ), seulement je ne le connais pas.

— Je vous arrête. Malheureusement non. On ne peut pas dire « seulement je ne le connais pas », puisque pour le système global l'état des connaissances est maximal [95].

L'insuffisance de la fonction ψ considérée comme l'équivalent d'un modèle réside exclusivement dans le fait qu'on n'en dispose pas toujours. Quand on la possède elle constitue bel et bien une description de l'état [96] ; mais il se trouve que parfois on n'en dispose pas, dans des situations où on pouvait pourtant espérer l'obtenir facilement. Si bien qu'on ne peut pas postuler qu'« en réalité il doit bien en exister une mais je ne la connais pas ». Le point de vue que nous avons adopté nous l'interdit. « Elle » (la fonction ψ) constitue effectivement une somme des connaissances, mais des connaissances que personne ne détient n'en sont pas.

Continuons. Il ne peut se faire qu'une partie de notre savoir flotte ainsi sous forme d'énoncés conditionnels disjonctifs *entre* les deux sous-systèmes, lorsque ceux-ci, amenés de deux points à l'infini diamétralement opposé, sont juxtaposés sans avoir été mis en interaction. Car aucun des deux ne « sait » quoi que ce soit sur l'autre. Il est impossible qu'une mesure effectuée sur l'un, nous soit de quelque utilité pour la connaissance de l'autre. Un « entremêlement [97] de prévisions » ne peut exister que si, auparavant, les deux corps ont formé *un* système au sens propre, c'est-à-dire s'ils ont alors été en interaction, ce qui a laissé des *traces* chez chacun d'eux. Lorsque deux corps distincts, pour chacun desquels notre connaissance est maximale, se trouvent dans une situation où ils peuvent s'influencer mutuellement, puis sont éloignés l'un de l'autre [98], il se produit en règle générale ce que je viens d'appeler un *entremêlement* de notre savoir les concernant.

Initialement, le catalogue commun des prévisions est formé de la somme logique [99] des catalogues individuels; durant le processus, il évolue nécessairement en suivant une loi connue (et jusqu'ici il n'est pas question de mesure) [100]. Notre savoir demeure maximal, mais à la fin, lorsque les deux corps se séparent à nouveau, il ne se compose plus de la somme logique des savoirs relatifs à chacun d'entre eux. Ce qui *en* est alors conservé peut être devenu très inférieur à ce maximum [101]. On remarque qu'il y a une grande différence avec la théorie classique des modèles dans laquelle, naturellement, la connaissance des états initiaux et de l'interaction permet de déterminer les états finaux [102].

Le processus de mesure décrit au paragraphe 8 rentre exactement dans le cadre de ce schéma général, si on l'applique

La situation actuelle en mécanique quantique

à l'ensemble formé de l'objet mesuré et de l'instrument de mesure. En vue de construire, pour ce processus, une image aussi objective que pour n'importe quel autre, nous voulons tirer au clair cet étrange comportement par sauts de la fonction ψ, à défaut de pouvoir l'éliminer. Ainsi, l'un des corps est l'objet mesuré et l'autre l'instrument de mesure [103]. Pour éviter toute intervention de l'extérieur, on peut approcher puis éloigner l'instrument de mesure de l'objet, en le déplaçant automatiquement grâce à un mécanisme interne. Nous pouvons même différer la lecture, car notre but immédiat est d'étudier ce qui se passe « objectivement » ; mais, en vue d'une exploitation ultérieure, on enregistre automatiquement le résultat dans l'appareil, comme cela se pratique souvent aujourd'hui.

Qu'en est-il maintenant à l'issue de cette mesure entièrement automatisée ? Après comme avant, nous disposons pour l'ensemble du système d'un catalogue maximal de prévisions. Naturellement, le résultat de la mesure, qui a été enregistré, n'en fait pas partie [104]. En ce qui concerne l'instrument de mesure, le catalogue est très incomplet, puisqu'il ne nous indique même pas l'endroit où le crayon enregistreur a laissé une trace (on se souvient du chat empoisonné !) [105]. Ce qui fait que notre savoir s'est en quelque sorte sublimé en des énoncés conditionnels du type : *si* la trace se situe au niveau de la première graduation, *alors* cela signifie telle ou telle chose pour l'objet mesuré, mais *si* elle est sur la deuxième graduation *alors* cela entraîne telle ou telle autre chose, *si* elle est sur la troisième *alors*... La fonction ψ *de l'objet mesuré* a-t-elle ou non effectué un saut ? A-t-elle évolué de façon déterminée conformément à la loi (l'équation aux dérivées partielles) ? Ni l'un, ni l'autre [106]. Elle n'existe plus. Conformément à la loi contraignante appliquée à la fonction ψ *de l'ensemble*, elle s'est entremêlée avec celle de l'instrument de mesure. *Le catalogue de prévisions de l'objet s'est fragmenté en une disjonction conditionnelle de catalogues de prévisions*,

Physique quantique et représentation du monde

comme un guide Baedeker qu'on aurait méticuleusement désarticulé. Pour chaque fragment, il existe une certaine probabilité qu'il convienne, et cette probabilité est recopiée à partir du catalogue de prévisions initial de l'objet [107]. Mais lequel convient, quelle section du Baedeker utiliser pour continuer le voyage, cela nous ne pouvons le déterminer qu'en inspectant effectivement les enregistrements.

Et si nous *ne* regardons *pas*? Supposons qu'il s'agisse d'un enregistrement photographique et que par malheur la pellicule ait été exposée à la lumière avant le développement, ou bien que par inadvertance on ait introduit dans l'appareil du papier noir au lieu d'une pellicule. Alors, non seulement cette mesure malencontreuse ne nous apprend rien de nouveau, mais nous avons souffert d'une déperdition de connaissances. Cela n'a rien d'étonnant. Une intervention extérieure commence presque toujours par dégrader la connaissance que l'on a d'un système. Il faut organiser cette intervention avec un soin tel que l'on puisse tout de même reconstituer cette connaissance à la fin.

Que nous a apporté cette analyse? *En premier lieu,* un aperçu sur la séparation disjonctive du catalogue de prévisions, qui se produit systématiquement et qui se traduit par son insertion dans un catalogue commun pour l'appareil de mesure et l'objet. L'objet ne peut être extrait de cet entremêlement que par le sujet vivant, lorsqu'il prend connaissance du résultat de la mesure [108]. Il faut que cela se produise, à un moment ou à un autre, pour que ce qui s'est passé représente véritablement une mesure [109], même s'il nous tient à cœur d'envisager le déroulement du processus le plus objectivement possible. *En second lieu*, nous avons appris ceci : *ce n'est qu'au moment de cette inspection,* qui permet de prononcer une décision sur la disjonction, qu'il se passe quelque chose de discontinu : un saut [110]. On est tenté d'appeler cela un acte *mental,* puisque l'objet est alors déconnecté de l'appareil de mesure et n'est donc plus sou-

La situation actuelle en mécanique quantique

mis à un contact physique. Ce qui lui est arrivé est désormais passé [111]. Mais il ne serait pas vraiment correct de dire que la fonction ψ de l'objet, dont l'évolution satisfait *par ailleurs* à une équation aux dérivées partielles indépendante de l'observateur, effectue *maintenant* un saut par suite d'un acte mental. En effet elle a été perdue, elle avait cessé d'exister auparavant [112]. Et ce qui n'existe pas ne saurait évoluer. La fonction ψ renaît, elle est reconstituée, elle est extraite de la connaissance entremêlée que nous possédons par un acte de perception qui, en fait, ne constitue certainement plus une interaction physique avec l'objet mesuré. Il n'existe pas de chemin continu entre la forme sous laquelle on connaissait la fonction ψ et la forme sous laquelle elle renaît ; ce chemin devrait en fait passer par l'anéantissement. C'est parce qu'on met l'accent sur l'aspect contradictoire des deux formes qu'il semble y avoir un saut [113]. En réalité, il s'est passé entre-temps quelque chose d'important, à savoir l'interaction réciproque des deux corps, durant laquelle l'objet n'avait pas de catalogue propre de prévisions et n'aspirait pas à en avoir un, car il n'était pas indépendant.

11. Résolution de l'entremêlement.
Le résultat dépendant de la volonté de l'observateur

Revenons à la situation générale d'« entremêlement », sans avoir en vue, contrairement au paragraphe précédent, le cas particulier du processus de mesure. Les catalogues de prévisions de deux corps A et B se sont entremêlés à l'occasion d'une interaction passagère. Supposons ensuite que les deux corps se sont à nouveau séparés. J'en choisis alors un, disons B, afin de ramener la connaissance que je possède sur lui à son maximum par des mesures successives, alors qu'elle était auparavant réduite à un niveau inférieur à ce maximum. J'affirme d'une part que c'est seulement lorsque cela réus-

Physique quantique et représentation du monde

sit, et pas avant, que l'entremêlement est résolu, et d'autre part qu'en utilisant les relations conditionnelles qui étaient apparues pour B j'acquiers également un niveau maximal de connaissances pour A [114].

Premièrement, en effet, la connaissance du système global est toujours maximale, car elle n'a pas du tout été réduite si nous avons effectué correctement des mesures précises. Deuxièmement, il ne peut plus y avoir d'énoncé conditionnel du type « si pour A... alors pour B... » à partir du moment où le catalogue complet a été reconstitué pour B, car alors il *n'est plus* conditionné, et il ne peut plus se voir adjoindre quoi que ce soit concernant B. Troisièmement, des énoncés conditionnels dans l'autre sens (si pour B... alors pour A...) peuvent devenir des affirmations ne concernant plus que A, car toutes les probabilités pour B sont connues sans condition. Ainsi, l'entremêlement est complètement résolu, et, comme la connaissance du système global a été conservée, elle ne peut plus se comporter que de telle manière qu'à un catalogue complet pour B en corresponde également un pour A.

Mais il n'arrivera jamais que A soit connu indirectement de manière maximale par des mesures sur B, tant que B ne l'est pas lui-même à nouveau, car alors toutes les conclusions fonctionnent en sens inverse, c'est-à-dire que B est également connu de manière maximale [115]. Comme je viens de le dire, nous retrouvons simultanément une connaissance maximale pour les deux systèmes. Notons au passage que ceci est également valable si on ne restreint pas les mesures à un seul des deux systèmes. Mais précisément, ce qui est intéressant c'est que *l'on puisse* restreindre ces mesures à un seul d'entre eux et atteindre néanmoins l'objectif.

L'expérimentateur pourra décider arbitrairement quelles mesures il doit effectuer sur B et selon quel ordre procéder. Il n'a pas besoin de choisir certaines variables plutôt que d'autres, pour pouvoir utiliser les énoncés conditionnels. Il

La situation actuelle en mécanique quantique

lui suffit d'établir à son gré un plan qui le conduira à la connaissance maximale de B, même s'il ignorait tout de B auparavant. Il n'y a aucun inconvénient à ce qu'il mène son plan à son terme. Mais, afin de s'épargner un travail superflu, il peut s'assurer avant chaque mesure qu'il n'a pas déjà atteint le but.

Le catalogue pour A qui résulte de cette démarche indirecte dépend bien entendu des résultats des mesures effectuées sur B, jusqu'à ce que l'entremêlement soit complètement résolu ; par contre, il ne dépend plus de mesures ultérieures, qui peuvent d'ailleurs être effectuées de manière superflue. Supposons que, dans un cas déterminé, j'aie établi un catalogue de A par cette méthode. Je peux alors réfléchir et me demander si je n'aurais pas pu en trouver *un autre* en ayant mis en œuvre *un autre* plan de travail pour B. Mais comme je n'ai pas réellement touché au système A, pas plus que je n'y aurais touché dans l'autre protocole, les prévisions de cet autre catalogue, s'il en existe un, seraient *également* toutes correctes. Elles devraient donc être entièrement incluses dans le premier, puisqu'il est supposé maximal ; c'est également le cas pour le second, qui ne peut donc être qu'identique au premier [116].

Assez curieusement, la structure mathématique de la théorie n'assure pas du tout que cette exigence se trouve automatiquement satisfaite. Je dirais même plus, on peut construire des exemples où cette exigence ne peut en aucune façon être satisfaite. On peut, bien sûr, n'effectuer vraiment qu'*une seule* série de mesures (il s'agit toujours de B), car, aussitôt que cela est effectué, l'entremêlement est dénoué et des mesures supplémentaires sur B ne nous apprennent plus rien sur A. Mais il existe des situations d'entremêlement pour lesquelles *deux protocoles définis de mesures* sur B sont envisageables, tels que chacun doive conduire premièrement à la résolution de l'entremêlement, et deuxièmement à un catalogue pour A auquel l'autre ne *pourrait* en aucune façon

Physique quantique et représentation du monde

conduire, quelles que soient les valeurs mesurées dans l'un ou l'autre cas [117]. Cela signifie tout simplement que les *deux séries* de catalogues de A, qui ne peuvent de toute façon que résulter de l'un ou l'autre programme, sont totalement disjointes, et n'ont aucun élément en commun [118].

Ce sont des cas très spécifiques pour lesquels la conclusion est facile à trouver. Dans le cas général, on doit réfléchir de façon plus approfondie. Lorsque nous avons deux programmes de mesures concernant B, ainsi que deux séries de catalogues pour A auxquels ils peuvent conduire, il ne suffit absolument pas que ces deux séries aient un ou quelques éléments en commun pour qu'on puisse se dire : eh bien, c'est toujours l'un d'entre eux qui apparaîtra, et qu'on puisse en déduire que l'exigence est « vraisemblablement satisfaite ». Non, c'est insuffisant. *On connaît en effet* la probabilité de chacune des mesures sur B, considérée comme une mesure sur le système global, et, à la suite de nombreuses répétitions *ab ovo,* chacune d'entre elles doit apparaître avec la fréquence qui lui correspond. Si bien que les deux séries de catalogues de A devraient coïncider terme à terme, et, de plus, les probabilités devraient être identiques pour les deux séries [119]. Ceci n'est pas seulement vrai pour ces deux programmes-là mais aussi pour n'importe quel autre parmi l'infinité de ceux que l'on peut envisager. Mais il n'est absolument pas question de cela. L'exigence que le catalogue de A que l'on obtient soit toujours le même, quelles que soient les mesures portant sur B qui permettent de l'établir, cette exigence-là n'est absolument jamais satisfaite.

Examinons maintenant un exemple simple et « pointu ».

12. *Un exemple* [120]

Par souci de simplicité, considérons deux systèmes à *un* degré de liberté ; c'est-à-dire que chacun d'eux peut être carac-

La situation actuelle en mécanique quantique

térisé par *une* coordonnée q et la quantité de mouvement p canoniquement conjuguée. L'image classique serait celle d'une masse ponctuelle assujettie à se déplacer sur une droite, à la manière des boules de ce jeu avec lequel les enfants apprennent à calculer. p est le produit de la masse par la vitesse. Nous désignerons par Q et P les grandeurs correspondantes du second système. En raison du caractère abstrait de ces considérations, il importe peu de savoir si les boules sont « enfilées sur la même tige ». Même si c'est le cas, il sera plus commode de repérer q et Q à partir de deux origines différentes, si bien que q = Q ne signifie pas que les deux positions coïncident. En dépit de cela les deux systèmes peuvent même être totalement séparés.

Dans l'article cité en note, les auteurs démontrent que les deux systèmes peuvent être entremêlés, ce qui, *à un certain instant dont la suite dépend,* se traduit par les relations [121] :

$$q = Q \qquad p = -P$$

Autrement dit, *je sais* que si une mesure de la position du premier système donne un certain résultat q, une mesure de la position Q du deuxième effectuée immédiatement après conduira à la *même* valeur, et *vice versa* ; et *je sais* que si une mesure de la quantité de mouvement du premier système fournit une certaine valeur p, la mesure de P effectuée immédiatement après donnera la valeur exactement opposée, et *vice versa*.

Une *seule* mesure de q ou p ou Q ou P fait disparaître l'entremêlement et rend la connaissance maximale pour les *deux* systèmes [122]. Une seconde mesure sur le même système modifie l'information le concernant, mais elle n'apprend rien de nouveau sur l'autre. On ne peut donc pas vérifier la validité des deux égalités par une seule expérience. Mais on peut répéter mille fois la même expérience *ab ovo* ; reconstituer à chaque fois l'entremêlement ; vérifier à son gré l'une ou l'autre des égalités et trouver que celle que l'on teste dans

Physique quantique et représentation du monde

chaque cas est correcte. Nous supposons que c'est ce qui a été fait.

Cependant, si à la mille et unième expérience on préfère ne pas continuer ainsi, mais mesurer q pour le premier système et P pour le second, et qu'on trouve :

$$q = 4 \quad \text{et} \quad P = 7,$$

peut-on douter que q = 4 et p = −7 soit une prévision exacte pour le premier système, et de même Q = 4 et P = 7 pour le second ? Ces prédictions, comme toute prédiction quantique, ne sont pas pleinement vérifiables par une seule expérience, mais elles sont correctes, puisque celui qui les possède ne pourrait être déçu quelle que soit la moitié qu'il a décidé de tester.

Il n'y a aucun doute : chaque mesure est la première pour le système sur lequel elle porte. Des mesures effectuées sur deux systèmes ne peuvent s'influencer mutuellement, ce serait de la magie. Il ne peut pas non plus s'agir d'un hasard de calcul si à l'issue d'un millier d'expériences les résultats de premières mesures [123] coïncident.

Le catalogue de prévisions q = 4 et p = −7 serait naturellement hypermaximal.

13. *Suite de l'exemple : toutes les mesures possibles sont indiscutablement entremêlées*

Or, aucune *prédiction* de ce type n'est possible, selon les enseignements de la mécanique quantique, que nous poussons ici jusque dans leurs ultimes conséquences [124]. Nombreux sont mes amis qui se trouvent rassurés à ce propos et disent : ce qu'un système *aurait répondu à l'expérimentateur si...* n'a rien à voir avec une véritable mesure, et ne nous intéresse donc pas de notre point de vue épistémologique.

Mais, afin que tout soit bien clair, revenons encore une

La situation actuelle en mécanique quantique

fois sur cette question. Concentrons notre attention sur le système caractérisé par les lettres minuscules q et p, que, pour gagner du temps, nous désignerons comme le « petit » système. La situation est la suivante : je peux interroger le petit système par une mesure directe en lui posant *une* des deux questions, soit celle concernant q soit celle concernant p. Rien ne m'empêche d'avoir au préalable, si je le souhaite, effectué une mesure sur l'autre système totalement séparé (que nous considérerons comme un appareil auxiliaire), et de disposer ainsi de la réponse à l'*une* des questions ; je peux également envisager de m'occuper de cela ultérieurement. Tel un élève lors d'un examen [125], mon petit système ne peut *absolument pas savoir* ni si j'ai fait cela, ni si c'est en vue d'une certaine question, ni si j'envisage de le faire ultérieurement, et en vue de quelle question. Grâce à un nombre aussi grand que je veux d'essais préalables, je sais que l'élève répondra toujours correctement à la première question que je lui pose. J'en déduis qu'à chaque fois il *connaît* les réponses aux *deux* questions [126] et que cela demeure vrai, même si le fait d'avoir répondu à la question qu'il me plaît de lui poser en premier fatigue tellement mon élève ou le met dans un tel désarroi que ses réponses suivantes ne seront plus bonnes. Devant une telle situation se répétant pour des milliers d'élèves de même niveau, aucun proviseur de lycée *(Gymnasialdirektor)* ne pourrait en juger autrement, même s'il est en droit de se demander *ce qui* rend tous les élèves aussi bêtes ou aussi entêtés après avoir répondu à la première question. Il ne lui viendrait pas à l'esprit que l'élève fournit une bonne réponse uniquement parce qu'elle lui a été d'abord suggérée par la consultation d'un aide-mémoire par l'enseignant, ou, pire, que quand l'enseignant a envie de consulter cet aide-mémoire après une réponse de l'élève, cette réponse puisse avoir modifié le texte du cahier dans un sens favorable à l'élève.

Mon petit système dispose donc d'une réponse toute prête

Physique quantique et représentation du monde

pour chacune des questions, qu'elle concerne q ou p, afin d'être prêt quelle que soit la question qu'on lui pose directement en premier. Qu'éventuellement je mesure Q sur le système auxiliaire n'a pas la moindre influence sur le fait que le petit système est prêt à répondre. (Pour reprendre l'analogie ci-dessus, cela correspond à la situation où le maître choisit une des questions dans son cahier, à l'intérieur duquel *la page* où se trouve la réponse à l'autre question est rendue inutilisable par une tache d'encre.) Le physicien affirmera que, selon la mécanique quantique, après une mesure de Q sur le système auxiliaire, mon petit système se voit attribuer une fonction ψ pour laquelle « q est connu avec toute la précision désirée, tandis que p demeure totalement indéterminé ». Et pourtant, je le répète, il n'y a rien de changé au fait que mon petit système dispose d'une réponse toute prête pour une question concernant p, à savoir la même qu'auparavant.

Mais la situation est maintenant bien pire. Mon élève intelligent ne se contente pas d'avoir une réponse tout à fait déterminée à toute question concernant aussi bien q que p : il en a également une pour des milliers d'autres questions, sans qu'il me soit possible de savoir quel moyen mnémotechnique il utilise pour cela [127]. p et q ne sont pas les seules variables que je puisse mesurer. A toute combinaison de p et q, par exemple $p^2 + q^2$, la mécanique quantique fait correspondre une procédure de mesure bien déterminée. On sait désormais [128] que pour celle-ci aussi la réponse peut être obtenue par une mesure effectuée sur le système auxiliaire, en l'occurrence celle de $P^2 + Q^2$, et que les deux réponses sont bien identiques. Conformément aux règles générales de la mécanique quantique, cette somme de carrés ne peut prendre qu'une des valeurs de la suite :

$$\hbar, 3\hbar, 5\hbar, 7\hbar...$$

La réponse que mon petit système détient toute prête pour la question sur $p^2 + q^2$ (au cas où ce serait cette mesure qui

La situation actuelle en mécanique quantique

intervenait en premier) doit faire partie de cette suite. Et il en va exactement de même pour :

$$p^2 + a^2 q^2$$

(où a est une constante positive arbitraire). Dans ce cas-là, la réponse prévue par la mécanique quantique est l'une des valeurs de la suite :

$$a\hbar, 3a\hbar, 5a\hbar, 7a\hbar...$$

A chaque valeur de a correspond une question différente, et pour chacune d'entre elles mon petit système dispose d'une réponse figurant dans la suite ci-dessus avec la valeur correspondante de a.

Et maintenant voici le plus étonnant : il est impossible que ces réponses soient reliées entre elles par les formules ci-dessus [129] ! Soit q' et p' les réponses tenues prêtes aux questions q et p, il est impossible que l'expression

$$\frac{p'^2 + a^2 q'^2}{a\hbar}$$

soit un entier impair pour les valeurs déterminées q' et p' *quel que soit l'entier positif a*. Et il ne s'agit pas d'un calcul mental avec des nombres arbitraires, que l'on ne pourrait pas vraiment effectuer. Il est en effet possible de déterminer deux résultats, par exemple q' et p', le premier par une mesure directe, le second par une mesure indirecte. On se convaincra alors (pardonnez l'expression) que la formule ci-dessus, où figurent q' et p' ainsi qu'une constante arbitraire a, n'est pas un entier impair.

La méconnaissance des relations entre les différentes réponses tenues prêtes (dans la « mnémotechnique » de l'élève) est vraiment totale ; on ne peut espérer combler cette lacune par un autre type d'algèbre quantique. Et cette lacune est d'autant plus déconcertante que l'on peut par ailleurs prouver que l'entremêlement est caractérisé de manière univoque par les

Physique quantique et représentation du monde

conditions q = Q ; p = −P. Comme nous savons que les coordonnées sont identiques et les quantités de mouvement égales mais de signe opposé, il doit exister selon la mécanique quantique une corrélation *tout à fait déterminée* et bi-univoque *entre toutes les mesures possibles* sur les deux systèmes. On peut déterminer le résultat de *chaque* mesure sur le « petit » système par une mesure appropriée sur le « grand », et chaque mesure sur ce dernier nous renseigne également sur le résultat qu'un certain type de mesure pourrait donner ou a déjà donné sur le « petit ». (Et ceci doit être compris au sens employé jusqu'ici : seule la première mesure est valable pour chacun des systèmes.) Dès lors que nous avons fait en sorte que (pour aller vite) les deux systèmes coïncident en position et en quantité de mouvement, alors ils coïncident (pour aller vite) pour toutes les autres variables.

Mais nous ignorons totalement les relations entre les valeurs de toutes les variables *d'un* des systèmes, alors que celui-ci doit disposer d'une valeur déterminée pour chacune d'elles : en effet, nous pouvons en prendre connaissance, quand nous le voulons, grâce au système auxiliaire, puis en avoir chaque fois confirmation par une mesure directe.

Dans la mesure où nous ne savons rien sur la relation entre les valeurs pourtant disponibles des variables dans *un* système, doit-on en déduire qu'il n'y en a pas et que nous pouvons trouver des combinaisons absolument quelconques ? Cela signifierait qu'un tel système, *à un degré de liberté*, ne serait pas, comme en mécanique classique, complètement décrit par *deux* grandeurs seulement, mais par beaucoup plus, voire par un nombre infini. Mais il est alors étonnant que si *deux* systèmes concordent pour *deux* de leurs variables, ils concordent également pour *toutes*. Il faudrait alors admettre que cela tient à notre maladresse, et penser que nous serions incapables de placer concrètement deux systèmes dans une relation telle que deux de leurs variables coïncident, sans que *nolens volens* toutes les autres variables coïncident également, alors

La situation actuelle en mécanique quantique

que cela n'est pas en soi impératif. On devrait faire ces *deux* hypothèses pour ne pas être très embarrassés par l'absence totale d'informations concernant la relation entre les valeurs des variables d'un système.

14. Évolution de l'entremêlement avec le temps. Considérations sur le rôle spécifique du temps

Il n'est peut-être pas superflu de rappeler que tout ce qui a été dit aux paragraphes 12 et 13 n'est valable que pour la situation à un instant donné. L'entremêlement n'est pas indépendant du temps. Il reste en permanence un entremêlement biunivoque de *toutes* les variables, mais sa structure change [130]. Ce qui signifie ceci. Grâce au système auxiliaire de mesure, on peut certes prendre connaissance des valeurs de q et de p à un instant ultérieur t, mais les mesures que l'on doit alors effectuer sur le système auxiliaire sont *différentes*. On peut aisément voir ce qu'elles deviennent à partir de quelques exemples simples. Tout dépend naturellement des forces d'interaction agissant à l'intérieur de chacun des systèmes. Supposons qu'il n'y ait pas de telles forces. Et, par souci de simplification, choisissons des masses égales désignées par m, pour chacun des systèmes. Dans le modèle classique, les quantités de mouvement p et P sont constantes, puisqu'elles sont toujours le produit des masses par les vitesses respectives ; et les positions à l'instant t, que nous affecterons de l'indice t (q_t, Q_t), se déduisent de celles à l'instant initial (q, Q) par les relations :

$$q_t = q + \frac{p}{m} t \quad \text{et} \quad Q_t = Q + \frac{P}{m} t$$

Occupons-nous d'abord du petit système. Dans le cadre classique, la façon la plus naturelle de le décrire à l'instant t est d'indiquer les valeurs de la coordonnée et de la quantité

Physique quantique et représentation du monde

de mouvement à *cet instant* : q_t et p_t. Mais on peut procéder différemment. A la place de q_t on peut se donner q, qui est également un « élément de définition à l'instant t » quel que soit t, et qui offre l'avantage de ne pas changer au cours du temps. C'est la même chose que pour un élément me caractérisant, par exemple *mon âge* : je peux dire que j'ai quarante-huit ans (mais ce nombre varie au cours des années ; il correspond au q_t du système), et je peux également indiquer l'année 1887 qui figure sur les papiers d'identité et qui correspond à q. D'après ce qui précède :

$$q = q_t - \frac{p}{m} t$$

Et de même pour l'autre système. Nous choisissons donc pour éléments de définition :

$$q_t - \frac{p}{m} t \text{ et } p \text{ pour le premier système,}$$

$$\text{et } Q_t - \frac{P}{m} t \text{ et } P \text{ pour le second.}$$

L'avantage est que *l'entremêlement entre ces éléments reste constant* :

$$q_t - \frac{p}{m} t = Q_t - \frac{P}{m} t \text{ et } p = -P,$$

ce qui se résout en

$$q_t = Q_t - \frac{2t}{m} P \text{ et } p = -P.$$

Ce qui varie alors avec le temps est seulement ceci : la coordonnée du « petit » système n'est pas déterminée par la mesure de la coordonnée du système auxiliaire mais par la mesure de la combinaison :

$$Q_t - \frac{2t}{m} P$$

La situation actuelle en mécanique quantique

Il ne faudrait pas pour autant s'imaginer qu'on mesure Q_t et P, car ceci ne marche pas [131]. Par contre, on doit savoir que, comme toujours en mécanique quantique, il existe un procédé de mesure directe de cette combinaison [132]. Pour le reste, à cette modification près, *tout* ce qui a été dit aux paragraphes 12 et 13 demeure vrai à chaque instant. En particulier, l'entremêlement de *toutes* les variables demeure biunivoque, avec toutes les conséquences désagréables qui en découlent.

Il en va de même si des forces agissent à l'intérieur de chaque système, mais alors q_t et p sont entremêlés avec des variables qui sont des combinaisons plus compliquées de Q_t et P.

J'ai analysé brièvement cet exemple afin que nous puissions réfléchir à la question suivante. Que l'entremêlement évolue avec le temps, voilà qui donne un peu à penser. Sommes-nous contraints d'effectuer toutes les mesures mentionnées précédemment en un temps très court, en toute rigueur nul, pour que l'on puisse en justifier les conséquences désagréables ? Suffit-il pour exorciser le démon d'indiquer que les mesures nécessitent un certain temps ? Non. A chaque essai on n'a besoin que d'*une seule* mesure pour chaque système ; seule la première compte, toute autre serait sans importance. Par conséquent, nous n'avons pas à nous préoccuper de la durée de la mesure, puisque nous n'en ferons pas une seconde. Il faut seulement pouvoir effectuer cette première mesure de manière à obtenir des valeurs de variables correspondant à un *même instant* que nous connaissons à l'avance ; nous le connaissons à l'avance parce que la mesure vise un couple de variables qui sont justement entremêlées à cet instant-là.

— Mais peut-être est-il impossible d'effectuer des mesures ayant une telle visée ?

— Peut-être. Je serais même enclin à le penser. Seulement, la mécanique quantique *actuelle* doit l'exiger, puisqu'elle est

Physique quantique et représentation du monde

ainsi structurée que ses prédictions concernent toujours un *instant* déterminé. Comme ses prédictions se rapportent à des résultats de mesure, elles n'apporteraient rien s'il n'était pas possible de mesurer les variables concernées *pour* un instant déterminé, que cette mesure soit rapide ou lente.

Par contre, le moment où nous *prenons connaissance* du résultat est évidemment indifférent. D'un point de vue théorique cela a aussi peu d'importance que de savoir par exemple qu'actuellement la résolution des équations différentielles permettant de déterminer le temps qu'il fera dans trois jours nécessite des calculs qui peuvent durer des mois [133]. Même si, à certains égards, il ne faut pas prendre la comparaison avec l'examen d'un élève rigoureusement à la lettre, son esprit reste valable. L'expression « le système *sait* » ne signifie peut-être plus que la réponse résulte d'une situation instantanée, mais plutôt qu'elle découle d'une succession de situations durant un intervalle de temps fini. Même s'il en est ainsi, nous ne devons pas nous en inquiéter, tant que le système produit de quelque façon la réponse par lui-même, sans autre aide extérieure que la préparation de notre expérience qui lui indique *à quelle* question nous attendons de lui une réponse ; et cela seulement lorsque cette réponse elle-même correspond à un instant déterminé. C'est, qu'on le veuille ou non, ce qui doit être présupposé pour toute mesure concernée par la mécanique quantique actuelle, faute de quoi les prédictions quantiques n'auraient aucun contenu.

Au cours de cette discussion nous avons rencontré une possibilité. Si d'aventure on admettait que les prédictions quantiques puissent ne pas, ou ne pas toujours, se référer à un instant parfaitement déterminé, on n'aurait pas besoin non plus d'exiger cela des résultats de mesure. Comme les variables entremêlées changent avec le temps, la production des affirmations antinomiques en serait rendue considérablement plus difficile.

Pour d'autres raisons, il est également probable que c'est

La situation actuelle en mécanique quantique

une erreur d'espérer une prédiction temporelle précise. La mesure du temps est, comme toute mesure, le résultat d'une observation. Pourquoi devrait-on faire une exception précisément pour une mesure sur une montre ? Cette mesure ne concerne-t-elle pas, comme toute autre mesure, une variable qui, en général, n'a pas une valeur très précise, et qui ne peut pas en tout cas en avoir une concomitamment avec *chacune* des autres variables [134] ? Lorsqu'on prédit la valeur d'une *autre* variable pour *un instant déterminé,* n'est-il pas à craindre qu'elles ne puissent être connues toutes les deux ensemble avec exactitude ? Dans le cadre de la mécanique quantique actuelle, on n'est pas en mesure de répondre à cette préoccupation, car le temps est supposé *a priori* connu en permanence avec exactitude, bien qu'on puisse se dire que, chaque fois que l'on consulte une montre, on en perturbe le fonctionnement de manière incontrôlable [135].

Je tiens à insister sur le fait que nous ne disposons pas d'une mécanique quantique dont les prédictions ne doivent pas valoir pour des instants précisément déterminés. Il me semble que c'est précisément cette lacune qui se manifeste dans les antinomies précédentes. Je ne veux pas dire par là que c'est la seule lacune qu'elle présente.

15. Principe de la nature ou astuce de calcul ?

Ces dernières années, j'ai à maintes reprises insisté, malheureusement sans jamais avoir l'ombre d'une contre-proposition constructive à faire, sur le fait qu'« un instant très précis » est une conséquence dans la mécanique quantique, et que, plus ou moins indépendamment de cela, le caractère spécifique du temps représente un obstacle important dans toute tentative de soumettre la mécanique quantique au *principe de relativité* [136].

Le vaste tour d'horizon de la situation actuelle que je tente

Physique quantique et représentation du monde

d'esquisser ici conduit à une remarque d'un tout autre ordre concernant l'effort considérable, mais jusqu'à présent infructueux, visant à concilier mécanique quantique et relativité [137].

Cette remarquable théorie de la mesure, les sauts apparents de la fonction ψ, et, enfin, les « antinomies de l'entremêlement », tout cela découle de cette simplicité avec laquelle l'outil mathématique de la mécanique quantique permet de fusionner, par la pensée, deux systèmes séparés en un seul, ce à quoi cet outil semble prédestiné. Comme nous l'avons vu, lorsque deux systèmes interagissent, leurs fonctions ψ, elles, n'interagissent pas, mais cessent immédiatement d'exister, tandis qu'une fonction ψ unique pour le système global les remplace. Rappelons les choses brièvement [138] : la fonction ψ s'exprime tout d'abord sous la forme du *produit* des deux fonctions ψ individuelles. Comme celles-ci dépendent de variables différentes, la fonction globale dépend donc de toutes ces variables, ou, si l'on préfère, elle « opère dans un espace à un nombre beaucoup plus grand de dimensions » que les fonctions individuelles. Dès que les deux systèmes interagissent, la fonction globale cesse d'être un produit et, lorsque ceux-ci sont à nouveau séparés, elle ne se redécompose plus en facteurs dont chacun ne concerne qu'un seul des systèmes. Nous pouvons dire que nous disposons provisoirement d'une description *globale* des deux systèmes, dans cet espace de dimension supérieure (jusqu'à ce qu'une observation effective vienne dénouer cet entremêlement). C'est la raison pour laquelle notre connaissance de chacun des systèmes pris séparément peut être réduite à peu de chose, voire à rien du tout, alors que la connaissance de l'ensemble demeure toujours maximale. La meilleure connaissance possible pour un système n'implique *pas* celle de chacune de ses parties ; et c'est cela qui nous hante.

Celui qui réfléchit sur cette question devrait vraiment trouver matière à méditer dans ce qui suit. La réunion, par la

La situation actuelle en mécanique quantique

pensée, de deux ou plusieurs systèmes *en un seul* soulève une importante difficulté dès que l'on cherche à introduire le principe de relativité restreinte en mécanique quantique. Il y a maintenant sept ans que le problème a été résolu, pour un électron unique, par P.A.M. Dirac [139], de manière remarquablement simple et tout à fait relativiste. Toute une série de confirmations expérimentales qui renvoient aux notions clés de spin de l'électron, de positron, de création de paires, ne peuvent laisser aucun doute quant à la validité fondamentale de la solution. Mais, premièrement, elle s'écarte assez largement du mode de pensée de la mécanique quantique (celui-là même que j'ai essayé d'illustrer *ici* [140]); deuxièmement, on se heurte à une résistance considérable si on tente d'étendre la solution de Dirac au problème de plusieurs électrons, en suivant la démarche de la théorie non relativiste. (Cela prouve déjà que la solution s'écarte du schéma général selon lequel, comme je l'ai mentionné ci-dessus, la réunion de plusieurs systèmes partiels est tout ce qu'il y a de plus simple.) Je ne me permettrai pas de jugement sur les tentatives faites dans cette direction [141]. Je ne saurais croire qu'elles ont atteint leur objectif puisque les auteurs eux-mêmes ne l'affirment pas.

Il en va de même pour un autre système : le champ électromagnétique. Ses lois constituent « la théorie relativiste incarnée », une approche *non* relativiste étant absolument impossible [142]. C'est pourtant ce champ qui, en tant que modèle du rayonnement thermique, a conduit à jeter les premières bases de la théorie des quanta ; c'est le premier système qui a été « quantifié ». Que cela ait pu réussir avec des moyens simples tient à ce que la situation est un peu plus facile, puisque les « quanta de lumière », les photons, n'interagissent absolument pas de manière directe [143], mais par l'intermédiaire de particules chargées. Nous ne disposons toujours pas d'une véritable théorie quantique irréprochable du champ électromagnétique [144].

Physique quantique et représentation du monde

On peut aller assez loin si l'on effectue une *construction à partir de systèmes partiels* en suivant la démarche de la théorie non relativiste (théorie de Dirac de la lumière [145]), mais on n'atteint pas l'objectif pour autant.

La simplicité de la procédure de construction fournie par la théorie non relativiste n'est peut-être qu'une astuce de calcul commode, mais celle-ci, comme nous l'avons vu, a eu une influence de portée considérable sur notre attitude fondamentale vis-à-vis de la nature.

J'adresse mes remerciements les plus chaleureux à l'*Imperial Chemical Industries Limited* de Londres, pour les facilités dont j'ai bénéficié lors de la rédaction de cet article.

NOTES

1. Pourquoi Schrödinger fait-il seulement remonter la naissance de « l'idéal d'une description exacte de la nature » à la seconde moitié du XIXe siècle ? Pourquoi le physicien viennois ne considère-t-il pas, suivant une conception répandue, que cet idéal a été formulé pour la première fois au XVIIe siècle dans l'œuvre de Galilée et de Descartes, qu'il s'est accompli dans toute son ampleur grâce à la mécanique newtonienne, et qu'il s'est affermi jusqu'à l'excès, au tournant des XVIIIe et XIXe siècles, avec les travaux de Lagrange et Laplace ? Une première explication plausible de ce choix pourrait être que Schrödinger considère la « théorie mécanique de la chaleur », née à la fin du XIXe siècle des réflexions de Clausius, Maxwell, Boltzmann et Gibbs, comme *la* généralisation la plus décisive du mode de pensée issu de la mécanique newtonienne.
Mais Schrödinger a aussi des raisons plus personnelles et plus spécifiques de proposer une telle lecture de l'histoire de la physique. Ces raisons sont exposées dans plusieurs articles portant sur le statut du principe de causalité. Le but d'une description scientifique, rappelle-t-il, est non pas d'établir une simple chronique des faits, mais de valider des énoncés du type : « à chaque fois qu'il arrive ceci, il arrive ensuite cela » (E. Schrödinger, « Die Besonderheit des Weltbilds der Naturwissenschaft », *Acta physica Austriaca*, **1**, 201-245, 1948). Or, tant que l'on s'en tient au domaine empirique (ce que Schrödinger, influencé par Hume,

La situation actuelle en mécanique quantique

préconise de faire), aucun énoncé du type « à chaque fois, ensuite » ne peut être qualifié de *nécessaire* (E. Schrödinger, « Was ist ein Naturgesetz », conférence de 1922 publiée dans *Naturwissenschaften,* **17**, 9-11, 1929, trad. anglaise dans *Science, Theory and Man*, Routledge and Kegan Paul, 1957 ; une analyse de l'attitude très originale de Schrödinger vis-à-vis de la causalité peut être trouvée dans Y. Ben-Menahem, « Struggling with causality : Schrödinger's case », *Stud. Hist. Phil. Sci.*, **20**, 307-334, 1989). Selon Schrödinger, le pas décisif qui permet de justifier *a posteriori* la tentation de l'induction et la généralisation du principe de causalité n'est donc franchi que si l'on peut montrer que de véritables régularités peuvent émerger d'un fond d'événements *strictement aléatoires*. Que si, pour reprendre les termes utilisés par Kojève (*L'Idée du déterminisme*, Paris, Le Livre de poche, 1990, p. 87 s.), un « déterminisme statistique » est concevable, sans présupposer de « déterminisme causal » sous-jacent. *Cette condition, si elle était réalisée, permettrait en effet d'étendre la validité du concept de loi exacte de la nature à des domaines d'où la prédominance du hasard semblait devoir l'exclure.* La théorie mécanique de la chaleur, celle de Boltzmann en particulier, représente aux yeux de Schrödinger le premier succès majeur dans cette direction, puisqu'elle consiste à « promouvoir la statistique d'un simple usage auxiliaire, au rôle dominant de ce qui indique les objectifs et les itinéraires obligés » (E. Schrödinger, « The statistical law of nature », *Nature*, **153**, 704, 1944). Le second succès dans la même direction fût obtenu, aux yeux de Schrödinger, par F. Exner. Cet auteur était parvenu à montrer, dans une conférence de 1919, que « les lois rapportées par la théorie mécanique de la chaleur à la statistique d'événements singuliers extrêmement nombreux, sont parfaitement indépendantes du fait que les événements singuliers constituant la statistique soient déterminés de façon rigoureusement causale (comme on l'admettait jusqu'alors) ou qu'ils soient au contraire eux-mêmes fortuits » (« Die Besonderheit des Weltbilds der Naturwissenschaft », *loc. cit.*). De cette façon, l'inversion du rapport entre statistiques et lois causales, évoquée plus haut, peut être conduite jusqu'à son terme logique. La causalité n'est plus requise en tant qu'infrastructure légale supportant des régularités statistiques : ce sont au contraire les régularités statistiques qui rendent compte de l'existence *apparente* de lois causales. L'idéal classique d'une « description exacte de la nature » ne se trouve donc pas seulement *étendu* par la théorie mécanique de la chaleur : il est d'une certaine façon *fondé* sur elle.

2. Cette phrase, et tout particulièrement l'adverbe « réellement » (*wirklich*) qui en est la clé de voûte, ne peut être pleinement comprise si l'on ne tient pas compte de la position de Schrödinger vis-à-vis du concept de « réalité ». A première vue, la phrase tend à établir un véritable fossé entre la « structure », la « représentation » ou le « modèle » d'une part, et « ce qui se passe réellement dans le monde » d'autre part. Deux entités, l'une « réelle » et l'autre « mentale », semblent placées face à face et soigneusement distinguées. Or une telle distinction s'accorde mal avec

Physique quantique et représentation du monde

le reste de la pensée de Schrödinger. Les concepts schrödingeriens de «représentation» et de «réalité» apparaissent beaucoup plus proches que ne le laisserait supposer une lecture *au premier degré* de la phrase discutée.

Dans son œuvre de physicien, Schrödinger n'hésite guère à rattacher directement certaines structures théoriques, comme la fonction ψ, à des processus ondulatoires «réels» (E. Schrödinger, «Quantisierung als Eigenwertproblem (I)», *Ann. der Phys.*, **79**, 361-376, 1926; trad. française: *Mémoires sur la mécanique ondulatoire*, J. Gabay, 1988, p. 13; voir également l'article «Are there quantum jumps?», *Brit. J. Philos. Sci.*, **3**, 231-241, 1952). Son insistance sur l'affinité des entités théoriques avec ce qui est «réel» se manifeste parfois par une répétition excessive de cet adjectif: «[...] nous avons si souvent parlé jusqu'à présent et en des termes si concrets des "oscillations ψ" comme de quelque chose de tout à fait réel. Cependant celles-ci ont quand même quelque chose de bien réel à leur base, même d'après la conception actuelle, à savoir les fluctuations essentiellement réelles de la densité spatiale électrique» («Quantisierung als Eigenwertproblem (IV)», *Ann. der Phys.*, **81**, 109-139, 1926; trad. française, *ibid.*, p. 191).

Par ailleurs, dans ses textes de réflexion proprement philosophique, Schrödinger rejette vigoureusement le réalisme métaphysique (E. Schrödinger, *Ma conception du monde*, Mercure de France-Le Mail, 1982, p. 107 s.). Ses attaques les plus mordantes sont réservées au concept kantien de «chose en soi» (E. Schrödinger, *L'Esprit et la Matière*, précédé de *L'Élision,* par M. Bitbol, Seuil, 1990, p. 196). De telles critiques, qui peuvent apparaître en contradiction avec l'utilisation répétée que fait Schrödinger de l'adjectif «réel» dans ses articles de physique, doivent en fait se comprendre comme autant de refus de confiner la «réalité» dans un arrière-plan dont les phénomènes ne seraient qu'un reflet superficiel.

La phrase que nous analysons acquiert dès lors une double connotation:

a) Si «ce qui se passe réellement dans le monde» se comprend au sens du réalisme métaphysique, alors le modèle ne peut effectivement rien nous en dire. Non pas en raison de l'imperfection momentanée de ce modèle, mais parce que la visée même d'une transcendance est vaine.

b) Rien n'interdit à côté de cela de rapporter les structures théoriques à «quelque chose de bien réel», à condition de prendre la précaution de préciser que ce qu'on entend par «réel» se rapporte à des *phénomènes actuels et virtuels, ordonnés suivant certaines règles*, et non à un audelà de l'apparaître (E. Schrödinger, *La Nature et les Grecs, op. cit.*, chap. VII).

3. Les mots «image» *(Bild)* ou «modèle» *(Modell)* ont, dans le langage courant, une signification *imitative* peu conforme à la conception que s'en fait Schrödinger. L'image ou le modèle seraient la copie d'un original assimilé à une réalité transcendante. Ou encore, suivant les termes de Husserl: «Les modèles serviraient d'images schématiques d'ordre

intuitif à l'égard de cette réalité cachée [...] » (E. Husserl, *Idées directrices pour une phénoménologie*, Gallimard, 1950, p. 177). Schrödinger évite de faire appel à cette interprétation courante en ajoutant un correctif important à sa phrase : la conformité de notre « image » à la « réalité » ne signifie *rien d'autre* que l'accord du modèle avec l'expérience ou avec les « faits ». Tout le raisonnement du physicien viennois s'en trouve ramené sur le plan de ce que B. d'Espagnat appelle « la réalité empirique » (B. d'Espagnat, *Une incertaine réalité*, Gauthier-Villars, 1985, p. 9).

4. Cette vision déductive plutôt qu'inductive du progrès des sciences, opérant par formulations et réfutations de théories, par créations de formes intellectuelles et sélection de leurs conséquences par l'expérience, est exactement identique à celle de Karl Popper.

Schrödinger connaissait Popper en 1935. Les deux hommes s'étaient rencontrés à Oxford, où Schrödinger résidait à l'époque (voir K. Popper, *La Quête inachevée*, Presses Pocket, 1989, p. 125). L'ouvrage de Popper, *Logik der Forschung*, qui devait devenir (après de nombreux remaniements et additions) le livre qui a été traduit en français sous le titre *La Logique de la découverte scientifique* (Payot, 1972), était paru dès 1934. Ajoutons à cela que Schrödinger devait être particulièrement réceptif à la philosophie des sciences de Popper, en raison de l'enracinement darwinien qui lui est conféré par l'utilisation du concept de « sélection naturelle » (Schrödinger ne perdit jamais une occasion de rappeler qu'il considérait le darwinisme comme l'un des modes de pensée les plus importants introduits par la science du XIXe siècle ; voir par exemple « Die Besonderheit des Weltbilds der Naturwissenschaft », *loc. cit.*).

5. Ce que Schrödinger appelle « la méthode classique du modèle rigoureux » s'appuie le plus souvent sur un système d'équations aux dérivées partielles permettant de calculer univoquement la valeur d'un ensemble de variables en tout point et à tout instant, à condition que l'on se donne des conditions initiales et des conditions aux limites. Le soupçon de Schrödinger est ici que les succès de cette méthode mathématiquement déterministe ont pu engendrer d'eux-mêmes, à la fin du XVIIIe siècle et durant tout le XIXe siècle, la croyance en un déterminisme naturel sous-jacent. Opérant un retournement de priorités, on a sans doute secondairement érigé le déterminisme naturel supposé en garantie *de principe* de la possibilité de prévoir mathématiquement le résultat d'une expérience donnée avec une précision illimitée.

6. Par cette phrase, Schrödinger affaiblit l'un des arguments épistémologiques les plus forts pouvant conduire à une dérive dogmatique du réalisme scientifique. Cet argument se fonde sur « l'inférence vers la meilleure explication » (voir B. Van Fraassen, *The Scientific Image*, Oxford University Press, 1980, p. 19 s.). Imaginons plusieurs théories confrontées à un même donné empirique ; supposons que l'une d'entre elles se distingue en fournissant un compte rendu plus complet, plus exact et plus simple des phénomènes que toutes les autres. L'attitude du réaliste scientifique consiste dans ce cas à admettre que les entités qui interviennent dans cette théorie (ou dans ce modèle) « existent réellement » dans la nature.

Physique quantique et représentation du monde

Représentons-nous à présent un état final du développement des sciences à partir duquel :

a) L'adéquation d'une théorie T (ou d'un modèle) à l'expérience devienne parfaite et donc impossible à améliorer,

b) La théorie T soit la seule à permettre d'atteindre une telle adéquation.

Dans ce cas, le parti pris réaliste vis-à-vis des entités de la théorie n'aurait plus de raison d'être mis en cause : aucun obstacle *épistémologique* ne s'opposerait donc à ce que le réalisme scientifique devienne *dogmatique*, et qu'il soit complété par un réalisme *métaphysique*. Admettre que *l'expression « modèle parfait » comporte une contradiction interne* revient en définitive à priver le réalisme dogmatique du point d'appui utile que constitue pour lui la simple perspective d'un achèvement de la connaissance.

(Dans *Science et Humanisme*, p. 44-45, Schrödinger a exprimé ces idées à l'aide d'un vocabulaire précis opposant l'*adéquation* à la *vérité* : il est encore possible en physique contemporaine de parler de modèles *adéquats,* mais pas de modèles *vrais.* Pas même de modèles *asymptotiquement* vrais.)

7. Le modèle de Rutherford visait initialement à rendre compte des données de diffusion du rayonnement α sur des couches minces de matériau. Le petit nombre des particules α diffusées et le grand angle de ces diffusions poussèrent Rutherford à supposer que l'atome comporte un noyau de charge électrique positive et de très petites dimensions (environ 100 000 fois inférieure à celle de l'atome lui-même). Ce noyau fut pour sa part considéré comme entouré d'électrons orbitaux, de charge négative. Le modèle fut proposé en mai 1911 dans le *Philosophical Magazine* (voir A. Pais, *Inward Bound*, Oxford University Press, 1986, p. 188). Deux ans plus tard, en 1913, Bohr compléta ce modèle par un postulat de quantification dérivé de celui de Planck, ce qui lui permit pour la première fois de rendre compte de façon satisfaisante des raies spectrales de l'atome d'hydrogène.

8. Ce nombre fixe d'« éléments de définition » pour un système donné est à rattacher au concept de « degrés de liberté ». Un système de N particules libres de se déplacer (sans contraintes) possède 3N coordonnées *indépendantes,* ou degrés de liberté. Le nombre total d'éléments de définition est alors 6N. Si les particules sont soumises à des *contraintes* s'exprimant par k relations entre les coordonnées (par exemple dans un corps rigide fait de N particules), le nombre de degrés de liberté est 3N-k, et le nombre d'éléments de définition 6N-2k. Définissons de façon plus concrète ce qu'on entend par « contrainte » : il s'agit de la pure et simple impossibilité pour les particules d'effectuer un certain type de mouvement, même si une force extérieure est exercée sur eux. (En pratique, il est vrai, aucun corps n'est absolument rigide, et la mise en œuvre d'une force suffisante peut toujours parvenir à le faire plier ou à le briser. La notion de « contrainte » ne s'applique donc qu'au-dessous d'un certain seuil de force extérieure appliquée.) Dans le cas du modèle d'atome

La situation actuelle en mécanique quantique

d'hydrogène de Rutherford (comme dans le cas de planètes gravitant autour du soleil), l'interaction mutuelle exprimée par une force en e^2/r^2 ne rend *impossible* aucun mouvement (ici, contrairement au cas des corps solides, il n'est pas question de *seuil* de forces extérieures appliquées). Les degrés de liberté du système sont donc bien au nombre de six, et les éléments de définition au nombre de douze.

9. Si l'on connaît par exemple les six coordonnées spatiales cartésiennes des deux masses ponctuelles à *tout* instant, on peut en déduire les six composantes de la vitesse des mêmes masses à chaque instant. Chacune des composantes de la vitesse représente en effet la variation de la coordonnée spatiale correspondante par unité de temps.

10. Ces informations sur les masses, sur les charges et sur les forces ajoutent un élément de *dynamique* à un modèle qui, reposant sur la seule donnée des positions et des vitesses, était jusque-là resté purement *cinématique*. Cet élément de dynamique permet de déterminer l'évolution de l'état d'un système à partir de l'état à *un* instant, et donc sans devoir se donner la valeur d'une moitié des éléments de définition à *tout* instant.

11. Schrödinger introduit ici la problématique de la recherche des invariants, qui est l'un des thèmes centraux de la pensée physique. Entre les constantes du modèle et les quantités pleinement variables, on individualise les *constantes du mouvement* qui ont les propriétés suivantes :

a) Leur valeur ne dépend que de l'état initial du système.

b) Leur valeur totale pour un système d'objets (avant et après une interaction éventuelle entre ces objets) est égale à la somme de leurs valeurs pour chacun des objets.

c) Leur invariance peut se déduire de propriétés de symétrie spatio-temporelle. La conservation de l'énergie, par exemple, résulte de l'invariance des lois de la nature par simple translation dans le temps ; la conservation du moment cinétique, pour sa part, résulte de l'invariance de ces mêmes lois par une rotation d'ensemble. (Voir H. Goldstein, *Classical Mechanics*, Addison-Wesley, 1980, p. 54 s. ; L. Landau et E. Lifschitz, *Mécanique*, Mir, 1969, p. 22 s.).

12. Cette phrase s'appuie sur une distinction entre « doctrine » et « interprétation ». La première (dont le principal contenu est le rejet des modèles classiques) doit, selon Schrödinger, rester une donnée permanente de la pensée physique contemporaine. L'interprétation, en revanche, peut varier. Si l'on passe à côté de cette différence, la phrase peut laisser l'impression que Schrödinger s'inscrit dans le courant dominant de réflexion sur la mécanique quantique tel qu'il s'exprime à son époque. Or, il n'en est rien. Le présent article peut au contraire être considéré comme une critique particulièrement vigoureuse des *interprétations* de la mécanique quantique proposées par Bohr, Heisenberg et Pauli. Simplement, comme on s'en apercevra dans les paragraphes ultérieurs, la critique est subtile, faite d'ironie, de doutes, d'interrogations provocatrices et caustiques, plutôt que d'affirmations *ex cathedra*. Pour comprendre cela, il faut restituer cet article dans son contexte historique. A la fin de 1925 et au début de 1926, Schrödinger avait conçu sa « mécani-

Physique quantique et représentation du monde

que ondulatoire » dans le but de promouvoir l'idée, inspirée par Louis de Broglie, selon laquelle le postulat de quantification peut être remplacé par l'analyse des vibrations d'un milieu continu confiné. Le calcul des états propres stationnaires d'un tel milieu introduit des nombres entiers « de la même manière naturelle que le nombre entier des nœuds d'une corde vibrante » (E. Schrödinger, « Quantisierung als Eigenwertproblem (I) », *loc. cit.* ; trad. française : *Mémoires sur la mécanique ondulatoire, op. cit.*, p. 1). Les transitions entre les états étaient pour leur part décrites comme un processus continu de remplacement d'une fréquence par une autre. Les échanges d'énergie entre atomes, enfin, devaient se concevoir, selon Schrödinger, comme des phénomènes de résonance entre vibrations (E. Schrödinger, « Energieaustausch nach der Wellenmechanik », *Ann. der Phys.*, 83, 956-968, 1927 ; trad. française *ibid.*, p. 216). Cette interprétation concrètement ondulatoire, et exclusivement continue, se heurtait cependant à des difficultés qui furent signalées à Schrödinger par plusieurs scientifiques : H. A. Lorentz, M. Born et N. Bohr, pour citer les principaux. Schrödinger était loin d'être insensible à ces difficultés. Après les conversations qu'il eut avec Bohr à Copenhague en 1926, Schrödinger écrivait à son interlocuteur danois : « L'effet psychologique des objections générales et spécifiques que vous avez soulevées contre mes conceptions [...] est peut-être encore plus important *pour moi* que pour vous » (lettre de Schrödinger à Bohr, 23 octobre 1926, *in* N. Bohr, *Collected Works*, vol. 6, *Foundations of Physics, op. cit.*, p. 459). Dès lors, en dépit de son insatisfaction persistante vis-à-vis de la famille d'interprétations qui avait fini par prévaloir, contre la sienne propre, à partir de 1927, Schrödinger accepta d'en enseigner les éléments. Un cours daté de mai 1930 témoigne de son adhésion, au moins provisoire, aux traits principaux de ce qu'il est convenu d'appeler l'« interprétation de Copenhague » de la mécanique quantique (« Die Wandlung des physikalischen Weltbegriffs », in *Gesammelte Abhandlungen*, vol. 4, *op. cit.*). En 1935, cependant, l'article d'Einstein, Podolsky et Rosen (« Can Quantum mechanical description of physical reality be considered complete ? », *Phys. Rev.*, 47, 777-780, 1935) rappela à Schrödinger quelques-uns des motifs de son insatisfaction à l'égard de l'interprétation dominante. Il écrivit alors à Einstein : « Mes grandes difficultés, ne serait-ce qu'à *comprendre* l'orthodoxie sur ces questions, m'ont incité à analyser la situation actuelle de l'interprétation une fois pour toutes *ab ovo*, dans un long texte » (lettre du 13 juillet 1935, citée par A. Fine, *The Shaky Game*, The University of Chicago Press, 1986, p. 74). Ce « long texte » dont parle Schrödinger n'est autre que le présent article.

13. Cette phrase explicite pour la première fois la spécificité de la critique schrödingerienne de l'interprétation « orthodoxe » de la mécanique quantique par rapport à celle d'Einstein. Comme le montrera plus complètement le paragraphe 4, il ne s'agit en aucune manière pour Schrödinger d'essayer de retrouver, à la manière d'Einstein, un déterminisme sous-jacent dont la mécanique quantique ne serait qu'une description superficiellement statistique. Ainsi que nous l'avons mentionné dans une

La situation actuelle en mécanique quantique

note précédente, Schrödinger n'entretenait aucun préjugé déterministe, et sa conception souple de la causalité était inspirée par l'empirisme de Hume. Un désaccord avec Einstein à ce sujet se manifeste dès 1927, lorsque ce dernier écrit à Ehrenfest : « Les schrödingeries ne m'inspirent guère de sympathie. Ce n'est pas causal, et puis c'est carrément primitif » (lettre du 11 janvier 1927, *in* A. Einstein, *Œuvres choisies, 1. Quanta*, F. Balibar, O. Darrigol et B. Jech eds., Seuil, 1989, p. 206).

14. Lorsqu'il parle de définir la nouvelle doctrine « en négatif », Schrödinger pense vraisemblablement à la série suivante d'oppositions tranchées et à certains égards simplistes :

a) La mécanique classique est déterministe ; elle maintient une séparation nette entre le sujet et l'objet ; elle se prête à une lecture naïve qui en fait une description des propriétés *en soi* des objets ; elle se sert de représentations imagées des phénomènes dans l'espace et dans le temps, etc.

b) La mécanique quantique est au contraire indéterministe, elle requiert un effacement de la frontière entre l'objet et le sujet (du moins si « sujet » s'entend au sens du « sujet physique » de Kojève [*L'Idée du déterminisme, op. cit.*, p. 165]), elle ne traite que d'*observables,* elle est née de l'impossibilité de représentations imagées spatio-temporelles des phénomènes (la fonction ψ elle-même n'est plus considérée comme description d'une onde, mais comme outil formel d'un calcul de probabilités).

15. La persistance de cette détermination concerne en particulier les variables q et p, c'est-à-dire des coordonnées spatiales et les composantes de la quantité de mouvement (produits de la masse d'un corps par les composantes de sa vitesse). Schrödinger était particulièrement critique vis-à-vis de ce qu'il considérait comme la survie hors contexte de concepts qui avaient fait leurs preuves dans un modèle antérieur : « Si l'on veut décrire un système, disons une masse ponctuelle, en spécifiant ses variables p et q, alors on voit que cette description n'est possible qu'avec un degré limité de précision. Cela me semble très intéressant comme limitation de la possibilité d'appliquer les *anciens* concepts de l'expérience. Mais il me semble impératif de demander l'introduction de *nouveaux* concepts, par rapport auxquels cette limitation ne s'applique plus. Puisque ce qui est en principe inobservable ne devrait pas du tout être contenu dans notre schème conceptuel, il ne devrait pas en principe être possible de l'y représenter » (lettre de Schrödinger à Bohr, 5 mai 1928, *in* N. Bohr, *Collected Works*, vol. 6, *op. cit.*, p. 463). Einstein, à qui Schrödinger avait communiqué une copie de sa lettre adressée à Bohr, approuva cette attitude de Schrödinger : « Votre demande d'abandonner les concepts p, q, qui ne peuvent prétendre qu'à un sens si incertain, me semble pleinement justifiée » (lettre d'Einstein à Schrödinger, 31 mai 1928, *ibid.*, p. 51).

16. Schrödinger dit ici, notons-le, qu'une moitié *tout au plus* des variables peut se voir affecter des valeurs définies. Il est intéressant de comparer un cas où c'est *exactement la moitié* des variables qui peut se voir affecter des valeurs définies, et un cas où cela est possible pour *moins de la moitié* des variables. Pour cela, considérons les observables de posi-

147

Physique quantique et représentation du monde

tion et de quantité de mouvement d'une part, et les observables de moment cinétique d'autre part.

a) Entre les deux premières séries de trois observables, on peut écrire des relations de commutation : $[x, p_x] = i\hbar$, $[y, p_y] = i\hbar$, $[z, p_z] = i\hbar$, (où $[u, p_u] = (up_u - p_u u)$). De ces relations de commutation, propres à la mécanique quantique, on peut tirer des relations d'indétermination de Heisenberg, dont un exemple est donné dans le texte. Ces relations sont souvent considérées comme la traduction théorique de l'incompatibilité entre les types de dispositifs de mesure permettant d'évaluer une coordonnée spatiale et ceux permettant d'évaluer la composante de la quantité de mouvement le long du même axe de coordonnées. Elles impliquent que seule *une moitié* des variables (par exemple un ensemble de 3 variables pour un système à 3 degrés de liberté et 6 éléments de définition) peuvent se voir affecter une valeur précise. Mais pas n'importe quelle moitié : seulement trois variables rapportées à trois axes orthogonaux *distincts* d'un repère cartésien (O, x, y, z). Par exemple (x, y et z) ou bien (x, y et p_z) *mais pas (x, p_x et z)*.

b) Entre les trois observables de moment cinétique (dont la définition classique est donnée par Schrödinger lui-même au paragraphe 3 du présent article), on peut écrire les relations de commutation : $[J_x, J_y] = i\hbar J_z$; $[J_y, J_z] = i\hbar J_x$; $[J_z, J_x] = i\hbar J_y$.

Ces relations sont habituellement considérées comme la traduction théorique du fait que les types de dispositifs de mesure permettant d'évaluer les composantes du moment cinétique sont incompatibles deux à deux. Elles impliquent que seul *un tiers* des variables (c'est-à-dire *une seule* composante du moment cinétique pour un système à trois degrés de liberté) peut se voir affecter une valeur précise.

17. Les relations d'indétermination entre des variables telles que x et p_x se déduisent des relations de commutation : $[x, p_x] = i\hbar$. Quelles seraient alors les relations d'indétermination entre l'une de ces variables (disons x) et ce que Schrödinger appelle un « élément supplémentaire », c'est-à-dire une variable A qui soit une *combinaison* d'éléments de définition ? Dans le cas le plus général, le calcul d'une telle relation d'indétermination est très complexe, et cela explique le flou de l'expression « un degré *plus ou moins grand* d'indétermination ». Mais pour certains cas particuliers de combinaisons simples d'éléments de définition (sommes, puissances), il est possible de calculer une relation d'indétermination, en s'aidant des relations de commutation : $[x, F(p_x)] = i\hbar F'(p_x)$ (dans cette dernière relation, $F(p_x)$ est une fonction de p_x, et $F'(p_x)$ est sa dérivée; voir C. Cohen-Tannoudji, B. Diu et F. Laloë, *Mécanique quantique I*, Hermann, 1973, p. 172).

18. Les relations d'indétermination du type $\Delta x \cdot \Delta p_x \geq \hbar$ ouvrent en effet deux classes de possibilités : soit mesurer la valeur d'une moitié des variables (par exemple x, y, z) avec une précision arbitrairement grande, l'autre moitié restant strictement indéterminée, soit mesurer la valeur de *toutes* les variables avec une précision limitée.

19. En mécanique classique, une variable se déduit de sa conjuguée

La situation actuelle en mécanique quantique

« canonique » par les équations, elles-mêmes « canoniques », de Hamilton :

$$\frac{dq_i}{dt} = \frac{\partial H}{\partial p_i} \text{ et } \frac{dp_i}{dt} = -\frac{\partial H}{\partial q_i}$$

(H est la fonction hamiltonienne, représentant l'énergie totale du système ; voir H. Goldstein, *Classical Mechanics, op. cit.*, p. 342).

20. Cette mention *temporelle* est particulièrement importante lorsqu'on énonce les relations d'indétermination de Heisenberg. Connaître « simultanément » la valeur de x et de p_x avec une précision infinie à l'instant t veut dire que l'on est capable de prévoir que *toute* mesure *future* (c'est-à-dire postérieure à l'instant t) de la coordonnée x donnerait exactement la valeur connue x*, *et* que *toute* mesure future de la composante suivant x de la quantité de mouvement donnerait exactement la valeur connue p_x*. C'est cela qui est exclu par les relations d'indétermination. Par contre, comme le précise Heisenberg :

a) La connaissance consécutive (et non simultanée) de la valeur de deux variables canoniquement conjuguées avec une précision infinie est possible, mais la connaissance de la valeur qu'a *l'une* des variables à un instant t entraîne l'impossibilité de prévoir avec certitude la valeur que l'on obtiendrait lors d'une mesure *ultérieure* de la variable canoniquement conjuguée. La connaissance simplement consécutive (et non simultanée) des valeurs des deux variables n'a donc pas de pouvoir *prédictif* pour les *deux* variables, mais seulement pour la valeur de la *dernière* variable mesurée.

b) Les relations d'indétermination ne s'appliquent pas au passé.

« En effet, si d'abord la vitesse de l'électron est connue, puis si nous déterminons exactement sa position, on peut calculer exactement les positions de l'électron pour des temps antérieurs à la mesure [...] mais cette connaissance présente un caractère purement spéculatif, car (à cause de la modification de la quantité de mouvement par la détermination de la position) elle ne peut servir de condition initiale dans aucun calcul sur le comportement futur de l'électron, et ne peut en somme être soumise à aucune vérification expérimentale » (W. Heisenberg, *Les Principes physiques de la théorie des quanta*, Gauthier-Villars, 1972, p. 15 ; réimpression J. Gabay, 1990. Le texte de Heisenberg date de 1930).

21. Le mot traduit ici conventionnellement par « incertitude » est en fait *Ungenauigkeit*, qui signifie « inexactitude ». *Ungenauigkeit* est le mot qu'emploie préférentiellement Heisenberg dans son article fondateur de 1927 (W. Heisenberg, « Über den anschaulichen Inhalt der quantentheoretischen Kinematik und Mechanik », *Z. Phys.*, **43**, 172-198, 1927 ; trad. anglaise *in* J.A. Wheeler et W. H. Zurek eds., *Quantum Theory and Measurement*, Princeton University Press, 1983, p. 62). Pour une discussion au sujet du vocabulaire des relations de Heisenberg, on se reportera à la note 35.

Remarquons par ailleurs que, dans le texte de son article, Schrödinger emploie la notation h à la place de ℏ, et réciproquement. Il s'en explique en note : « h = 1, 041 10^{-27} erg.s. Dans la littérature, c'est 2 π fois

Physique quantique et représentation du monde

cette constante (soit 6, 542 10^{-27} erg.s) que l'on note h, réservant la notation ℏ pour *notre* h.»

La convention instaurée par «la littérature» dont parle Schrödinger ayant prévalu, nous la rétablissons dans la présente traduction. Signalons également qu'une valeur mise à jour de la constante h est : 1, 05459 10^{-27} erg.s (ou 1, 05459 10^{-34} joule.s), d'où l'on déduit : ℏ = 6, 6262 10^{-34} joule.s.

22. Donnons un exemple : pour déterminer la variable « énergie totale » (énergie potentielle + énergie cinétique) d'un électron libre à un instant donné, en fonction de ses coordonnées spatiales et des composantes de sa quantité de mouvement, il faudrait connaître la valeur de ces deux séries de variables *à cet instant*. Or, ceci est exclu par les relations d'indétermination $\Delta x \cdot \Delta p_x \geq \hbar$.

23. L'évolution des probabilités (ou plus précisément des « amplitudes de probabilité ») s'effectue en effet suivant l'« équation de Schrödinger ». Cette dernière est une équation aux dérivées partielles permettant en principe de calculer des probabilités à tout instant si l'on se donne des conditions initiales et des conditions aux limites les concernant.

24. Une connaissance maximale est une connaissance de la valeur des variables avec la précision maximale permise par les relations d'indétermination. Par exemple, la connaissance de toutes les variables de position avec une précision arbitrairement grande, sans *aucune* connaissance des variables de quantité de mouvement, *est* une connaissance maximale au sens de la mécanique quantique.

25. Schrödinger oppose ici deux conceptions des probabilités quantiques. Selon celle de l'« opinion habituelle » (c'est-à-dire celle qui suit plus ou moins exactement les interprétations de la mécanique quantique données par Bohr, Heisenberg et Pauli), ces probabilités se réfèrent à la possibilité de *trouver* telle ou telle valeur pour une variable *si on en effectue la mesure*. Selon une autre interprétation, que l'on peut qualifier d'explicitement « réaliste » (et qui sera discutée au paragraphe 4), les probabilités quantiques se réfèrent à la possibilité que l'objet *possède en propre* cette valeur, indépendamment de toute considération sur une mesure effectuée. Selon les termes employés par J.S. Bell, l'« opinion habituelle » parle d'observation plutôt que d'être, d'observ-able plutôt que d'êtr-able *(be-able)*. (J.S. Bell, *Speakable and Unspeakable in Quantum Mechanics*, Cambridge University Press, 1987, p. 52).

26. Supposons au contraire que le choix de valeurs possibles (disons des coordonnées spatiales) soit infini. Cela peut se concevoir dans le cas d'une particule dont la quantité de mouvement est connue avec une très grande précision, et dont par conséquent la position est complètement indéterminée. La mesure ultérieure de la position de la particule (disons par impact sur un écran) fournit une valeur pouvant être fort précise, et elle ne permet donc pas de vérifier *à elle seule* la prédiction statistique, qui consistait à annoncer une dispersion extrême des positions. Au contraire, si la quantité de mouvement est connue avec une très faible précision, la prédiction statistique concernant la position peut être beau-

La situation actuelle en mécanique quantique

coup plus précise, et un seul impact sur un écran permet au moins de vérifier que la particule se situe bien dans la région de plus forte probabilité.

27. Cette phrase et la suivante visent à rétablir une distinction nette entre le modèle et le donné empirique, qui était effacée, selon Schrödinger, par l'« opinion » des physiciens quantiques. La distinction, désormais banale en épistémologie, s'établit comme suit : on ne mesure jamais *directement* les éléments de définition du modèle, mais seulement des quantités qui sont *rapportées* aux éléments du modèle à travers une règle de correspondance appelée l'*interprétation* (du modèle). Dans cette perspective, un modèle a besoin de deux ordres de règles :

a) des règles syntaxiques internes, régissant les rapports entre les variables et leur évolution,

b) des règles sémantiques, associant à tout signifiant (ou groupe de symboles) du modèle son signifié empirique.

28. En mécanique quantique, des relations comme les équations de Hamilton de la mécanique classique ne subsistent plus entre *variables*, mais seulement entre *observables*, représentées par des opérateurs (voir l'article fondateur de M. Born et P. Jordan, « Zur Quantenmechanik », *Z. Phys.*, **34**, 858-888, 1925 ; trad. anglaise dans B. L. Van der Waerden, *Sources of Quantum Mechanics,* Dover, 1967, p. 291). Le principe de correspondance, qui date de l'ancienne théorie des quanta (celle que Bohr et Sommerfeld ont fondée entre 1913 et 1924), établit par ailleurs un lien biunivoque entre les variables de la mécanique classique et les observables de la mécanique quantique. C'est ce principe de correspondance qui constitue le guide dont parle Schrödinger.

29. Ce que Schrödinger « entendait dire » dans les années 1930 peut être résumé comme suit : une mesure implique *nécessairement* une perturbation du système à laquelle elle s'applique (voir W. Heisenberg, *Les Principes physiques de la théorie des quanta*, *op. cit.*, p. 2-3). En mécanique classique, cette perturbation était considérée comme si négligeable qu'on en arrivait à l'ignorer purement et simplement, et donc à ne plus vraiment savoir ce qu'est une mesure.

30. Ce résultat concernant les niveaux d'énergie quantifiés de l'oscillateur harmonique, que l'on écrirait plus généralement : $E_n = (n + \frac{1}{2}) h\nu$ (n étant un nombre entier naturel), a joué un rôle historique très important. Le problème avait été résolu pour la première fois en mécanique matricielle, par Heisenberg, dans son article fondateur de 1925 (« Über quantentheoretische Umdeutung kinematischer und mechanischer Beziehungen », *Z. Phys.*, **33**, 879-893, 1925 ; trad anglaise dans B. L. Van der Waerden, *Sources of Quantum Mechanics, op. cit.*, Dover, 1967, p. 261). Puis Schrödinger en avait donné une solution dans le cadre de sa mécanique ondulatoire (« Quantisierung als Eigenwertproblem, II », *Ann. d. Phys.*, **80**, 437-490, 1926 ; trad. française dans *Mémoires sur la mécanique ondulatoire*, *op. cit.*, p. 20-64). Schrödinger notait alors : « Chose remarquable, nos niveaux quantiques coïncident exactement avec ceux que donne la théorie de Heisenberg ! » Cette exclamation d'émer-

Physique quantique et représentation du monde

veillement concernant la convergence des deux théories sur un problème particulier devait déboucher quelques semaines plus tard sur la démonstration générale, par Schrödinger et par d'autres auteurs, de leur équivalence mathématique (*Mémoires sur la mécanique ondulatoire, op. cit.*, p. 71).

Une question se pose par ailleurs ici : pourquoi Schrödinger fait-il partir la série des E_n de $\frac{3}{2}$ hv (correspondant à n = 1), plutôt que de $\frac{1}{2}$ hv (correspondant à n = 0) ? Ce choix *a priori* surprenant (et qui se confirme au paragraphe 4) s'explique vraisemblablement par la volonté manifestée par l'auteur de souligner le rôle *singulier* que joue la valeur $\frac{1}{2}$ hv :

a) $\frac{1}{2}$ hv est qualifiée par Schrödinger de *constante du modèle*.

b) Lorsque Schrödinger introduit *pour la première fois* la série des E_n, il le fait en posant le problème de la probabilité que l'énergie de l'oscillateur harmonique ait une valeur *encadrée* par les deux valeurs E et E'. Or, on ne peut même pas *envisager* d'énergie E plus basse que $\frac{1}{2}$ hv, en vertu des relations d'indétermination de Heisenberg (voir C. Cohen-Tannoudji, B. Diu et F. Laloë, *Mécanique quantique I, op. cit.*, p. 502). Dès lors, on ne peut attribuer aucun sens opératoire à l'idée d'encadrement de l'énergie $\frac{1}{2}$ hv entre une valeur E plus *basse* qu'elle, et une valeur E' plus haute.

31. En mécanique quantique, les prédictions portant sur des valeurs *accessibles* quantifiées des variables sont en effet parfaitement précises. Elles sont obtenues par le calcul des valeurs propres des observables. En revanche, les prédictions portant sur *celle* des valeurs accessibles que l'on trouverait *si* l'on effectuait la mesure sur un système particulier sont de nature probabiliste, et la probabilité de trouver une valeur accessible particulière est *en général* inférieure à 1.

32. Le modèle de la figure 1, c'est-à-dire le modèle classique appliqué au moment cinétique.

33. On retrouve ici le point de vue que Schrödinger exprimait dans sa lettre à Bohr du 5 mai 1928, déjà citée : la mécanique quantique devrait reposer sur de *nouveaux* concepts, plutôt que sur une extrapolation des *anciens* concepts.

34. Protée est, dans l'*Odyssée*, le « vieillard de la mer » qui ne délivre sa prophétie que contraint et forcé, après avoir pris, pour s'échapper, les formes les plus effrayantes et les plus insaisissables : « celles des êtres qui rampent sur la terre, celles de l'eau, du feu au divin flamboiement [...] Il fut d'abord un lion à la forte crinière, puis un dragon, une panthère ; un grand porc ; il se changea en eau limpide, en arbre au feuillage altier » (Homère, *Odyssée*, chant IV, 400-480, Garnier-Flammarion, 1965, p. 65).

35. En d'autres termes : les relations de Heisenberg expriment-elles une *indétermination* (objective) des variables, ou une *incertitude* (subjective) sur leur « véritable » valeur ? Heisenberg lui-même a été fort hésitant sur l'usage de ces termes. M. Jammer note que, dans son article original de 1927, Heisenberg utilise trente fois le terme neutre « inexac-

La situation actuelle en mécanique quantique

titude » *(Ungenauigkeit)*, deux fois le mot « indétermination » *(Unbestimmtheit)*, et trois fois le mot « incertitude » *(Unsicherheit)* (M. Jammer, *The Philosophy of Quantum Mechanics, op. cit.*, p. 61 ; W. Heisenberg, « Über den anschaulichen Inhalt der quantentheoretischen Kinematik und Mechanik », *loc. cit.* ; trad. anglaise *in* J.A. Wheeler et W. H. Zurek eds., *Quantum Theory and Measurement, op. cit.,* p. 62).

36. Redisons-le de façon un peu plus explicite. La thermodynamique statistique repose sur l'idée suivante : si le système est un gaz comportant N molécules, on ne connaît pas en pratique les 6N « éléments de définition » correspondants mais seulement des paramètres macroscopiques comme la température ou la pression.

37. L'ensemble de Gibbs d'un corps comportant 3N degrés de liberté (3N coordonnées spatiales et 3N vitesses) est fait d'un grand nombre de corps « idéaux » de nature identique au premier, mais qui diffèrent en ce qui concerne leur *phase* (c'est-à-dire en ce qui concerne la distribution des positions et des vitesses). Chaque élément de cet ensemble peut être représenté par un point dans un espace à 6N dimensions appelé l'*extension-en-phase* (voir J.W. Gibbs, *Elementary Principles in Statistical Mechanics,* 1901, Ox Bow Press, 1981). L'incomplétude de notre connaissance au sujet du corps « réel » se manifeste de la façon suivante : ce qu'il est convenu d'appeler son « état macroscopique », seul déterminé par les mesures à grande échelle que nous pouvons en pratique effectuer, est compatible avec un grand nombre de distributions précises (mais en pratique inaccessibles à la mesure) des 3N positions et des 3N vitesses. Autrement dit, l'« état macroscopique » est compatible avec un grand nombre d'« états microscopiques » possibles (ce sont seulement ces derniers que Schrödinger appelle ici « états du modèle »). L'ensemble de Gibbs est l'une des manières envisageables de décrire ce grand nombre d'états microscopiques possibles, indiscernables en ce qui concerne leur traduction macroscopique.

Il est intéressant de noter l'importance particulière que Schrödinger accordait à la méthode des ensembles de Gibbs en physique statistique quantique, et la supériorité qu'il lui reconnaissait face à la méthode de Boltzmann : la méthode de Boltzmann consiste à effectuer des dénombrements sur *les* molécules constituant *un* corps, alors que la méthode de Gibbs consiste à effectuer des dénombrements sur *les* corps constituant un ensemble (E. Schrödinger, *Statistical Thermodynamics*, Cambridge University Press, 1952, p. 3-7).

38. Une partie seulement (un sous-ensemble) des états microscopiques accessibles est conforme à un état macroscopique donné. Si l'état microscopique du corps sort de ce sous-ensemble, on assistera à une fluctuation d'échelle macroscopique. Il faut rappeler ici les importants travaux que Schrödinger avait consacrés dans sa jeunesse (vers 1917) à la théorie des fluctuations thermodynamiques fondée par Smoluchowski, et l'importance qu'il lui accordait en tant qu'affinement et justification *a posteriori* de la conception boltzmannienne du second principe de la thermodynamique. (Voir J. Mehra et H. Rechenberg, *The Historical*

Physique quantique et représentation du monde

Development of Quantum Theory, vol. 5, part 1, Springer Verlag, 1987, p. 194 s.).

39. Ici, Schrödinger vise l'interprétation statistique de la mécanique quantique, telle que l'a formulée Einstein. Une expression concentrée peut en être trouvée dans un article publié par Einstein en 1953 : « La mécanique quantique décrit des ensembles de systèmes, elle ne décrit pas un système individuel. En ce sens, la description par la fonction ψ est une description incomplète du système individuel ; ce n'est pas une description de son "état réel" » (A. Einstein, *Œuvres choisies, 1. Quanta, op. cit.*, p. 255). En 1935, Schrödinger avait déjà connaissance de cette interprétation. Einstein avait en effet plaidé en sa faveur dès le congrès Solvay de 1927 (*Électrons et Photons*, Gauthier-Villars, 1928, p. 254), et il l'avait reformulée dans une lettre à Schrödinger datée du 8 août 1935 : « La fonction ψ ne décrit pas l'état d'un système unique, mais (de façon statistique) un ensemble de systèmes » (A. Einstein, *Œuvres choisies, 1. Quanta, op. cit.*, p. 238). La postérité a retenu de cette idée un programme de recherche : celui des « variables cachées », qui sont censées révéler la description individuelle et (le plus souvent) déterministe dont la mécanique quantique ne serait *que* la superstructure statistique. Comme on va le voir (dès la phrase suivante), en dépit d'un accord d'ensemble avec Einstein en ce qui concerne la critique de la conception « orthodoxe » de la mécanique quantique, Schrödinger rejetait complètement la solution de rechange (d'ordre statistique) que proposait son interlocuteur. Il faut en particulier souligner que Schrödinger n'a jamais donné son adhésion au programme de recherche sur les « variables cachées ».

40. Schrödinger avait déjà posé les prémisses de cet argument au paragraphe 3. Il notait alors que les valeurs quantifiées du moment cinétique ne dépendent en aucune manière du choix du point O, alors même que ce point intervient de façon décisive dans le modèle classique.

Un autre argument, plus complexe, contre la conception statistique de ψ avait été formulé par Schrödinger dans une lettre du 8 août 1935 à Einstein (voir A. Fine, *The Shaky Game, op. cit.*, p. 79). Mais Einstein avoua ne pas la comprendre. Schrödinger présenta donc à son interlocuteur, dans une lettre du 4 octobre 1935 (*ibid.*, p. 81), l'argument plus simple sur la mesure du moment cinétique tel qu'on peut le lire dans le présent article. Einstein, cette fois-ci, n'affirma pas qu'il ne comprenait pas le raisonnement, mais il ne fut pas convaincu pour autant, et continua donc à soutenir la conception statistique de ψ jusqu'à sa mort. Dans sa version la plus simple, visée ici par Schrödinger, cette dernière conception est pourtant bel et bien incompatible avec les prédictions de la mécanique quantique (voir A. Fine, *The Shaky Game, op. cit.*, p. 43-51).

41. En mécanique classique, la distance entre les deux masses qui constituent l'oscillateur ne peut *absolument pas* dépasser la valeur $x = \sqrt{2E/k}$, où E est l'énergie totale de l'oscillateur, et k la constante du ressort qui unit les deux masses. Autrement dit, il est *impossible* que

La situation actuelle en mécanique quantique

l'énergie potentielle des masses dépasse l'énergie totale disponible. Or, en mécanique quantique, cette impossibilité est remplacée par une simple *improbabilité*. Comme le signale Schrödinger, la probabilité de trouver des valeurs élevées de la distance entre les masses *décroît* fortement lorsque l'énergie potentielle correspondant à cette distance dépasse l'énergie totale. Plus généralement, une particule d'énergie E' peut parfaitement franchir une barrière de potentiel V', même si E' < V', avec cependant une probabilité fortement décroissante au fur et à mesure que V' − E' s'accroît : c'est ce qu'on appelle l'*effet tunnel*. Ce résultat, pour le moins surprenant lorsqu'on s'en tient à une image corpusculaire et au modèle classique qui lui est associé, se conçoit aisément lorsqu'on utilise une représentation ondulatoire, et qu'on s'exprime en termes de coefficients de réflexion et de transmission.

42. L'explication quantique de la radioactivité s'énonce de la façon suivante : des particules sont confinées à l'intérieur du noyau par un puits de potentiel dû aux « interactions fortes ». La « hauteur » V' des parois de ce puits est limitée par la présence d'interactions électromagnétiques dont l'effet devient prédominant à grande distance, mais l'énergie E' des particules est inférieure à V'. Conformément aux remarques de la note précédente portant sur l'effet tunnel, la probabilité P *par unité de temps* que de telles particules franchissent le puits de potentiel n'est pas nulle. L'inverse de P (1/P) fournit la durée de vie moyenne du noyau, ou encore le temps caractéristique de décroissance de la radioactivité d'un échantillon comportant un grand nombre de noyaux du même type.

43. George Gamow calcula pour la première fois en 1929 les paramètres caractéristiques de la radioactivité α, en utilisant la mécanique quantique à peine née, et en se servant en particulier du concept *d'effet tunnel* (voir G. Gamow, « General stability problems of atomic nuclei », in *International Conference on Physics, London 1934*, Cambridge University Press, 1935, vol. 1, p. 60-71 ; L. Valentin, *Physique subatomique,* Hermann, 1975, p. 183 s.).

44. Les arguments que Schrödinger a présentés dans ce paragraphe s'inscrivent dans la longue lignée des théorèmes d'impossibilité des théories à « variables cachées ». Le premier et le plus célèbre d'entre eux fut énoncé par von Neumann, dans son ouvrage *Mathematische Grundlagen der Quantenmechanik*, Springer Verlag, 1932 ; trad. française : *Les Fondements mathématiques de la mécanique quantique*, J. Gabay, 1988, p. 221 s. Il fut réfuté, en même temps que plusieurs autres, par J. Bell en 1966 (« On the problem of hidden variables in quantum mechanics », *Rev. Mod. Phys.*, **38**, 447-452, 1966 ; reproduit dans J. S. Bell, *Speakable and Unspeakable in Quantum Mechanics, op. cit.*, p. 1-13). La réfutation présentée par Bell prouve que les théories à « variables cachées » ne sont pas incapables *en tant que telles* de restituer les prédictions de la mécanique quantique. Cependant, d'autres arguments (s'appuyant sur la violation des inégalités de Bell) tendent à montrer que, pour qu'une théorie à variables cachées puisse restituer les prédictions de la mécanique quantique, elle doit au moins obéir à des spécifications très contrai-

Physique quantique et représentation du monde

gnantes, comme celles qui lui sont imposées par des conditions de *non-séparablilité,* voire de *non-localité,* dont Einstein n'était guère prêt à s'accommoder (voir B. d'Espagnat, *A la recherche du réel,* Pressespocket, 1991 ; M. Redhead, *Incompleteness, Non-Locality and Realism,* Oxford University Press, 1987). Une théorie *non locale à variables cachées* sert à l'heure actuelle de référence : il s'agit de celle de D. Bohm, qui perfectionne l'idée de l'onde pilote de L. de Broglie (voir D. Bohm, B.J. Hiley et P.N. Kaloyerou, « An ontological basis for the quantum theory », *Physics Reports,* **144**, 321-375, 1987).

45. La façon de voir que Schrödinger va mettre à l'épreuve dans ce cinquième paragraphe est très proche de celle que *lui-même* soutenait en 1926-1927, et qu'Einstein lui reproche encore dans une lettre du 8 août 1935 : « Tu vois en ψ la représentation du réel et tu aimerais modifier, voire supprimer le lien avec les concepts de la mécanique habituelle [...] Ce point de vue est assurément logique, mais je ne crois pas qu'il soit propre à éliminer l'embarras dans lequel nous nous trouvons » (A. Einstein, *Œuvres choisies, 1. Quanta, op. cit.,* p. 238). Le fait que Schrödinger s'attaque ici à « ce point de vue », à l'aide d'un argument parfaitement conforme à l'esprit de la critique einsteinienne de la mécanique quantique, témoigne de l'importance des doutes qu'il entretenait, durant les années 1930, à l'égard de ses propres idées de 1926-1927. Schrödinger l'écrit du reste à Einstein, le 19 août 1935 : « Il y a longtemps déjà que j'ai dépassé le stade où je me disais que la fonction ψ pouvait être considérée, plus ou moins, comme une représentation directe de la réalité » (*ibid.,* p. 239).

46. Il s'agit de l'équation de Schrödinger.

47. Schrödinger prépare ici le lecteur à l'argument du « chat », qui consiste justement à montrer de la façon la plus frappante possible l'impossibilité de cantonner le « flou » au domaine atomique, ou microscopique.

48. L'interprétation de $-e\psi\psi^*$ (-e représentant la charge de l'électron, et ψ^* la fonction conjuguée complexe de ψ) comme une densité de charge électrique n'est autre que celle que Schrödinger en personne proposa vers l'été de 1926. L'idée d'un « nuage d'électricité négative » remplaçant l'électron orbital y était fort clairement exprimée : « [...] en général, il existe effectivement une distribution de courant stationnaire [...] on peut donc parler en un certain sens d'un retour à un modèle de l'atome électrostatique et magnétostatique » (E. Schrödinger, « Quantisierung als Eigenwertproblem (IV) », *loc. cit.,* voir en particulier le paragraphe 7 ; trad. française in *Mémoires sur la mécanique ondulatoire, op. cit.,* p. 190 s.).

49. Le contraste est ici établi entre la *représentation* ondulatoire continue, qui incarne le « flou » concernant les variables de position et de quantité de mouvement d'une particule, et les *résultats expérimentaux* discontinus obtenus à l'aide d'instruments d'échelle macroscopique.

50. Schrödinger renvoie en note à des photographies de trajectoires de particules dans les chambres de Wilson, publiées à son époque : « Pour

La situation actuelle en mécanique quantique

une illustration on se reportera aux figures 5 et 6 du volume de 1927 de la présente revue (*Naturwissenschaften*); on pourra également consulter la figure de la page 374 du volume de l'année 1934 où les trajectoires sont alors celles des noyaux d'hydrogène. » De tels documents d'époque peuvent également se trouver dans l'ouvrage de Max Born, *Moderne Physik*, Berlin, 1933 ; trad. anglaise : *Atomic Physics*, Blackie and Son, 1935, réimpr. chez Dover Books ; trad. française : *Physique atomique*, Armand Colin, 1973. Des photographies plus récentes de trajectoires dans des chambres à bulles, parues dans de multiples ouvrages et revues, spécialisés ou de vulgarisation, sont le pendant moderne des images auxquelles pense Schrödinger (voir par exemple L. Valentin, *Physique subatomique, op. cit.*, p. 406).

51. L'argument du chat a une histoire, contenue dans la correspondance entre Schrödinger et Einstein, durant l'été 1935. Le 8 août 1935, Einstein appuie sa critique de l'interprétation « schrödingerienne » de ψ (celle que Schrödinger soutenait en 1926-1927), par l'argument suivant : « Supposons que le système soit une substance en équilibre chimique instable, un baril de poudre, par exemple, qui du fait des forces internes peut s'enflammer, et que sa durée de vie moyenne soit de l'ordre de grandeur d'une année. Le système peut en principe être très facilement représenté en mécanique quantique. Initialement, la fonction ψ caractérise un état macroscopique assez précisément défini. Mais ton équation se charge de faire en sorte qu'au bout d'un an ce ne soit plus le cas. La fonction décrit alors plutôt une sorte de mélange concernant le système qui n'a pas encore explosé et le système qui a déjà explosé. Aucun art de l'interprétation ne pourra transformer cette fonction ψ en une représentation adéquate d'un état de choses réel. » La réponse de Schrödinger du 19 août 1935 montre l'élément important qu'il manque dans l'argument d'Einstein, afin de le rendre imparable : « Dans un article plus développé que je viens d'écrire [il s'agit du présent article], je donne un exemple qui ressemble beaucoup à celui de ton baril de poudre qui explose. J'ai simplement veillé à mettre en jeu une indétermination qui, selon nos conceptions modernes, est plus "heisenberguienne" que "boltzmannienne" » (A. Einstein, *Œuvres choisies, 1. Quanta, op. cit.*, p. 238-239). L'explosion aléatoire du baril de poudre d'Einstein résulte en effet d'une fluctuation d'échelle très supérieure à celle de l'atome, typique de celles qui peuvent se décrire dans le cadre de la mécanique statistique classique. Au contraire, le décès aléatoire du chat de Schrödinger est provoqué, à travers un dispositif d'amplification, par un événement microscopique unique : la désintégration d'*un* atome radioactif.

52. Il ne s'agit bien évidemment pas ici de l'un de ces ensembles de Gibbs auxquels Einstein se réfère constamment, mais de l'ensemble formé par le matériau radioactif, le « dispositif infernal » et le chat.

53. Ce vocabulaire imagé (mélange, brouillage) est utilisé intentionnellement par Schrödinger, car c'est le seul qui puisse exprimer correctement l'interprétation « réaliste » de ψ, que l'argument du « chat » vise

Physique quantique et représentation du monde

à mettre en difficulté. Les deux autres énoncés possibles de cette conclusion auraient été :

a) *La fonction ψ représente une population de chats, dont la moitié est composée de chats vivants et l'autre moitié de chats morts. La description quantique est donc incomplète, puisqu'elle ne dit rien d'un cas individuel.* C'est la leçon que tira Einstein du paradoxe du chat, dans une lettre à Schrödinger du 4 septembre 1935 (A. Einstein, *Œuvres choisies, 1. Quanta, op. cit.*, p. 240). Mais Schrödinger a montré par avance, dans le paragraphe 4 du présent article, qu'il n'accepte pas une telle interprétation statistique de ψ.

b) *La fonction ψ représente l'information disponible sur l'état physiologique du chat, avant toute observation.* Si l'on s'en tient là, cependant, on peut parfaitement retomber sur l'idée essentielle du point a). Admettons en effet que le chat soit *réellement* mort *ou* vif. Une information disponible qui ne nous dise pas quel est l'état physiologique *réel* du chat est une information lacunaire. Il y a quelque chose, dans la *réalité*, que la fonction ψ ne nous dit pas. La description quantique est donc une fois de plus incomplète. Une échappatoire possible à ce « dilemme » est décrite par Schrödinger au paragraphe 6 : *il n'y a pas lieu de faire de différence entre l'état réel de l'objet naturel et ce que je peux en connaître.* Tant que l'*information disponible* concernant l'état physiologique du chat reste lacunaire, cela n'a par conséquent aucun sens de se demander ce qu'est son état *réel*. Toute la suite de l'article est consacrée à l'étude de ce point de vue.

54. Notons le sens des nuances de Schrödinger : il ne dit pas « une indétermination macroscopique qui *n'existe pas en réalité* », mais « une indétermination macroscopique qu'il est possible de *lever par l'observation* ». La phrase suivante, sur l'impossibilité qu'un modèle flou puisse représenter la « réalité », s'en trouve délivrée de la connotation *métaphysiquement* réaliste qu'elle aurait eue sans ce correctif. La mention de l'observation ouvre par ailleurs la voie à des discussions sur la théorie de la mesure, qui seront à leur tour illustrées au paragraphe 10 par une brève mention de l'exemple du chat.

55. Cette phrase reprend la métaphore, énoncée au paragraphe 1, du modèle ou de l'image placés face à « ce qui se passe réellement dans le monde ».

Les deux cas énumérés correspondent à une image floue, mais, dans le premier cas, ce flou est dû à une imperfection (qu'on peut espérer corriger) du dispositif de prise de vue (Einstein), alors que dans le deuxième cas le flou n'est que la traduction de celui qui existe dans le monde (interprétation « réaliste » de ψ).

56. Les expressions utilisées par Schrödinger dans cet article sont beaucoup plus courtoises que celles que l'on trouve dans sa correspondance. A l'injonction d'Einstein : « Cette orgie de spiritueux épistémologique doit cesser » (lettre du 17 juin 1935 à Schrödinger, *in* A. Einstein, *Œuvres choisies, 1. Quanta, op. cit.*, p. 234), Schrödinger répond en renchérissant : admettons que nous soutenions une conception qui, plutôt

158

La situation actuelle en mécanique quantique

que de renoncer aux variables du modèle classique, souligne qu'elles sont mesurables et que « ces mesures sont les seules choses réelles, tandis que tout ce qui va au-delà est métaphysique. Dans ce cas, le caractère monstrueux de nos affirmations *sur le modèle* ne nous semble absolument pas gênant » (lettre à Einstein du 13 juillet 1935, citée par A. Fine, *The Shaky Game*, *op. cit.*, p. 76). Le manque de goût que manifeste Schrödinger pour le « refuge épistémologique » se manifeste de façon renouvelée, en 1952, à l'occasion d'une conférence en l'honneur de Louis de Broglie : « Car il a dû être donné à Louis de Broglie le même coup et la même déception qui me furent donnés à moi-même, lorsque nous apprîmes qu'une sorte d'interprétation transcendantale, presque psychique, du phénomène ondulatoire, avait été mise en avant » (in *Gesammelte Abhandlungen*, vol. 3, *op. cit.*, p. 695).

Au total, on peut dire que le ton malicieux et peu polémique qu'adopte Schrödinger dans le présent article a donné lieu à bien des malentendus. Il est souvent arrivé, jusqu'aux années 1950, qu'on lui attribue les conceptions dont il visait pourtant à effectuer l'examen critique (H. Margenau et V. Lentzen lui attribuent par exemple l'idée selon laquelle ψ est un catalogue maximal de connaissances : H. Margenau, « Critical points in modern physical theory », *Philos. Sci.*, **4**, 337-370, 1937 ; V. Lentzen, « The interaction between subject and object in observation », *Erkenntnis*, **6**, 326-333, 1936).

57. Comparer avec : « [...] la fonction de probabilité ne représente pas en elle-même le déroulement du phénomène dans le temps : elle représente une tendance du phénomène et de notre connaissance du phénomène » (W. Heisenberg, *Physique et Philosophie*, Albin Michel, 1971, p. 38).

58. Cette énumération ne doit pas créer l'illusion que l'équivalence entre perception, observation et mesure ne soulève aucune difficulté. La distinction souvent mal appréciée entre ces trois termes représente au contraire l'une des ombres majeures qui couvrent l'acte de naissance de la mécanique quantique. Dans son principal article de 1925, Heisenberg établissait la nouvelle théorie sur le postulat d'une « réduction aux observables » (W. Heisenberg, « Über quantentheoretische Umdeutung kinematischer und mechanischer Beziehungen », *loc. cit.*). Or, les « observables » auxquelles pensait Heisenberg, comme les fréquences discrètes d'émission d'un électron dans un atome, sont des quantités accessibles à travers un appareillage complexe, seul susceptible de permettre leur mesure. S'il fallait leur donner un nom, celui de « mesurables » leur conviendrait mieux que celui d'« observables ». Dans ces conditions, une difficulté se fait jour : pour pouvoir faire correspondre un phénomène bien défini à une indication fournie par l'appareillage, il est nécessaire de pouvoir décrire le fonctionnement de ce dernier. Or, dans une situation où la nouvelle théorie n'est pas établie, et où elle ne peut même s'établir que sur le fondement des « mesurables », la description de l'appareillage ne peut s'appuyer que sur l'*ancienne* théorie. C'est ce paradoxe que soulignera Einstein en 1926, lors d'une conversation avec Hei-

senberg : « [...] lorsque l'on affirme que l'on peut observer quelque chose, il faudrait dire de façon plus précise : bien que nous ayons l'intention de formuler de nouvelles lois naturelles qui ne concordent pas avec les anciennes, nous présumons tout de même que les lois antérieures fonctionnent, le long du chemin qui va du phénomène à observer à notre conscience [...] » (W. Heisenberg, *La Partie et le Tout*, Albin Michel, 1988, p. 94-95).

59. Donnons un exemple : selon les relations d'indétermination de Heisenberg, toute tentative de mesurer la position d'un objet dont la quantité de mouvement est parfaitement connue se traduit par une perte d'information sur cette quantité de mouvement.

60. Jusque-là, le mot « état » n'a été utilisé que pour désigner la donnée complète de la valeur des éléments de définition du modèle *classique*. Au paragraphe 9, le concept d'état sera étendu pour s'appliquer à la fonction ψ de la mécanique quantique. Il ne recouvrira plus la donnée d'un catalogue *complet* de valeurs mais seulement d'un catalogue *maximal*.

61. Opposition entre une attitude positiviste (avoir pour unique objet des résultats de mesure), et une autre position, à peine esquissée, qui ressemble à s'y méprendre à celle que Schrödinger voudrait pouvoir ne pas abandonner. Une brève analyse des quelques mots qui caractérisent cette seconde position permet de cerner le lieu épistémologique d'où parle Schrödinger. Ici encore, ce n'est pas un *réalisme métaphysique* qu'il oppose implicitement à la tentation positiviste, mais seulement un *constructivisme* incarné dans l'idée de « modèle ». Autrement dit : Schrödinger ne pense pas qu'il soit nécessaire de se référer à des entités *transcendantes* situées par-delà le donné empirique. Il demande seulement de ne pas s'en tenir à de plates relations entre les éléments de ce donné. Un niveau intermédiaire lui semble indispensable : les entités *construites* dont les lois d'un modèle régissent l'évolution.

62. La phrase « Nous ne disposons que de nos schémas de calcul pour déterminer le lieu où la nature a fixé la frontière de l'inconnaissabilité », laisse entendre l'écho d'un débat qui s'instaura durant les premières années de la mécanique quantique. Au cours d'une conversation (déjà évoquée dans une note précédente) qu'il a eue avec Einstein en 1926, Heisenberg affirme : « [...] il est raisonnable de n'inclure dans une théorie que des grandeurs qui peuvent être observées. » A quoi Einstein répond : « C'est seulement la théorie qui décide de ce qui peut être observé » (W. Heisenberg, *La Partie et le Tout*, *op. cit.*, p. 93-94). Plus tard, en 1927, Heisenberg se souviendra brusquement de la remarque d'Einstein, et c'est elle qui lui fournira « la clé de l'énigme » en lui ouvrant le chemin vers les *relations d'indétermination* (*ibid.*, p. 113). Schrödinger adopte ici très exactement le point de vue initialement défendu par Einstein, et pris en compte par Heisenberg.

63. Dans le présent article, Schrödinger a intentionnellement adopté le parti pris d'un exposé non technique, dénué de tout appareil formel. Cependant, ses phrases extrêmement précises renvoient sans cesse, sur-

La situation actuelle en mécanique quantique

tout à partir du paragraphe 7, à des expressions mathématiques dont elles sont le calque ou le développement. Il peut donc être utile d'avoir ces expressions sous les yeux. Commençons donc par expliciter cette *présentation des éventualités futures à la manière d'un catalogue*, qu'évoque Schrödinger.

Une fonction d'onde ψ peut généralement s'écrire sous forme d'une *superposition linéaire* de fonctions propres f_i d'une certaine observable A : $\psi = \sum_i c_i f_i$ (les c_i étant des nombres complexes). Chaque fonction propre f_i a pour propriété d'être associée à une valeur propre a_i de l'observable A : $Af_i = a_i f_i$. Les valeurs propres a_i représentent pour leur part l'ensemble des *résultats accessibles lors de la mesure de l'observable A*. On peut manifester plus directement le lien entre les valeurs propres a_i et les fonctions propres correspondantes en utilisant la notation moderne de Dirac (que Schrödinger n'employait pas à l'époque) :

$|\psi> = \sum_i c_i |a_i>$. $|\psi>$ est qualifié de « vecteur d'état de l'objet », et les $|a_i>$ sont les « vecteurs propres » de l'observable A, correspondant chacun à une valeur propre a_i. L'expression $\sum_i c_i |a_i>$ (qui n'est autre que l'expression développée de $|\psi>$ sur une base de vecteurs propres $|a_i>$) peut donc se lire, ainsi que l'énonce Schrödinger, comme *le catalogue des valeurs a_i accessibles lors de la mesure de l'observable* A.

Par ailleurs, le carré du module de chaque nombre c_i, c'est-à-dire $|c_i|^2$, représente la probabilité d'obtenir la valeur particulière a_i lors d'une mesure de A. Cela justifie la phrase précédente de Schrödinger, selon laquelle ψ est un instrument de prédiction de la probabilité des résultats de mesure.

64. L'état classique d'un système n'est « parfaitement défini » que par la donnée (expérimentale) des positions et des quantités de mouvement correspondant à tous les degrés de liberté de ce système. Au contraire, la fonction ψ est parfaitement définie si l'on se donne simplement une moitié convenablement choisie des variables : par exemple les positions *ou* les quantités de mouvement (voir C. Cohen-Tannoudji, B. Diu et F. Laloë, *Mécanique quantique I, op. cit.*, p. 144 s.).

De façon plus générale, le vecteur d'état $|\psi>$ d'un objet est complètement défini si l'on connaît le résultat de la mesure d'un *ensemble complet minimal d'observables qui commutent*.

Précisons ici quelques définitions :

a) Deux observables A et B qui commutent sont telles que $AB = BA$. La propriété de commutativité est la traduction mathématique de la compatibilité des mesures correspondantes, et donc de la possibilité d'obtenir simultanément une précision aussi grande que l'on veut pour les résultats des *deux* mesures.

b) Un ensemble E d'observables qui commutent est complet si la mesure précise des observables qui le composent sur un même objet permet de lever toutes les « dégénérescences », c'est-à-dire de prévoir une

Physique quantique et représentation du monde

valeur précise pour la mesure de *toute* autre observable qui commuterait avec celles qui appartiennent à E.

c) Enfin, un ensemble complet d'observables qui commutent est *minimal* si la mesure de toute observable supplémentaire commutant avec les premières ne lève plus aucune dégénérescence (voir C. Cohen-Tannoudji, B. Diu et F. Laloë, *Mécanique quantique I, op. cit.*, p. 143).

65. Cette équation, l'« équation de Schrödinger dépendante du temps », s'écrit : $i\hbar \partial \psi / \partial t = H\psi$ (où H représente l'opérateur *énergie* du système, que l'on appelle aussi l'Hamiltonien). Elle a été présentée pour la première fois par Schrödinger, en septembre 1926, dans le quatrième article de la série « Quantification et valeurs propres » (E. Schrödinger, « Quantisierung als Eigenwertproblem (IV) », *loc. cit.*; trad. française in *Mémoires sur la mécanique ondulatoire, op. cit.*, p. 164).

66. L'idée de cette modification brutale de ψ lors de chaque mesure, connue sous le nom de « réduction du paquet d'ondes », a été introduite pour la première fois par Heisenberg en 1927 : « Chaque détermination de la position réduit le paquet d'ondes à ses dimensions initiales λ » (λ représente la longueur d'onde de la lumière utilisée lors de la mesure de la position de la particule considérée) (W. Heisenberg, « Über den anschaulichen Inhalt der quantentheoretischen Kinematik und Mechanik », *loc. cit.*; trad. anglaise *in* J.A. Wheeler et W.H. Zurek, *Quantum Theory and Measurement, op. cit.*, p. 74). La justification que donne Heisenberg de cette « réduction » va tout à fait dans le sens de l'assimilation de ψ à un « catalogue de prévisions » : « Après la seconde détermination de la position, on ne peut calculer les résultats de mesures ultérieures que si on prescrit de nouveau à l'électron un paquet d'ondes ''plus petit'', d'extension λ » (*ibid.*).

En terme plus généraux et plus modernes, la modification brutale en question se traduit par la transition du vecteur d'état $|\psi>$ vers un état propre $|a_i>$ avec la probabilité $|c_i|^2$.

67. On en prévoit seulement la *probabilité*.

68. Dès le congrès Solvay de 1927, le processus de modification brutale de ψ donna lieu à un échange de vues qui annonçait la rupture, dont parle Schrödinger, avec le réalisme naïf. Lors de la discussion qui suivit la conférence de Bohr, Dirac remarqua : « On peut dire que la nature choisit celui des $|a_i>$ qui lui convient, puisque la seule information que la théorie donne est que la probabilité de l'un quelconque des $|a_i>$ à choisir est $|c_i|^2$ » (les notations employées par Dirac à l'époque ont été remplacées par celles qui nous sont désormais familières). A quoi Heisenberg répondit : « Je ne suis pas d'accord avec M. Dirac quand il dit que, dans l'expérience décrite, la nature fait un choix [...] Je dirais plutôt, comme je l'ai fait dans mon dernier mémoire, que l'observateur lui-même fait le choix » (*Électrons et Photons, op. cit.*, p. 262). Plus tard, en 1932, von Neumann consacre le premier paragraphe du chapitre 6 de ses *Fondements mathématiques de la mécanique quantique* (*op. cit.*, p. 286) à une analyse de ce qu'il appelle la *dualité* des types d'évolution que peut subir la fonction ψ : évolution brutale par « réduc-

La situation actuelle en mécanique quantique

tion du paquet d'ondes », et évolution continue suivant l'équation de Schrödinger. Ses réflexions sur le sens du premier processus le conduisent à admettre que l'évolution brutale est le propre de l'interaction entre la part observable de l'univers et l'*observateur*. La frontière entre l'observateur et ce qui est observé est par ailleurs arbitraire. L'« observateur » peut aller jusqu'à inclure une bonne partie du dispositif de mesure ou, à l'inverse, se borner à ce que von Neumann appelle le « moi abstrait ». Ces considérations s'appuient sur la prémisse suivante (qui peut se lire comme un défi sceptique lancé au réalisme naïf) : « L'expérience fournit uniquement des résultats du type suivant : ''l'observateur a perçu (subjectivement) telle ou telle chose'' et n'affirme jamais qu'''une grandeur physique a telle ou telle valeur''. »

69. Des discussions récentes montrent concrètement que ces *transformations imprévisibles et brusques* ne sont en effet pas impensables. On a ainsi pu proposer d'altérer légèrement l'équation de Schrödinger, afin de lui permettre d'incorporer des transformations brutales de ψ, et d'ouvrir la voie à un programme « réaliste » d'interprétation de l'ensemble des processus d'évolution requis par la mécanique quantique (voir G.C. Ghirardi et A. Rimini, « Old and new ideas in the theory of quantum measurement », *in* A.I. Miller ed., *Sixty-two Years of Uncertainty*, Plenum Press (NATO-ASI series B : *Physics*, vol. 226), 1990, p. 167-191 ; et aussi J.S. Bell, « Are there quantum jumps ? », *in* C.W. Kilmister, *Schrödinger-Centenary Celebration of a Polymath*, Cambridge University Press, 1987, p. 41-52).

70. En bref : vérifier l'exactitude d'une mesure ne signifie pas vérifier l'accord entre la « vraie valeur » hypothétique et la valeur mesurée, mais seulement s'assurer de la reproductibilité des mesures.

71. Énumérons, en nous aidant d'un minimum de formalisme, les étapes décrites par Schrödinger :

a) Avant la mesure, la prédiction de la valeur d'une certaine observable A est fournie par le vecteur d'état $|\psi> = \sum_{i} c_i |a_i>$: chaque résultat a_i est susceptible d'être obtenu avec la probabilité $|c_i|^2$.

b) La mesure est censée transformer brutalement $|\psi>$ en l'un des états propres $|a_i>$ de A, correspondant à la valeur a_i que l'on a effectivement obtenue. Le nouvel état du système après la première mesure, celui qui sert à établir des prédictions pour les mesures ultérieures, est donc $|a_i>$.

c) La prédiction que permet de faire $|a_i>$ au sujet d'une mesure *ultérieure* de la *même* observable A, est la suivante : le résultat a_i sera de nouveau obtenu, avec une probabilité 1.

72. Donnons un autre exemple, très prisé pour sa simplicité. Considérons les observables S_x, S_y et S_z, correspondant respectivement aux composantes suivant x, y et z du spin (moment cinétique propre) d'un électron. Les vecteurs propres de chacune de ces trois observables (notons-les S_u dans le cas général) sont : $|+>_u$ et $|->_u$, respectivement associés à la mesure d'une valeur $+\hbar/2$ et $-\hbar/2$. Supposons que le vecteur

163

Physique quantique et représentation du monde

d'état initial de l'électron soit $|+>_z$, puis que la mesure de S_x ait fourni le résultat $+\hbar/2$. Le vecteur d'état a donc subi une transformation brutale $|+>_z$ de à $|+>_x$. Cette transformation modifie bien entendu les prédictions sur la mesure de S_x, puisque la probabilité d'obtenir $+\hbar/2$ lors d'une mesure de S_x est désormais égale à 1, alors qu'elle n'était que 1/2 au départ (car $|+>_z = 1/\sqrt{2}[|+>_x + |->_x]$). Mais cette transformation modifie aussi les prédictions sur la mesure de S_z, puisque la probabilité initiale d'obtenir $+\hbar/2$ lors de la mesure de S_z était 1, alors qu'elle n'est plus que de 1/2 après la mesure de S_x (car $|+>_x = 1/\sqrt{2}[|+>_z + |->_z]$).

73. Il est même possible de dériver très simplement les relations d'indétermination de Heisenberg (la « proposition A » du paragraphe 2 du présent article) en se servant de propriétés très générales, connues depuis le XIXe siècle, des fonctions d'ondes : « Le résultat de Heisenberg traduit essentiellement le fait mathématique que l'extension de l'onde ψ et celle de sa transformée de Fourier φ ne peuvent être rendues simultanément arbitrairement petites » (A. Messiah, *Mécanique quantique I*, Dunod, 1969, p. 110).

74. Deux ans après le présent article, en 1937, paraissait une importante réflexion de H. Margenau, largement inspirée par celle de Schrödinger. L'un des thèmes centraux que l'auteur y introduisait concernait la nécessité de principe d'une distinction entre *préparation* et *mesure*. Cela lui permettait de rejeter l'idée qu'une *mesure* puisse occasionner la transition brutale d'une fonction ψ, sans pour autant se priver de la possibilité de *préparer* l'objet de telle sorte que sa fonction d'onde soit la fonction propre de quelque observable (ou plus généralement, comme le dit Schrödinger, de façon à « redonner sa validité » au catalogue initial de prévisions). Le rejet de la transition brutale (ou réduction du paquet d'ondes) lors d'une *mesure* devait, selon Margenau, conduire à désamorcer le paradoxe d'Einstein, Podolsky et Rosen (H. Margenau, « Critical points in modern physical theory », *loc. cit.*).

75. Schrödinger ne se contente visiblement pas des réponses les plus courantes au sujet de la distinction entre l'objet et l'appareil de mesure.

a) Il ne considère même pas la conception qui consiste à les distinguer par leur échelle (l'objet ayant des dimensions microscopiques et l'appareil des dimensions macroscopiques).

b) Il note que le fait que la lecture s'effectue sur l'appareil n'est pas un trait distinctif fondamental. Ici, de façon très indirecte, il pourrait bien viser Bohr. En effet, selon Bohr, la seule raison de tracer une ligne de partage entre l'objet et l'appareil de mesure réside dans la nécessité de décrire ce dernier, et les résultats qu'il fournit, dans un langage permettant une communication dénuée d'ambiguïté. Ce langage non ambigu est le langage courant, également employé en physique classique (voir N. Bohr, *Essays 1958-1962*, Interscience Publishers, 1963, p. 3-4). On pourrait donc dire que, pour Bohr, c'est uniquement la nécessité d'effectuer *une lecture* sur l'appareil et de pouvoir communiquer sans ambiguïté le résultat lu, qui impose de tracer une frontière (à la topographie

La situation actuelle en mécanique quantique

au demeurant imprécise) entre l'objet et l'appareil. (Une discussion très claire de ces questions peut être trouvée dans J. Roldan-Charria, *Langage, Mécanique quantique et Réalité; un essai sur la pensée de Niels Bohr*, thèse de l'université Paris I, 1991, p. 116-120.)

76. Le critère de distinction proposé par Schrödinger, entre l'objet et l'appareil de mesure, est purement opérationnel. De façon générale, dans les paragraphes qui suivent, Schrödinger est extraordinairement attentif à ne pas supposer acquis des présupposés courants parmi les physiciens de son époque, et à s'en tenir, au moins à titre méthodologique, au degré zéro d'un savoir empirique. Einstein, parfaitement conscient de la rigueur de l'approche schrödingerienne de la mécanique quantique, écrivait à son interlocuteur : « Presque tout le monde va, non pas de l'état de fait à la théorie, mais de la théorie à l'état de fait ; les gens sont incapables de sortir du filet des concepts admis et ne savent qu'y frétiller de façon bouffonne. Toi, par contre, tu contemples la chose de l'extérieur et de l'intérieur à volonté » (lettre d'Einstein à Schrödinger, 8 août 1935, in A. Einstein, *Œuvres choisies. Quanta, 1*, op. cit., p. 238).

77. Dans ce cas, en effet, on doit recommencer l'expérience *ab ovo*, c'est-à-dire remettre dans leur état initial *à la fois* l'appareil *et* l'objet (ou employer des appareils ou des objets du même type préparés de la même façon que la première fois).

78. On a ici un second critère empirique de validité d'une mesure, outre la simple reproductibilité d'un résultat avec un appareil donné : vérifications croisées avec différents exemplaires d'un même type d'appareil, ou avec des appareils différents mais dont les résultats peuvent être mis en « correspondance biunivoque » avec ceux des appareils du premier type.

79. Le potentiel prédictif de ψ est incomplet en ce sens qu'il ne permet pas de prévoir des valeurs exactes pour toutes les variables du modèle classique, dont chacune est pourtant *individuellement* accessible à une mesure précise. Mais par ailleurs, il est complet en ce sens qu'il exprime, sans aller au-delà, les *informations simultanément disponibles*.

80. Cette formulation est un peu imprécise. En effet, il est parfaitement concevable qu'un vecteur d'état $|\psi\rangle$ ne soit *pas* un « catalogue maximal », c'est-à-dire qu'il appartienne à un sous-espace propre d'un espace de Hilbert correspondant à une valeur bien déterminée de l'observable A mais *pas* à une valeur déterminée d'une autre observable B commutant avec A. Un vecteur $|\psi'\rangle$ associé à une *valeur déterminée des deux observables* A *et* B contient alors la même information que $|\psi\rangle$ concernant la valeur de A *plus* une information concernant la valeur de B.

En revanche il n'en va plus ainsi, pour peu que la fonction ψ contienne des informations concernant un ensemble complet E d'observables qui commutent (c'est-à-dire pour peu que ψ soit un catalogue maximal au sens de Schrödinger). Deux cas sont alors à considérer :

a) Si l'on mesure la valeur d'une observable qui ne fait pas partie de l'ensemble E précédent, mais qui commute avec les observables de E, aucune information n'est gagnée ni perdue.

b) Si l'on mesure la valeur d'une observable *X ne commutant pas* avec celles de l'ensemble E, un gain d'information sur *X* sera compensé par une perte d'information équivalente à propos de celles qui composent l'ensemble E.

Il est du reste possible de démontrer rigoureusement ces résultats en utilisant la définition de l'information énoncée par Shannon et Weaver (*The Mathematical Theory of Information*, University of Illinois Press, 1949) : $I = \sum P_i Log P_i$, et en remplaçant les probabilités P_i par les probabilités quantiques $|c_i|^2$ (voir H. Everett, « Theory of the universal wave function », *in* B.S. de Witt et N. Graham, *The Many-Worlds Interpretation of Quantum Mechanics*, Princeton University Press, 1973, p. 43 s.).

81. Il s'agit d'une étape importante du raisonnement de Schrödinger : la fonction ψ n'était jusque-là qu'un catalogue d'informations sur l'objet (ou sur le système) que *nous* possédions et que *nous* tenions à jour. Ses transformations par ajouts et *suppressions* conduisent à considérer qu'elle caractérise aussi l'*objet* (ou le système), et non pas *seulement* notre information sur lui.

82. D'où le vocabulaire désormais consacré : ψ s'appelle une *fonction d'état*, et |ψ> s'appelle un *vecteur d'état*. Cette dénomination n'est cependant pas anodine, et Schrödinger en montre les pièges aux paragraphes suivants.

Par ailleurs, dans sa lettre à Einstein du 13 juillet 1935 (*in* A. Fine, *The Shaky Game*, *op. cit.*, p. 74), quand Schrödinger énumère les réactions à l'article d'Einstein, Podolsky et Rosen, il fait une remarque qui en dit long sur ses réticences vis-à-vis de l'idée d'appeler ψ l'*état* de l'objet : « La meilleure réponse jusqu'à présent est celle de Pauli qui admet au moins que l'utilisation du mot "état" pour la fonction-psi est fort suspecte. »

83. Mot ajouté par les traducteurs.

84. Lorsqu'on a qualifié ψ d'état *de* l'objet.

85. Une fois qu'une première mesure de l'observable *A* a été effectuée et qu'une valeur a_i a été obtenue, le catalogue de prévisions *doit* être réduit à cette valeur a_i, afin que l'on puisse dire : « toute mesure ultérieure de *A* redonnera la même valeur a_i (à condition qu'on n'ait pas procédé entre-temps à la mesure d'une observable *B* incompatible avec *A*) ».

86. Schrödinger va choisir de décrire entièrement le processus de la mesure dans le cadre du formalisme de la mécanique quantique. Il n'ignore pourtant pas les difficultés que soulève une telle option, ne serait-ce que parce qu'elles lui avaient déjà été signalées par la lecture d'un ouvrage de von Neumann (*Les Fondements mathématiques de la mécanique quantique*, *op. cit.*; Schrödinger signale cet ouvrage à Einstein dans sa lettre du 13 juillet 1935). Schrödinger expose ici ces difficultés avec une acuité inégalée. C'est que, pratiquement seul parmi ses contemporains, il n'était en aucune façon disposé à atténuer l'importance de ces difficultés en adoptant l'échappatoire consistant à mettre en cause la vocation de la théorie quantique à l'universalité. Il était en particulier

La situation actuelle en mécanique quantique

hostile à l'idée bohrienne d'exclure tout ou partie de l'appareil de mesure du champ de la description quantique, et d'en rendre compte dans le cadre de la mécanique classique (E. Schrödinger, *Four Lectures on Wave Mecanics*, 1928, in *Collected Papers on Wave Mechanics*, Chelsea Publishing Co., 1982).

87. Note de Schrödinger : « C'est bien évident. Il n'est pas question que des affirmations sur leurs relations nous fassent défaut. Cela signifierait sans cela qu'il manque quelque chose dans la fonction ψ d'au moins l'un des deux, et ce n'est pas le cas. »

88. Schrödinger commence ici à paraphraser de manière non formelle le contenu d'un article beaucoup plus technique qu'il avait écrit la même année, afin de généraliser la situation paradoxale décrite par Einstein, Podolsky et Rosen (E. Schrödinger, « Discussion of probability relations between separated systems », *Proc. Camb. Phil. Sci.*, **31**, 555-563, 1935). Certaines propositions de l'un se trouvent presque mot pour mot dans l'autre. Dans l'article technique, on trouve par exemple : « La meilleure connaissance possible d'un *tout* n'inclut pas nécessairement la meilleure connaissance des *parties*, même si ces dernières sont entièrement séparées et sont donc virtuellement aptes à être "connues de la meilleure façon possible". » La première partie de cette phrase est reprise textuellement un peu plus loin dans le présent paragraphe, ainsi qu'au paragraphe 15.

89. Dans son article « Discussion of probability relations between separated systems » (*loc. cit.*), Schrödinger note que la fonction d'onde d'un couple de sous-systèmes *avant leur interaction* peut s'écrire sous la forme d'un produit de deux fonctions d'onde : $\psi(x)\varphi(y)$, où $\varphi(y)$ représente la fonction d'onde du premier sous-système et $\psi(x)$ celle du second sous-système. En revanche, après l'interaction, la factorisation devient impossible, et la fonction d'onde du couple de sous-systèmes devient :

$$\Psi(x,y) = \sum_n c_n g_n(x) f_n(y).$$

où $f_n(y)$ représente une fonction propre d'une certaine observable A, susceptible d'être mesurée sur le premier sous-système.

Lorsque la fonction d'onde du couple de systèmes ne se factorise pas, comme c'est le cas pour $\Psi(x,y)$, on dit que les deux systèmes sont *corrélés* (l'analogie avec la théorie des probabilités n'est pas fortuite ; deux événements a et b sont considérés comme dénués de corrélation si la probabilité de leur conjonction se factorise en un produit de leurs probabilités respectives : P(a et b) = P(a).P(b)).

Venons-en à présent à la traduction précise et formelle de ce que dit Schrödinger au sujet des « relations ou contraintes » entre les deux sous-systèmes. Supposons qu'une mesure de l'observable A sur le premier sous-système ait donné un résultat a_n associé à la fonction propre $f_n(y)$. Cette mesure a occasionné une transition brutale d'un catalogue de prévisions à un autre : de la fonction $\psi(x,y)$ à $g_n(x)f_n(y)$.

Le premier sous-système ayant désormais pour fonction d'onde la fonction $f_n(y)$ associée au résultat a_n, la fonction d'onde du second sous-

Physique quantique et représentation du monde

système est $g_n(x)$. A chaque résultat d'une mesure concernant le premier sous-système, correspond donc une fonction d'onde différente pour le second sous-système, et par conséquent des prévisions statistiques différentes pour toute mesure qui pourrait être effectuée ultérieurement sur ce second sous-système.

$\Psi(x,y)$ représente bien, en définitive, ce que Schrödinger appelle un « catalogue général comportant des énoncés conditionnels ». Les énoncés conditionnels sont du type : *si* la mesure de A sur le premier sous-système donne a_n, *alors* le catalogue de prévisions associé au second sous-système est $g_n(x)$.

90. « Voilà tout » est en français dans le texte.

Supposons qu'initialement la fonction d'onde d'un système soit :
$$\varphi(y) = \sum_n c_n f_n(y).$$
Si la mesure a donné un certain résultat a_n, alors la fonction d'onde du même système après la mesure doit être $f_n(y)$. Il y a bien là également une prédiction conditionnelle, plus élémentaire il est vrai que celle qui concerne deux ou plusieurs sous-systèmes.

La phrase un peu elliptique de Schrödinger se comprend alors ainsi : « Lorsqu'on connaît la fonction ψ [avant la mesure : $\varphi(y)$], et qu'à une certaine mesure correspond un certain résultat [a_n], alors on connaît de nouveau la fonction ψ [après la mesure : $f_n(y)$]. »

91. Lorsqu'un couple de deux sous-systèmes (ou « système global ») a pour fonction d'onde :
$$\Psi(x,y) = \sum_n c_n g_n(x) f_n(y),$$
il est impossible d'assigner une fonction d'onde *individuelle* à chaque sous-système. Il faudrait en effet pour cela que $\Psi(x,y)$ puisse se factoriser en deux fonctions d'onde, ce qui n'est pas le cas.

92. Schrödinger souligne ici une première difficulté à laquelle on se heurte lorsqu'on veut assimiler la fonction d'onde à un état d'un système. Cette difficulté est liée aux connotations réalistes du mot « état ». On peut en effet admettre de ne pas *connaître* le catalogue de prévision correspondant à un certain système, mais comment concéder qu'un système puisse n'*être* dans aucun état ?

93. La difficulté précédente est surmontée en revenant au versant épistémique de la définition de la fonction d'onde. Ce n'est pas la définition de la fonction d'onde qui doit être subordonnée aux connotations réalistes du mot « état », mais au contraire la définition du mot « état » qui doit être altérée pour tenir compte de son identification à la fonction d'onde.

94. Si je me suis contenté de préparer les deux sous-systèmes dans les états respectifs $\psi(x)$ et $\varphi(y)$, et que je les ai ensuite laissés interagir, je possède le catalogue maximal $\Psi(x,y)$ sur le système global. Attribuer un état à *chacun* des deux sous-systèmes *après* l'interaction (c'est-à-dire établir un catalogue maximal d'informations sur chacun d'entre eux) suppose que « je surmonte ma paresse », et que j'effectue des mesures sur au moins l'un d'entre eux.

La situation actuelle en mécanique quantique

95. Dans les deux dernières répliques, Schrödinger souligne de nouveau une inconsistance entre le vocabulaire *réaliste* de l'état et sa définition au moins partiellement *épistémique*. Si un « état » *s'identifie* à un catalogue maximal de connaissances, toute tentative de découpler cet état et ce catalogue reste vaine. Toute affirmation que le système en « sait » plus que le catalogue disponible, ou qu'il *est* dans un état dont le catalogue disponible ne porte pas la trace, va à l'encontre de la définition de l'état qu'on a acceptée.

96. Rappelons l'énoncé du théorème 2 (paragraphe 9) : *à une fonction* ψ donnée correspond un état donné du système. Encore faut-il que cette fonction ψ *soit donnée,* et même qu'elle le soit spécifiquement *pour le système*. Dans le cas d'un système global composé de deux sous-systèmes ayant interagi, une fonction Ψ est bien donnée pour le système global, mais pas pour chacun des deux sous-systèmes.

97. Le mot allemand est *Verschränkung,* que Schrödinger lui-même traduit en anglais par *entanglement* (*in* « Discussion of probability relations between separated systems », *loc. cit.*).

98. La situation décrite est exactement celle qu'Einstein, Podolsky et Rosen prennent comme modèle : « [...] Considérons deux systèmes I et II auxquels nous permettons d'interagir entre le temps t = 0 et le temps t = T, après lequel nous supposons que toute interaction a cessé entre les deux parties » (« Can quantum-mechanical description of physical reality be considered complete ? », *loc. cit.*).

99. Ou « réunion » au sens de la théorie des ensembles. Le catalogue commun (du système global) *avant interaction* est le produit $\psi(x)\varphi(y)$ des deux catalogues individuels. Chacun de ces catalogues $\psi(x)$ et $\varphi(y)$ exprime une connaissance maximale du sous-système auquel il correspond. Le catalogue commun $\psi(x)\varphi(y)$ exprime donc une connaissance maximale de l'ensemble des deux sous-systèmes, qui s'obtient en prenant la « somme logique » des informations concernant ces derniers.

100. L'évolution dont il s'agit ici est un processus *continu* régi par une « loi connue » : l'équation de Schrödinger. « Il n'est pas question de mesure » est une phrase sibylline signalant que le processus de transition brutale *(discontinue)* qui est censé intervenir lors d'une « mesure » n'est pas mis en œuvre.

101. Notre savoir *concernant le système global* reste maximal après l'interaction (il est exprimé par $\Psi(x,y)$), mais il descend au-dessous du maximum *en ce qui concerne les deux sous-systèmes*, car $\Psi(x,y)$ ne se factorise pas. Là encore, il existe une démonstration exacte de ces propositions, utilisant la théorie de l'information, dans H. Everett, « Theory of the universal wave function », *loc. cit.*, p. 94.

102. En mécanique quantique la connaissance des états initiaux et de l'interaction permet de déterminer *l'état final* du système global, mais pas *les états finaux* des sous-systèmes qui le constituent.

103. La question soulevée ici (celle que la tradition a immortalisée sous le nom de « problème de la mesure en mécanique quantique ») se décompose comme suit :

Physique quantique et représentation du monde

a) Une « mesure » doit se traduire par une transition brutale de la fonction d'onde du système mesuré, si l'on veut que cette fonction reste un catalogue de prévisions fiables pour le résultat de toute mesure ultérieure.

b) En tant que processus physique, toute « mesure » peut être décrite comme une simple interaction entre deux sous-systèmes : l'objet (le sous-système sur lequel porte la mesure) et l'appareil de mesure.

c) Une simple interaction entre deux sous-systèmes aboutit tout au plus à un entremêlement des états (ou catalogues de prévisions) des deux sous-systèmes. C'est-à-dire qu'il se traduit par une transition *continue* entre le produit $\psi(x)\varphi(y)$ et la fonction d'onde non factorisable : $\Psi(x,y) = \sum_n c_n g_n(x) f_n(y)$. En aucun cas, cette interaction n'occasionne la transition *brutale* $\varphi(y) \rightarrow f_n(y)$ de la fonction d'onde de l'objet, que supposerait une « mesure » de l'observable A.

104. Le catalogue maximal de l'ensemble objet mesuré + appareil de mesure : $\Psi(x,y) = \sum_n c_n g_n(x) f_n(y)$, n'indique en rien *quel est* celui des indices n qui correspond au résultat effectivement enregistré.

105. Rappel discret du thème du « chat de Schrödinger » abordé au paragraphe 5.

Il s'agissait alors de mettre en difficulté l'interprétation « réaliste » de la fonction d'onde : ψ ne traduit pas fidèlement la « réalité », puisqu'elle décrit le chat mort et le chat vif comme s'ils étaient « mélangés ou brouillés en proportions égales », alors que, lorsqu'on *voit* le chat, il est *soit* mort *soit* vif.

Ici, dans le cadre d'une interprétation « épistémique » de la fonction d'onde, il est plus modestement question de montrer que, lorsqu'une mesure est traitée comme une interaction, le catalogue de prévisions final ne comprend pas la mention du résultat (trace du crayon enregistreur *ici*; chat *vif*), mais seulement une liste d'affirmations conditionnelles (si, alors) comme celles qui sont énumérées à la phrase suivante.

106. Ce que l'objet a subi peut se décrire selon deux modalités :

a) Comme une « mesure ». Dans ce cas, on considère que la fonction d'onde *de l'objet* est soumise à un « saut » $\varphi(y) \rightarrow f_n(y)$.

b) Comme une interaction. Dans ce second cas, seul le devenir de la fonction d'onde du système *global* objet + appareil est susceptible d'être décrit. C'est cette fonction d'onde *globale* qui « évolue de façon déterminée conformément à la loi ».

Quant aux fonctions d'onde de chacun des sous-systèmes, l'*entremêlement* leur a fait perdre tout sens. *Dès lors toute affirmation au sujet de l'une de ces fonctions d'onde (évolution continue ou transition discontinue) devient fausse.*

107. Admettons que le catalogue (fonction d'onde) de l'objet ait été :

$\varphi(y) = \sum_n c_n f_n(y)$ avant l'interaction.

La probabilité d'obtenir un résultat a_n associé à la fonction $f_n(y)$ est alors : $|c_n|^2$.

La situation actuelle en mécanique quantique

Par ailleurs, toujours avant l'interaction, la fonction d'onde du système global objet + appareil est :

$$\Psi(x,y) = \psi(x) \sum_n c_n f_n(y) = \sum_n c_n \psi(x) f_n(y).$$

Après l'interaction, chaque produit $\psi(x)f_n(y)$, évoluant continûment selon l'équation de Schrödinger, est transformé en : $g_n(x)f_n(y)$. $\Psi(x,y)$, la fonction d'onde globale, devient alors :

$$\Psi(x,y) = \sum_n c_n g_n(x) f_n(y).$$

Dans ces conditions, la probabilité conjointe que l'appareil et l'objet soient dans un état $g_n(x)f_n(y)$ correspondant au résultat a_n (en d'autres termes : que le n-ième fragment du catalogue global vale) n'est autre que $|c_n|^2$, c'est-à-dire la *même* valeur que précédemment.

On peut donc parfaitement dire, comme le fait Schrödinger, que cette seconde valeur de la probabilité a été « recopiée à partir du catalogue originel de l'objet ».

108. Cette affirmation est à prendre, plus que d'autres, « au second degré ».

La nuance de doute et d'ironie une fois perçue, il faut tout de même interpréter l'expression « sujet vivant » utilisée ici par Schrödinger. Tout porte à croire que c'est sur le mot « sujet » que l'accent est mis. En effet :

a) L'intervention d'un être vivant en tant que tel ne saurait à elle seule extraire l'objet de son « entremêlement » avec l'appareillage. Si Schrödinger l'avait pensé, il aurait signalé que la situation « burlesque » du chat trouve ici son dénouement.

b) Le mot « vivant » n'est pas répété dans la suite du texte. A la place de ce mot, on trouve un vocabulaire « cognitif » : « prendre connaissance », « inspecter », « acte mental ».

c) Dans ses réflexions sur les phénomènes biologiques, Schrödinger ne concède à l'être vivant d'autre spécificité physique que celle que lui confère son organisation d'ensemble. Il admet en outre que les éléments macro-moléculaires (en particulier génétiques) propres à l'être vivant sont, comme toute structure matérielle, régis par les lois de la mécanique quantique (E. Schrödinger, *Qu'est-ce que la vie?*, Christian Bourgois, 1986, p. 198).

(Signalons cependant pour mémoire qu'il n'est pas nécessaire d'être vitaliste pour prendre au sérieux l'idée d'un rôle privilégié de l'observateur humain dans le processus de la mesure quantique. Selon D. Bohm, par exemple, le fait que les constituants du corps de l'homme, comme le cerveau, puissent *en principe* être régis par les lois de la mécanique quantique, n'empêche en aucune manière de leur attribuer une place singulière à l'une des deux extrémités de la chaîne de mesure [l'autre extrémité est constituée par l'objet, et les maillons intermédiaires sont : l'appareil de mesure, l'œil, le nerf optique...]. Des considérations sur la structure des circuits neuronaux, opérant par boucles de rétro-action, suffisent selon lui à accréditer une telle conclusion [D. Bohm, *Quantum Theory*, Prentice Hall, 1951, p. 587-588]. Dans un tel cadre interpréta-

Physique quantique et représentation du monde

tif, le *chat de Schrödinger* ne peut manquer soulever à nouveau quelques questions délicates : son cerveau ne possède-t-il pas, comme celui de l'homme, des circuits rétroactifs de neurones ? Faut-il l'inclure dans la famille des observateurs ? Mais alors où s'arrêter dans la descente sur l'échelle de complexité animale ?...)

109. Depuis la naissance de la mécanique quantique, de nombreux physiciens ont tenté d'échapper à cette conclusion. Ils ont cherché à définir d'autres critères que l'opération cognitive d'un « sujet vivant », pour identifier à une *mesure* « ce qui s'est passé » lors d'une interaction entre un objet et un appareil. L'amplification irréversible de la transformation que l'interaction avec l'objet induit dans l'appareil est l'un des plus importants et des plus discutés de ces critères (voir N. Bohr, in *Collected Works, op. cit.*, vol. 6, p. 326-330 ; L. Rosenfeld, « The measuring process in quantum mechanics », *Prog. Theor. Phys.* [suppl.], 1965, p. 222-231 ; A. Daneri, A. Loinger et G.M. Prosperi, « Quantum theory of measurement and ergodicity conditions », *in* J.A. Wheeler et W.H. Zurek, *Quantum Theory and Measurement, op. cit.*, p. 656-679). Cependant, tout ce que l'on parvient à montrer, lorsqu'on mène ces réflexions sur l'irréversibilité à leur terme, c'est que les effets d'interférence entre les différents termes d'une superposition du type

$$\Psi(x,y) = \sum_n c_n g_n(x) f_n(y)$$

deviennent en moyenne *négligeables* au décours de l'amplification. Autrement dit, on démontre seulement que *tout se passe en pratique comme si* un résultat d'indice **n** était déjà enregistré par l'appareil, alors même que personne ne le connaît. En tant qu'elle est une question *de principe*, la difficulté que soulève Schrödinger reste donc intacte. (Un examen critique, sur le plan des *principes,* des tentatives de Daneri, Loinger, Prosperi et Rosenfeld, est entrepris par B. d'Espagnat dans *Conceptual Foundations of Quantum Mechanics*, Addison-Wesley, 1989, p. 192-194 ; des travaux plus récents sont analysés sur le même mode, et de façon également critique, dans B. d'Espagnat, « Towards a separable "empirical reality" ? », *Found. Phys.*, **20**, 1147-1172, 1991.)

110. Von Neumann a rapporté cette discontinuité à la part de dualisme que comporte nécessairement une description exhaustive de la chaîne de mesure : « Cependant, si loin que nous allions [...], jusqu'à la rétine de l'observateur ou à son cerveau, il faut de toute façon nous arrêter et dire : *et ceci est perçu par l'observateur* » (J. von Neumann, *Les Fondements mathématiques de la mécanique quantique, op. cit.*, p. 288).

Wigner exprime ce dualisme plus concrètement et plus naïvement, lorsqu'il évoque le « rôle particulier » que joueraient les « êtres *conscients* » en mécanique quantique (E. Wigner, « Remarks on the mind-body question », in *Symmetries and Reflections,* Ox Bow, 1979, p. 180).

111. L'idée d'un écart temporel, d'un retard qu'aurait la « transition brutale » de la fonction d'onde de l'objet par rapport à l'instant de l'interaction entre cet objet et l'appareil, n'est pas propre à l'interprétation « mentaliste » de la transition. Dans la conclusion de l'article où il attri-

bue la « réduction de l'état » à l'irréversibilité d'un phénomène instrumental d'amplification, Rosenfeld affirme : « [...] la réduction de l'état initial du système atomique n'a rien à voir avec l'interaction entre ce système et l'appareil de mesure : en fait, elle est liée à un processus se déroulant dans l'appareil *après que toute interaction avec le système atomique a cessé* » (L. Rosenfeld, « The measuring process in quantum mechanics », *loc. cit.*).

112. Seule persiste, après l'interaction, la fonction d'onde du système global appareil + objet.

113. L'hostilité de Schrödinger vis-à-vis de l'idée de « saut quantique » ne s'est pratiquement jamais démentie depuis 1926. Sa dernière réplique adressée à Bohr, à l'issue d'une discussion qui dura plusieurs jours durant l'automne 1926, fait désormais partie des mythes fondateurs de la mécanique quantique : « Si ces damnés sauts quantiques devaient subsister, je regretterais de m'être jamais occupé de théorie quantique » (rapporté par W. Heisenberg, *La Partie et le Tout, op. cit.*, p. 110). Beaucoup plus tard, en 1952, Schrödinger ajoute un important appendice à son ouvrage *Statistical Thermodynamics* (Cambridge University Press, 1946 ; 2e édition revue 1952, p. 89). Le but est ici de faire l'économie de l'idée de saut quantique dans les calculs de physique statistique : « La conception selon laquelle un processus physique consiste en transferts permanents de paquets d'énergie entre les microsystèmes ne peut, lorsqu'on y réfléchit sérieusement, passer pour quoi que ce soit d'autre qu'une métaphore parfois utile » (note à la 2e édition ; voir aussi E. Schrödinger, « Are there quantum jumps ? », *loc. cit.*, 109-123 ; 233-242). Dans l'intervalle, et en particulier durant les années 1930-1940, Schrödinger a souvent mis en œuvre le concept de saut quantique, mais seulement en tant qu'auxiliaire mathématique provisoire et suspect.

Il y a cependant une différence majeure entre les critiques que Schrödinger adresse au concept de saut quantique en 1926 et après 1952 d'une part, et celles qu'il émet dans cet article de 1935 d'autre part. Les critiques de 1926 et 1952 sont formulées dans le langage de la « mécanique ondulatoire », comportant une interprétation « réaliste » de l'onde décrite par la fonction ψ (avec quelques intéressantes nuances, toutefois, entre 1926 et les années 1950). Au contraire, la critique formulée dans le présent article résulte d'une application conséquente, et menée jusqu'à son terme logique, de l'interprétation de la fonction d'onde comme « catalogue de prévisions » :

a) Il n'y a pas de changement brusque du catalogue correspondant à l'objet mais seulement *re-création* d'un tel catalogue, après sa perte au sein du catalogue entremêlé du système global objet + appareil.

b) Si ce qui tient lieu de saut quantique est seulement « l'aspect contradictoire des deux formes » du catalogue de prévisions de l'objet (avant l'interaction, et après l'acte de perception qui suit l'interaction), on ne peut en aucune manière considérer que les « sauts quantiques » sont des processus physiques concernant *en propre* les systèmes d'échelle atomique.

La convergence des critiques, quel que soit le statut supposé de la fonc-

Physique quantique et représentation du monde

tion d'onde, ne pouvait surprendre Schrödinger. A ses yeux, l'idée que chaque objet microscopique faisant partie d'une certaine population puisse occuper à chaque instant un niveau d'énergie quantifié bien défini, et sauter d'un niveau à l'autre en échangeant des quanta d'énergie, « est irréconciliable avec les fondements mêmes de la mécanique quantique » (*Statistical Thermodynamics*, *op. cit.*, p. 89). En effet, si un objet peut au mieux se voir associer une probabilité d'être *trouvé* dans un état d'énergie donné lors d'une mesure, on ne peut pas dire qu'il *est* dans un état d'énergie bien déterminé, d'où il pourrait *sauter* dans un autre ! (*ibid.*, p. 5).

114. L'état d'où on part est la fonction d'onde globale entremêlée :

$$\Psi(x,y) = \sum_n c_n g_n(x) f_n(y).$$

Considérons un ensemble complet d'observables qui commutent, ayant pour fonctions propres les $f_n(y)$. Supposons ensuite qu'on ramène la connaissance de l'un des deux sous-systèmes (B) à son niveau maximal, en mesurant sur lui cet ensemble complet d'observables qui commutent. Cela se traduit par la possibilité d'attribuer de nouveau à B une fonction d'onde (disons $f_i(y)$). La fonction d'onde globale prend alors la forme factorisée $g_i(x)f_i(y)$, ce qui permet de faire correspondre la fonction d'onde $g_i(x)$ (et donc un catalogue maximal de prévisions) au sous-système A.

Une phrase équivalente à celle qui vient d'être explicitée se trouve dans « Discussion of probability relations between separated systems » (E. Schrödinger, 1935, *loc. cit.*) : « Après avoir rétabli l'un des représentants (fonction d'onde) par l'observation, l'autre peut être simultanément inféré. Dans ce qui suit, l'ensemble de cette procédure sera appelée le *désentremêlement*. »

115. Il s'agit d'un raisonnement par l'absurde :

a) Supposons que l'on parte d'un état entremêlé du système global comprenant A et B.

b) Supposons que B *ne soit pas* connu de façon *maximale* à la suite d'une série M de mesures effectuées sur lui.

c) Supposons que *cette* série M de mesures effectuées sur B ait cependant conduit à une connaissance maximale de A (et que l'on puisse donc attribuer à A une fonction d'onde).

d) Puisque l'on peut attribuer une fonction d'onde au sous-système A, la fonction d'onde globale se factorise, et il devient également possible d'attribuer une fonction d'onde à B.

e) Cette dernière fonction d'onde est un catalogue maximal de prévisions concernant B (c'est-à-dire une connaissance maximale de B), ce qui est contradictoire avec l'hypothèse b).

f) Par conséquent, si l'on maintient l'hypothèse b), l'hypothèse c) doit être écartée.

116. Reprenons le raisonnement de Schrödinger :

a) Initialement, les catalogues de prévisions des sous-systèmes A et B sont entremêlés (dans un catalogue global).

La situation actuelle en mécanique quantique

b) Une série M_1 de mesures pratiquées sur B a permis d'établir un catalogue maximal pour A (appelons-le C_1).

c) Une autre série M_2 de mesures pratiquées sur B aurait permis d'établir un autre catalogue maximal pour A (appelons-le C_2).

d) Puisque le catalogue C_1 est maximal, il contient *toutes* les informations du catalogue C_2 qui aurait pu être établi à sa place. Réciproquement, puisque le catalogue C_2 est maximal, il contient *toutes* les informations du catalogue C_1.

e) Par conséquent, $C_1 = C_2$.

117. Considérons l'exemple, désormais classique, de deux électrons A et B dont les composantes de spin suivant l'axe Oz sont anti-corrélées (état de spin total nul). L'état global du système s'écrit :
$$|\Psi> = 1/\sqrt{2}[|A+>_z|B->_z - |A->_z|B+>_z].$$

Dans cette expression, $|A+>_z$ est un état (ou catalogue) fournissant la prédiction suivante : si l'observable S_z, c'est-à-dire la composante du spin suivant Oz, est mesurée sur A, on trouvera le résultat $+\hbar/2$ à coup sûr ; des définitions correspondantes peuvent être données pour :
$|A->_z$, $|B+>_z$, $|B->_z$.

Par contre, $|\Psi>$ est une superposition linéaire de produits de ces états. C'est un état entremêlé qui ne permet pas de prédire avec certitude le résultat d'une mesure de S_z effectuée sur A ou sur B, mais qui fournit la probabilité (1/2) de trouver l'un des deux résultats accessibles ($+\hbar/2$ ou $-\hbar/2$). $|\Psi>$ fournit aussi d'autres types d'information. *Il fournit en particulier des informations sur ce à quoi l'on peut s'attendre si on envisage des protocoles de mesures* distincts *de* S_z :

a) Supposons dans un premier temps que l'on choisisse de mesurer sur B l'observable S_z. A la suite de cette mesure qui, admettons-le, a donné le résultat $-\hbar/2$, l'état (ou catalogue) global résultant sera $|A+>_z|B->_z$ (il aurait été $|A->_z|B+>_z$, si l'on avait trouvé le résultat $+\hbar/2$).

L'état (ou catalogue maximal) de A, résultant de la mesure de S_z sur B, est donc : $|A+>_z$ (resp. $|A->_z$).

b) Supposons ensuite que l'on choisisse de mesurer sur B la composante du spin suivant Ox et *non plus* celle suivant Oz. Pour trouver l'état global résultant, il faut auparavant écrire $|B+>_z$ et $|B->_z$ en termes des vecteurs propres $|B+>_x$ et $|B->_x$ de l'observable S_x : $|B+>_z = 1/\sqrt{2}[|B+>_x + |B->_x]$ et $|B->_z = 1/\sqrt{2}[|B+>_x - |B->_x]$.

En remplaçant, dans $|\Psi>$, $|B+>_z$ et $|B->_z$ par les expressions précédentes, on obtient :
$|\Psi> = 1/\sqrt{2}[1/\sqrt{2}(|A+>_z - |A->_z)|B+>_x - 1/\sqrt{2}(|A+>_z + |A->_z)|B->_x]$

Mais par ailleurs, $1/\sqrt{2}(|A+>_z + |A->_z) = |A+>_x$ et

$1/\sqrt{2}(|A+>_z - |A->_z) = |A->_x$
On a donc :

175

Physique quantique et représentation du monde

$$|\Psi> = 1/\sqrt{2}[|A->_x\rangle|B+>_x - |A+>_x|B->_x]$$

Admettons à présent que la mesure de S_x sur B ait donné le résultat $-\hbar/2$. L'état (ou catalogue) global résultant est alors $|A+>_x|B->_x$ (il aurait été $|A->_x|B+>_x$, si l'on avait trouvé le résultat $+\hbar/2$).

L'état (ou catalogue maximal) de A, résultant de la mesure de S_x sur B, est donc : $|A+>_x$ (resp. $|A->_x$).

Concluons : Nous avons envisagé deux protocoles de mesure sur B (S_z et S_x). Une fois mis en œuvre, chacun de ces protocoles conduit bien à un « désentremêlement » (c'est-à-dire à la possibilité de factoriser le vecteur d'état global) et à l'attribution d'un vecteur d'état bien défini à l'électron A. Mais l'une des mesures (celle de S_z) conduit à $|A+>_z$) (resp. $|A->_z$), vecteurs d'état auxquels n'aurait jamais pu conduire la mesure de S_x, tandis que l'autre mesure (celle de S_x) conduit à $|A+>_x$ (resp. $|A->_x$), vecteurs d'état auxquels n'aurait jamais pu conduire la mesure de S_z.

118. Une mesure *effectuée* sur B conduit à *un* vecteur d'état particulier (catalogue) pour A. Mais un simple *programme* (ou protocole) de mesure sur B entraîne déjà la sélection d'une *série* de vecteurs d'état (catalogues) pour A. Dans l'exemple de la note précédente, le programme de mesures S_x sélectionnait la série de catalogues : ($|A+>_x$; $|A->_x$), alors que le programme S_z sélectionnait ($|A+>_z$; $|A->_z$). Les deux séries sont totalement disjointes. La conclusion qu'en tire Schrödinger, dans son article des *Proceedings of the Cambridge Philosophical Society* de 1935 (*loc. cit.*), est la suivante : « Le représentant [vecteur d'état] auquel on arrive pour un système dépend du *programme* d'observations que l'on entend mettre en œuvre pour l'autre. »

119. Le raisonnement est un peu sibyllin. Pour le comprendre, il faut remarquer que Schrödinger reprend ici les arguments *non quantiques* qu'il a développés précédemment (début du paragraphe 11, note 115) à propos d'*un* catalogue de prévisions pour A, en les généralisant au cas de *plusieurs* catalogues.

a) Supposons que deux programmes de mesure sur B (appelons-les 1 et 2) conduisent à deux séries non disjointes de catalogues pour A (c'est-à-dire possédant quelques catalogues en commun).

b) Il est impossible que les mesures effectuées sur B selon l'un des deux programmes conduisent *seulement* aux catalogues pour A qui sont communs aux deux séries. En effet, chaque catalogue pour A correspond à un résultat de mesure obtenu sur B (selon un programme donné, disons le programme 1). Or, *tous* les résultats accessibles d'une mesure effectuée sur B selon le programme 1 doivent apparaître selon une fréquence donnée. Par conséquent, *tous* les catalogues pour A apparaîtront lors d'une séquence suffisamment longue de mesures effectuées sur B selon le programme 1, *y compris* ceux qui ne sont pas communs avec la série de catalogues associée au programme 2.

c) Mais par ailleurs, à l'égard de *chaque* couple de catalogues pour A, apparus lors de deux mesures sur B effectuées respectivement selon le programme 1 et selon le programme 2, la conclusion du raisonnement non quantique du début du paragraphe 11 (note 116) vaut : *les deux catalogues devraient être identiques*.

d) Ceci a deux conséquences :

— Les deux séries de catalogues pour A devraient coïncider terme à terme.

— Les probabilités d'occurrence de chaque catalogue dans chacune des deux séries devraient être identiques. (Supposons en effet, pour prendre un exemple, que la probabilité d'obtenir le catalogue C pour A dans la série 1 soit supérieure à celle d'obtenir C pour A dans la série 2. On devrait alors envisager des cas où, à une occurrence du catalogue C obtenu en mettant en œuvre le programme 1 de mesure sur B, serait associée l'occurrence d'un catalogue *distinct de C* parmi ceux qui appartiennent à la série associée au programme 2. Mais ceci contredit la conclusion du point c).)

120. Note de Schrödinger : « A. Einstein, B. Podolsky et N. Rosen, *Phys. Rev.*, **47**, 777, 1935. La parution de cet article est à l'origine du présent travail que je ne saurais qualifier : compte rendu ou confession générale ? »

Rappelons la chronologie des travaux respectifs d'Einstein, Podolsky et Rosen, et de Schrödinger. L'article d'Einstein, Podolsky et Rosen parut dans le numéro de la *Physical Review* daté du 15 mai 1935. Dès le 7 juin 1935, Schrödinger adresse une lettre à Einstein où il approuve la démarche de son récent article : prendre « publiquement au collet la mécanique quantique dogmatique à propos de ces choses dont nous avions déjà tellement discuté à Berlin » (E. Schrödinger, lettre du 7 juin 1935, *in* A. Einstein, *Œuvres choisies, 1. Quanta, op. cit.*, p. 234). Suivent les lettres du 13 juillet, du 19 août, et du 4 octobre de la même année. Les réponses d'Einstein datent des 17 et 19 juin, du 8 août et du 4 septembre.

La lettre de Schrödinger du 7 juin contient déjà des indications sur ce que sera le contenu du paragraphe 11 du présent article (ainsi que les développements formels de l'article en anglais soumis le 14 août 1935 aux *Proceedings of the Cambridge Philosophical Society, loc. cit.*). Le 13 juillet, Schrödinger annonce à Einstein son projet d'écrire le présent article. Le 19 août, Schrödinger signale qu'il l'a pratiquement rédigé, et qu'il y a inclus l'exemple du « chat ». Le premier tiers de « La situation actuelle en mécanique quantique » paraît dans le numéro de *Naturwissenschaften* du 29 novembre 1935. (Signalons également la date des réactions de Bohr : ce dernier commence à répondre à l'article d'Einstein, Podolsky et Rosen par une courte lettre adressée à *Nature* le 29 juin 1935. A l'automne paraît un article beaucoup plus détaillé : N. Bohr, « Can quantum mechanical description of physical reality be considered complete ? », *Phys. Rev.*, **48**, 696-702, 1935.)

121. Les conditions supposées par Einstein, Podolsky et Rosen étaient un peu différentes dans leur forme : $q - Q$ = Constante, et $p + P$ = Constante. Ceci revient au même que $q = Q$ et $p = -P$, si l'on tient compte du fait que q et Q, ainsi que p et P, sont repérées à partir d'origines différentes.

Physique quantique et représentation du monde

122. La phrase correspondante dans E. Schrödinger, « Discussion of probability relations between separated systems » (*loc. cit.*), est la suivante : « [...] lorsqu'elle est effectuée, *chacune* des *quatre* observations en question désentremêle les systèmes, fournissant à chacun un représentant [vecteur d'état] indépendant. »

En mécanique classique, bien entendu, il faudrait effectuer *deux* mesures sur un système (celles de q et p), pour connaître l'état de ce système, et donc aussi l'état de l'*autre* système dont les coordonnées Q et P sont liées aux premières par les relations $q = Q ; p = -P$. En mécanique quantique, le catalogue de prévisions (état) d'un système à un degré de liberté est connu de manière *maximale* si l'on connaît avec précision *soit* sa coordonnée spatiale *soit* sa quantité de mouvement. On en déduit une connaissance maximale du catalogue de prévisions (état) du système corrélé.

123. *Jungfernmessungen* : textuellement « mesures virginales ».

124. Cette argumentation, allant de la fin du paragraphe 12 au début du paragraphe 13, est très voisine de celle qui a conduit Einstein, Podolsky et Rosen à conclure à l'*incomplétude* de la mécanique quantique. Développons ce type de raisonnement :

a) La mesure précise de p sur le premier système permet de prédire avec certitude le résultat d'une mesure de P sur le second système (et il en aurait été de même pour q et Q).

b) Cette prédiction est effectuée sans perturber en aucune façon le système sur lequel elle porte. En effet, la mesure (perturbante) est effectuée sur le premier système, alors que la prédiction porte sur le second.

c) Il est donc possible de connaître à la fois la quantité de mouvement d'un système 2 (par une mesure indirecte, non perturbante, portant sur le système 1 corrélé), et sa position (par une mesure directe).

d) Mais les fonctions d'ondes qui interviennent en mécanique quantique ne fournissent pas ces deux informations *à la fois*. Faut-il en déduire que la mécanique quantique est incomplète ?

Cela n'est admissible que moyennant une certaine conception du statut de la *prédiction* de la quantité de mouvement du système 2 (fournie par une mesure effectuée sur le système 1). Examinons deux conceptions diamétralement opposées de ce statut :

— *Premier point de vue* : la prédiction de la quantité de mouvement du système 2 (par une mesure effectuée sur le système 1) ne vaut que si on se laisse la possibilité de la vérifier. Elle ne vaut, par conséquent, *que tant qu'on n'effectue pas une mesure directe de la position sur le système 2*, car cette dernière mesure rend caduque l'information que l'on pouvait posséder antérieurement sur la quantité de mouvement du système 2. Une fois la mesure directe de la position effectuée, la valeur initialement prédite pour la quantité de mouvement n'a plus d'autre sens que celui d'une proposition contrafactuelle : « *Si* on avait fait une mesure directe de la quantité de mouvement à la place de la mesure de la position, alors on *aurait* trouvé la valeur prédite par la mesure indirecte. » Pour peu que l'on s'en tienne au primat du *vérifiable*, et que l'on refuse

La situation actuelle en mécanique quantique

de faire entrer des propositions contrafactuelles dans le domaine régi par une théorie physique, la mécanique quantique est une théorie complète. Elle nous fournit en effet à tout instant l'ensemble des prédictions ultérieurement *vérifiables,* et le fait qu'elle ne nous dise rien de celles qui *auraient pu* être vérifiées ne saurait lui être reproché.

— *Deuxième point de vue* (celui qu'adoptent Einstein, Podolsky et Rosen dans « Can quantum-mechanical description of physical reality be considered complete ? », *loc. cit.*) : les valeurs des deux variables peuvent simultanément se voir attribuer une « réalité » pour chacun des systèmes. En effet, par définition : « Si la valeur d'une certaine quantité physique peut être prévue avec certitude [...] sans perturber en aucune façon un système, alors il existe un *élément de réalité physique* associé à ce système. » Ici, ce qui est souligné, ce n'est pas la possibilité de *vérifier effectivement* la prédiction, mais seulement le *fait d'une prédiction* qui n'implique par elle-même aucune perturbation. La valeur indirectement prévue pour une variable d'un système, aussi bien que celle effectivement mesurée sur le même système, a donc une « réalité ». Si l'on accepte ce point de vue, la mécanique quantique est une description incomplète de la « réalité », car elle ne rend pas compte de tous les « éléments de réalité physique ».

Dans les paragraphes 12 et 13, Schrödinger n'insiste pas sur le *fait de la prédiction*, ni sur le concept corrélatif d'« élément de réalité ». Il souligne, de façon plus imagée mais équivalente, le pouvoir de conviction que peuvent avoir des prédictions *effectivement vérifiées* sur de grands nombres de *cas identiques*, même si la vérification porte tantôt sur une variable, tantôt sur l'autre, et jamais sur les deux à la fois.

La question qui affleure est alors la suivante : comment expliquer ces vérifications partielles mais toujours concordantes sans dire que le système *possède* les valeurs prédites ? Et si on ne peut pas le dire, renoncera-t-on à l'une des hypothèses majeures du raisonnement, à savoir qu'une mesure effectuée sur *un* système ne perturbe en aucune manière *l'autre* système ? Autrement dit, acceptera-t-on cette idée d'une influence mutuelle qui, selon Schrödinger, s'apparente à de la « magie » ? Le débat conceptuel est toujours ouvert (voir en particulier B. d'Espagnat, *A la recherche du réel, op. cit.*, et J. S. Bell, *Speakable and Unspeakable in Quantum Mechanics, op. cit.* ; voir également des travaux récents sur les inégalités de Bell, comme D. Greenberger, M. Horne, A. Shimony et A. Zeilinger, « Bell's theorem without inequalities », *Am. J. Phys.*, **58**, 1131-1143, 1990).

Il faut également mentionner, pour être complet, la réaction de Bohr à l'argument d'Einstein, Podolsky et Rosen, car elle s'inscrit mal dans les termes de l'alternative précédemment énoncée. Bohr signale que, même si la mesure de l'une des variables (p) sur le système 1 *ne perturbe pas directement* le système 2, elle implique l'utilisation d'un dispositif expérimental qui retire tout *sens* à l'attribution d'une valeur de l'autre variable (Q) au système 2. Selon lui, il n'est pas question, en mécanique quantique, d'opérer une sélection plus ou moins complète parmi divers « éléments de réalité », mais de classer rationnellement les procédures expérimentales permettant de définir et d'utiliser sans ambiguïté les concepts classiques de position ou de quantité de mouvement (N. Bohr, « Can quantum mechanical description of physical reality be considered complete ? », *loc. cit.*).

125. La métaphore de l'élève soumis à des questions d'examen est également utilisée dans E. Schrödinger, « Discussion of probability relations between separated systems », *loc. cit.* Elle a été reprise et raffinée (par l'utilisation explicite de vrais jumeaux) dans l'ouvrage de B. d'Espagnat, *A la recherche du réel*, *op. cit.*

126. Passer de « *répondre* toujours correctement à la première question » à « *connaître* les réponses aux deux questions », c'est dépasser la simple constatation empirique, et se permettre une inférence de type *réaliste*. Une fois cette inférence faite, il s'agit de comprendre pourquoi elle ne peut jamais être directement vérifiée (car cette vérification ne pourrait être effectuée que par l'occurrence de deux réponses correctes chez le même élève, et par la répétition de réponses correctes à ces questions quel que soit l'ordre dans lequel elles sont posées). On invoquera, par exemple (voir la phrase suivante de Schrödinger), le désarroi de l'élève.

Inversement, si l'on s'en tient à la simple constatation empirique, et que l'on refuse d'inférer une *connaissance* à partir d'une réponse, il faut expliquer pourquoi la réponse de tous les élèves à la première question qu'on leur pose est systématiquement bonne. La transmission de pensée de l'enseignant consultant son aide-mémoire vers l'étudiant ou la modification de la réponse correcte en fonction de ce que dit l'élève sont quelques-unes des « explications » surprenantes que l'on peut proposer. Ces illustrations scolaires ont bien évidemment des correspondants dans certains mécomptes de l'interprétation de la mécanique quantique. *Désarroi* se traduit par « perturbation », tandis que *transmission de pensée* ou *modification de la réponse correcte* se traduisent par « création d'une propriété par la mesure ».

127. « [L'élève] ne connaît pas seulement ces deux réponses, mais aussi un grand nombre d'autres réponses, et cela sans aucun moyen mnémotechnique, ou, au moins, sans aucun moyen que nous connaissions » (E. Schrödinger, « Discussion of probability relations between separated systems », *loc. cit.*).

128. Note de Schrödinger : « E. Schrödinger : ''Discussion of probability relations between separated systems'', *Proc. Cambridge Phil. Soc.* (sous presse). » Cet article, cité dans plusieurs notes précédentes, a été communiqué le 14 août 1935, et lu devant la Cambridge Philosophical Society le 28 octobre de la même année. Il est paru dans le volume **31** (1935) des *Proceedings* de la société.

129. Les expressions du type $p^2 + a^2 q^2$ concernent des *observables* (nombres-q, ou opérateurs) et non pas des *résultats de mesure* (nombres-c, ou simplement *nombres*).

130. Une fois que les variables des deux sous-systèmes sont entremêlées, et que l'ensemble doit se décrire par une seule fonction d'onde du

La situation actuelle en mécanique quantique

type Ψ(x,y), cette dernière évolue conformément à l'équation de Schrödinger. Une telle évolution n'entraîne généralement pas de « désentremêlement ».

131. En raison des relations d'indétermination, on ne peut pas mesurer simultanément avec une précision arbitraire les valeurs des variables Q_t et P.

132. Donnons un exemple, lié à l'argument d'Einstein, Podolsky et Rosen. Il est parfaitement possible de mesurer avec une précision arbitraire *les deux* combinaisons q — Q et p + P sur un couple de particules, alors qu'il n'est pas possible de mesurer *les quatre* variables q, Q, p et P avec une précision arbitraire. La mesure des combinaisons précédentes s'effectue de la façon suivante : considérons un diaphragme rigide à deux fentes parallèles. Ce diaphragme est libre de coulisser perpendiculairement à la direction des fentes. Supposons qu'on ait initialement mesuré la quantité de mouvement du diaphragme (ou du moins sa composante perpendiculaire à la direction des fentes), ainsi que la quantité de mouvement des deux particules. Par souci de simplicité, nous conviendrons que la valeur mesurée pour la quantité de mouvement du diaphragme est égale à zéro (diaphragme initialement au repos). Admettons à présent que chacune des particules passe par une fente, et qu'elles y passent en même temps. La différence q − Q de leurs coordonnées selon un axe perpendiculaire aux fentes est alors parfaitement connue : c'est la distance entre les fentes (les positions elles-mêmes [q et Q] ne sont pas connues, car si la quantité de mouvement du diaphragme est précisément connue, sa position d'ensemble, et donc celle des fentes, n'est pas connue). Par ailleurs, en passant à travers les fentes, chacune des particules a transféré une partie de sa quantité de mouvement au diaphragme. En remesurant la quantité de mouvement du diaphragme après le passage des deux particules, on peut connaître le total de quantité de mouvement transféré, et en déduire la quantité de mouvement totale p + P des deux particules à la sortie du diaphragme. (Une discussion de cet exemple donné par Bohr se trouve dans M. Jammer, *The Philosophy of Quantum Mechanics, op. cit.*, p. 195.)

133. Il est amusant de noter que cette phrase a été écrite bien avant les discussions contemporaines sur les notions de *sensibilité aux conditions initiales* et de *chaos*. On ajouterait seulement de nos jours que le retard pris par le calcul sur les événements météorologiques n'est pas *seulement* imputable à la lenteur des algorithmes ou des ordinateurs. Et que la course aux prévisions à long terme se heurte à des limitations fondamentales dont la traduction pratique est que, pour doubler la portée temporelle d'une prédiction, on doit multiplier la puissance de calcul ainsi que le nombre et la précision des données expérimentales par des nombres très supérieurs à 2.

134. Schrödinger introduit ici la question du statut singulier de la *quatrième* relation d'indétermination de Heisenberg, entre énergie et temps : $\Delta E \cdot \Delta t \geq \hbar$.

135. « Cette notion de temps est un grave manque de conséquence dans la mécanique quantique (ou bien dans son interprétation courante) [...].

Physique quantique et représentation du monde

Car effectivement, la connaissance de la variable t est acquise de la même manière que celle de toute autre variable, en observant un certain système physique, à savoir une montre ; t est donc une observable et doit donc être traité en observable ; le temps doit avoir en général une "statistique" et non une "valeur". Le rôle exceptionnel du temps n'est donc pas justifié » (E. Schrödinger, « Sur la théorie relativiste de l'électron et l'interprétation de la mécanique quantique », *Annales de l'Institut Henri-Poincaré*, **2**, 269-310, 1932). L'idée d'introduire une observable « Temps » en mécanique quantique a été suggérée pour la première fois par Dirac, dès 1926 (P.A.M. Dirac, « Relativity and quantum mechanics, with an application to Compton scattering », *Proc. Roy. Soc. Lond.*, **A111**, 281-305, 1926).

Dans la phrase précédemment citée, Schrödinger évoque l'inconsistance suivante : en mécanique quantique ordinaire, le « temps » est traité comme un paramètre. Or, comme toutes les quantités susceptibles d'une mesure, et ayant une « distribution statistique », il devrait se voir associer un opérateur (une *observable*). Cela devrait en particulier permettre de lever la singularité de la quatrième relation d'indétermination de Heisenberg ($\Delta E \cdot \Delta t \geq \hbar$). Les trois autres relations, en effet, celles qui concernent les coordonnées spatiales et les composantes de la quantité de mouvement, découlent du formalisme de la théorie à travers des relations de commutation entre les observables correspondantes. Il n'en est pas ainsi pour la quatrième relation (voir A. Messiah, *Mécanique quantique I*, op. cit., p. 115, 269. Voir également L. de Broglie, *Les Incertitudes d'Heisenberg*, Gauthier-Villars, 1982, p. 107).

Ce problème a d'autant plus continué à hanter la conscience des physiciens que, à l'époque même de l'article publié par Schrödinger dans les *Annales* de l'IHP, Pauli démontrait l'impossibilité de définir une observable « Temps » dans le cadre usuel de la mécanique quantique (voir W. Pauli, « Die allgemeinen Prinzipien der Wellenmechanik », *in* H. Geiger et K. Scheel eds., *Handbuch der Physik*, vol. 24, 1re partie, 2e éd., 1933, 83-272). La démonstration de Pauli mettait en évidence l'absurdité des conséquences qui se déduisent d'une relation de commutation entre un opérateur Temps et l'opérateur Hamiltonien (observable d'énergie) : une telle relation de commutation impose à l'énergie d'être une variable continue, alors qu'expérimentalement elle est en général quantifiée.

Au moins deux familles d'issues à ce dilemme ont été proposées depuis. La première consiste à faire une distinction entre « temps abstrait » (paramètre t de l'équation de Schrödinger) et « temps des horloges ». Seul le second pourrait être associé à une observable, et remplir au moins en partie les fonctions du premier (W.K. Wootters, « "Time" replaced by quantum correlations », *Int. J. Theor. Phys.*, **23**, 701-711, 1984 ; voir également A. Pérès, « Measurement of time by quantum clocks », *Am. J. Phys.*, **48**, 552-557, 1980). La deuxième famille d'issues consiste à « élargir l'algèbre des observables de la mécanique quantique, de façon à inclure un opérateur M représentant l'entropie du non-équilibre » (I. Prigogine, *Physique, Temps et Devenir*, Masson, 1980, p. 257). L'impossible rela-

La situation actuelle en mécanique quantique

tion de commutation entre opérateur Temps et opérateur Hamiltonien est alors remplacée par une relation de commutation entre opérateur Temps et opérateur de Liouville (*ibid.*, chap. 8).

136. Note de Schrödinger :
« *Berliner Berichte,* avril 1931
Annales de l'IHP, p. 269 (Paris 1931)
Cursos de la Universitad Internacional de Verano en Santander (I, p. 60, Madrid Signo 1935). »

Les deux premiers articles peuvent se trouver dans E. Schrödinger, *Gesammelte Abhandlungen*, *op. cit.*, vol. 3.

Dans le second article (celui des *Annales de l'Institut Henri-Poincaré*, **2**, 269-310, 1932), Schrödinger explicite le lien qu'il perçoit entre la difficulté de construire une théorie quantique pleinement relativiste et la définition imparfaite du *temps* en mécanique quantique usuelle : « Parmi les opérations nécessaires pour établir un système de Lorentz, se trouve l'opération qui consiste à régler les montres aux différents points du système au moyen de signaux lumineux ; c'est même la plus importante de toutes. Or, il est facile de voir que [selon la mécanique quantique] cette opération ne peut présenter qu'une exactitude limitée si les montres ne sont pas infiniment lourdes. »

137. Rappelons qu'à l'époque deux équations d'onde relativistes avaient été proposées, et pouvaient prétendre constituer le point de départ d'une théorie quantique relativiste. Il s'agit :

a) De l'équation de Klein-Gordon, qui avait d'abord été formulée par Schrödinger dès 1925, sans qu'il ose la publier. Cette équation s'appliquait en effet fort mal au calcul de la structure fine du spectre de l'atome d'hydrogène qui préoccupait Schrödinger à l'époque. En revanche, quelques mois plus tard, on put montrer qu'elle régissait correctement le comportement des photons, et qu'elle rendait parfaitement compte de l'effet Compton (W. Gordon, « Der Comptoneffekt nach der Schrödingerschen Theorie », *Z. Phys.*, **40**, 117-133, 1927).

b) De l'équation de Dirac, qui régissait de façon satisfaisante le comportement d'un électron dans un champ de forces (P.A.M. Dirac, « The quantum theory of the electron I et II », *Proc. Roy. Soc. Lond.*, **A 117**, 610-624, et **A118**, 351-361, 1928 ; voir aussi P.A.M. Dirac, *The Principles of Quantum Mechanics*, Oxford University Press, 1930, 4e éd. 1958 ; trad. française : *Les Principes de la mécanique quantique*, J. Gabay, 1990).

Cependant, ces deux équations d'onde ne faisaient que résoudre des problèmes *particuliers* de théorie quantique relativiste. Elles laissaient ouvertes certaines des questions générales délicates que Schrödinger soulève un peu plus loin.

La conciliation entre théorie quantique et théorie de la relativité (restreinte et générale) suppose en fait la construction d'une théorie quantique des champs complètement satisfaisante (voir A. Messiah, *Mécanique quantique II, op. cit.*, p. 753). Elle demeure, aujourd'hui encore, une question d'actualité. L'une des voies d'approche les plus prometteuses,

Physique quantique et représentation du monde

utilisées pour assurer l'accord entre théorie quantique et relativité dans des domaines spatialement étendus, consiste à remplacer l'idée d'évolution *temporelle* (qui suppose une notion classique de la simultanéité) par celle d'évolution *selon des hyper-surfaces du genre espace* (qui s'accommode de la définition relativiste de la simultanéité) (voir G.N. Fleming, « Hyperplane-dependent quantized fields and Lorentz invariance », *in* H. Brown et R. Harré, *Philosophical Foundations of Quantum Field Theory*, Oxford University Press, 1990, p. 93-115).

138. Rappel du contenu du paragraphe 10.

139. Note de Schrödinger : « *Proc. Roy. Soc. Lond.*, **A 117**, 610 (1928). »

140. Note de Schrödinger : « P.A.M. Dirac, *The Principles of Quantum Mechanics*, 1re éd. p. 239 (1933) ; 2e éd. p. 252 (1935), Oxford, Clarendon Press. »

141. Note de Schrödinger : « Quelques références parmi les plus importantes : G. Breit, *Phys. Rev.*, **34**, 553 (1929), et 616 (1932) ; C. Möller, *Z. Phys.*, **70**, 786 (1931) ; P.A.M. Dirac, *Proc. Roy. Soc. Lond.*, **A136**, 453 (1932), et *Proc. Cambridge Phil. Soc.*, **30**, 150 (1934) ; R. Peierls, *Proc. roy. Soc. Lond.*, **A146**, 420 (1934) ; W. Heisenberg, *Z. Phys.*, **90**, 209 (1934). »

142. En effet, comme le signale Einstein (*Quatre Conférences sur la théorie de la relativité*, Gauthier-Villars, 1971, p. 23) : « Les équations du champ électromagnétique de Maxwell-Lorentz ne sont pas covariantes relativement à la transformation galiléenne. » Les mêmes équations de Maxwell sont en revanche covariantes par une transformation de Lorentz. Cette dernière propriété permet en particulier d'établir une parfaite réciprocité entre les phénomènes électriques et magnétiques.

143. Note de Schrödinger : « Cela n'est sans doute qu'approximativement vrai : cf. M. Born et L. Infeld, *Proc. Roy. Soc. Lond.*, **A144**, 425, et **A147**, 522 (1934) ; **A150**, 141 (1935). Il s'agit de la plus récente tentative d'une électrodynamique quantique. »

144. Note de Schrödinger : « Je ne citerai également que les travaux les plus importants. Par leurs contenus ils pouvaient également figurer dans les références précédentes.

« P. Jordan et W. Pauli, *Z. Phys.*, **47**, 151 (1928) ; W. Heisenberg et W. Pauli, *Z. Phys.*, **56**, 1 (1929), et **59**, 168 (1930) ; P.A.M. Dirac, V.A. Fock et B. Podolsky, *Phys. Z. d. Sowj. Un.*, **6**, 468 (1932) ; N. Bohr et L. Rosenfeld, *Danske Videnskaberne Selskab, math. phys., Mitt.*, **12**, 8 (1933). »

La phrase désabusée de Schrödinger, au sujet de l'électrodynamique quantique, est parfaitement compréhensible. Au moment où il écrivait le présent article, vers 1935, la théorie quantique des champs traversait une crise grave, qui se manifestait à la fois par un manque de consistance mathématique du formalisme, et par son inaptitude à rendre compte de certains résultats expérimentaux (en particulier, ceux fournis par l'étude des rayonnements cosmiques). L'apaisement de ces tensions ne devait survenir que bien plus tard, et par étapes. Deux pas décisifs furent la mise en évidence expérimentale de nouvelles particules, comme le muon (à la fin des années 1930), et l'introduction des procédures de renormalisation (à la fin des années 1940) (voir H. Kragh, *Dirac : A Scientific Biography,* Cambridge University Press, 1990, p. 164 s. ; A. Pais, *Inward Bound, op. cit.,* p. 360 s. ; O. Darrigol, « La genèse du concept de champ quantique », *Annales de physique,* **9**, 433-501, 1984).

Il faut toutefois souligner que Schrödinger comptait à l'époque parmi les plus sceptiques, avec Einstein, à l'égard d'une théorie quantique des champs encore dans l'enfance. Le 23 mars 1936, il écrivait avec soulagement à Dirac, qui venait d'écrire un article très critique sur l'électrodynamique quantique : « Je suis absolument ravi que vous ressentiez aussi que cet insatisfaisant état de chose *est insatisfaisant* » (cité par H. Kragh, *Dirac : A Scientific Biography, op. cit.,* p. 172).

145. Note de Schrödinger : « Une excellente référence : E. Fermi, *Rev. of mod. Phys.*, **4**, 87 (1932). »

Table

Introduction, par Michel Bitbol 7
Notes 15

Science et humanisme
(la physique de notre temps)

Traduction de :
Science and Humanism (physics in our time),
Cambridge University Press, 1951

Préface 21
L'impact spirituel de la science sur la vie 22
Les résultats pratiques de la science tendent à masquer sa portée véritable 29
Un changement radical dans nos idées sur la matière . . 31
La forme remplace la substance comme concept fondamental 37
La nature de nos « modèles » 41
Description continue et causalité 45
Les difficultés du continu 49
L'expédient de la mécanique ondulatoire 59
La prétendue disparition de la frontière entre le sujet et l'objet 67

Atomes ou quanta — le vieil antidote pour échapper aux
difficultés du continu 73
L'indétermination physique pourrait-elle donner une chance
au libre arbitre ? 77
L'obstacle à la prédiction selon Niels Bohr 83
Bibliographie 86

La situation actuelle en mécanique quantique

Traduction de :
« Die gegenwärtige Situation in der Quantenmechanik »,
Naturwissenschaften, 23, 807-812, 823-828, 844-849,
novembre et décembre 1935

1. La physique des modèles 91
2. La statistique des variables du modèle en mécanique quantique 95
3. Exemples de prédictions probabilistes 99
4. Peut-on fonder une théorie sur des ensembles idéaux ? 101
5. Les variables sont-elles réellement floues ?
   (Le paradoxe du « chat de Schrödinger ») 104
6. Le changement délibéré du point de vue épistémologique 107
7. La fonction ψ comme catalogue de prévisions . . . 109
8. Théorie de la mesure : première partie 110
9. La fonction ψ comme description d'un état 114
10. Théorie de la mesure : seconde partie 116
11. Résolution de l'entremêlement. Le résultat dépendant de la volonté de l'observateur 123
12. Un exemple 126
13. Suite de l'exemple : toutes les mesures possibles sont indiscutablement entremêlées 128

14. Évolution de l'entremêlement avec le temps. Considérations sur le rôle spécifique du temps 133
15. Principe de la nature ou astuce de calcul ? 137
Notes 140

COMPOSITION : CHARENTE-PHOTOGRAVURE À L'ISLE-D'ESPAGNAC (13640)
IMPRESSION : NORMANDIE ROTO IMPRESSION S.A.S. À LONRAI
DÉPÔT LÉGAL : MARS 1992. N° 13319-4 (102373)
IMPRIMÉ EN FRANCE